前　言

伊恩·弗莱明曾经说过，他的这部作品并不只是简单地虚构故事，故事中的绝大部分背景都是真实的。

小说中的"锄奸团"是苏联的一个秘密组织，这个组织专门从事处死间谍和叛国者的任务。这个组织在苏联曾经长期存在，并且一直都是苏联政府中的最高安全保卫部门。

1956年年初，当伊恩·弗莱明的这本书完稿时，"锄奸团"在国内外的情报员人数已经达到了四万，斯契诃夫上将是这个组织的最高领导人。

"锄奸团"的总部在哪儿呢？在本书的第四章，作者把它放在了莫斯科斯雷特尔达大街的十三号。对于那个充满神秘色彩的会议室的描写也是极为真实的，在现实的情况中，情报局的首脑们聚在一起开会的情形与作者的描述也相差无几。

美国的《生活》（Life）杂志曾经刊登过美国总统约翰·肯尼迪最喜欢的书单，伊恩·弗莱明的这部《俄罗斯之爱》（From Russia With Love）名列第九名，由此可见伊恩·弗莱明的这部著作影响有多大。

《俄罗斯之爱》这部小说以冷战为时代背景，是一部极为经典的惊悚名作.在这部作品中詹姆斯·邦德的任务就是要到伊斯坦布尔夺取一个价值连城的俄国解译密码机。书中性感而充满诱惑的俄罗斯女特工,紧张而又激烈的打斗场景,跌宕起伏、环环相扣的情节,先进的高科技武器令人眼花缭乱,为这部作品增色不少,使这部作品成为007系列小说中的经典之作,令人印象深刻。

007 目录

第一章
玫 瑰 庄 园

一个浑身赤裸的男子四脚朝天地躺在游泳池边，看起来像是一具已经死去多时的尸体。

他可能是在游泳池淹死后被人打捞上来放在草地上的，等着警察或其家属前来认尸。此人的头旁边的草地上放着一堆随身物品，或许就是"死者"的。看起来像是精心收集起来放在那儿的，救他的人肯定没有从中偷走一些东西。

从那堆闪闪发光的物品我们可以判断，"死者"曾经或者此时是一个有钱人，因为这堆物品几乎全是富人拥有的东西：一个装钱的皮夹子，墨西哥造的，价值五十美元，里面还有一大堆钞票；一个金质希尔顿打火机；一个金质的椭圆形烟盒，上面镶着一枚做工精细的绿宝石，还刻有波浪形花纹；一本那种富人们经常从书架上拿到花园里看的小说——金钱情色之类的；还有一块配着褐色鳄鱼皮表带的金表，表盘专为那些喜欢机械装置的人设计，上面显示着月份、星期、日期。此刻表盘显示的时间是六月十日，两点三十分。

从花园尽头的玫瑰丛里飞来一只蓝绿相间的蜻蜓，在离这人背脊几英寸高的地方盘旋。六月的阳光照耀下，他身上的汗毛金光闪闪，蜻蜓也被这奇妙的景致吸引住了。海风轻拂，这人的一小撮头发被轻轻吹到一边。蜻蜓警惕地飞起来，在这人的左肩停下来仔细打量着，嫩草在这人张开的嘴巴下拂动。突然，一滴滚圆的汗珠滑落到这人肥厚的鼻翼边，亮晶晶的汗滴滚进了草丛中。蜻蜓吃了一惊，赶紧起飞，穿过玫瑰丛，越过围墙上参差不齐的碎玻璃片飞走了，对蜻蜓来说这个大块头也许是一块好食物，但是会动，太吓人了！

这男人所躺的花园大概有一英亩的地方都是修剪整齐的草坪，草坪的三面都种着浓密茂盛的玫瑰丛，玫瑰丛上面绕着忙碌的蜜蜂。蜜蜂嗡嗡的声音伴着悬崖下滔滔的海浪声，不亚于一首轻柔的摇篮曲。

在花园十二英尺的高墙内，除了天空和头顶上的云彩之外，什么也看不见，更看不到大海。实际上，只有在别墅的两间卧室里，才能看到花园外面的世界。四面高墙围栏形成了一个相当隐秘的处所。在卧室的一侧，你可以看到面前蔚蓝浩瀚的大海，而在另一侧，你可以看见邻居家高点的窗户和他们花园里的树冠——花园里种着石松、常青树和棕榈树。

这栋别墅很摩登，像一只被拉长的铁盒子，而四边都不加修饰。靠花园的那堵墙，墙面被刷成了粉红色，墙上装有四个铁窗户，墙正中安着一扇玻璃门。从里面可以走到用淡绿色瓷砖铺成的小广场去，广场一直延伸到草坪。别墅的另一面墙背靠一个院子，院子外是一条尘土飞扬的公路。这面墙原本也装有四扇窗户，但现在已被封死，墙中间的门是用橡木做的。

这栋别墅的楼上是两间中等大小的卧室，楼下是一间客厅、一间厨房，厨房的一部分被做成了一间盥洗室，这儿没有淋浴间。

突然，公路上传来的汽车声打破了中午令人昏昏欲睡的安静。汽车在别墅前停了下来。随后只听得"砰"的一声汽车关门的金属声，车开走了。门铃响了两下，游泳池边的那个赤裸的男人依旧躺在那儿一动不动。接着，又传来一阵门铃声和汽车离开的声音。这一次，这个男人突然睁开眼睛，就好像某些机警的动物听到声响竖起耳朵。他立即观察他所处的位置和时间，辨认刚才的噪音，当他觉得这一切跟他睡觉前没什么异样后，他那淡蓝色、向内凹陷的眼睛抗不住困倦，垂下了那长着短短睫毛的眼皮。他张开线条冷酷的嘴巴打了个长长的哈欠，朝草地上吐了口水后，睡在地上继续等待着。

一位上身穿着白衬衣，下身穿着灰色的短裙，挎着小小的条纹包的年轻女人穿过玻璃门正大步流星地朝这边走来，她穿过瓷砖广场和长长的草坪，向这个裸体男人走来。在离这个男人几步远的地方，她停了下来，把条纹包放在草地上，之后，她坐在草地上脱去满是尘土的鞋子，接着又站起身脱下衬衣，并整整齐齐地叠好放在条纹包的边上。

这个女人此时上身全裸，她的皮肤被太阳晒得黑黝黝的，她的肩膀和乳房都闪现出健康的色泽。当她弯下胳膊，解开短裙一边的纽扣时，她的腋窝处有一丛柔软的腋毛。她脱下裙子，露出粗短的双腿和穿着男式游泳裤的结实的臀部，看上去就是一个结实健康又粗俗的农家妇女。

这个女人把裙子整齐地叠好，放在衬衣的旁边，然后打开条纹小包，从中取出一个装有无色液体的旧汽水瓶子，走到男人身边，并在草地上跪下来。她从瓶子里倒出一些淡淡的橄榄油，顿时，玫瑰花香混着这种橄榄油的芳香，在花园的各个角落里弥漫开来，闻着确实沁人心脾。她开始为这个男人按摩，在他肩部的肌肉上，她的手指就像钢琴家的手指一样张开，为他按摩锁骨处和颈后的斜方肌。

这是一项非常辛苦的工作，这个男人非常强壮，脖子下面的肌肉块块鼓起，每按摩一下她都必须使上全身的力气，每次按摩后她都累得气喘吁吁，大汗淋漓，精疲力竭。这样，她必须得跳进游泳池里，游上一会儿后，再爬到树荫处休息一阵子，直到汽车来接她。当她的手在这个男人背上揉搓时，她一点儿感觉都没有，动作机械。虽然，这是她有生以来看到过的最迷人的身体，但不知道为什么，她却本能地厌恶。

当然，这种厌恶之情不会直接地表现在女按摩师的脸上，她的脸上只有冷漠。粗糙的短发下，一双黑眼睛向上斜视着，看上去目空一切。里面没有柔情，没有诌媚，她的脉搏平稳。如果他令她有感觉的话，那脉搏一定会剧烈地跳动。

和两年来一样，她又一次问自己为什么会对这英俊的身躯感到厌恶，但也只能像往常一样，她只能含糊地试着分析她的厌恶。她认为，或许，这样的时间，这种厌恶感比病人挑起她的性欲更加使人不能忍受。

她开始打理他的头发。与他粗壮的脖子相比，他的头显得相当小。他的头上覆盖着浓密的金红色鬈发，这在她的眼中简直可以和古希腊的雕像相媲美。但是他的鬈发太过浓密，缠绕得太紧，紧紧地贴在脑袋上。每次梳理的时候，她总觉得不是在梳理头发而是在移动手指下面的地毯。金色的鬈发一直缠绕到脖子后面——几乎长到第十五节脊椎骨处（她暗地里想）。在这里，它们突然归拢在一处，变成一小股金色的细线。

她暂时停了下来，放松一下手指，跪坐在草地上，美丽的身躯香汗淋漓。她伸手擦了擦背上的汗，拿过瓶子，倒了满满一大汤匙的油在这男人背上，活动了一下手指，继续刚才的按摩。

这个男人的两腿之间长着细细的金色绒毛。这如果是长在情人身上，她看到后一定会亢奋起来。但长在这个家伙身上却显得不协调。他看起来就像一头野兽，或者确切地说像一条蛇，只是蛇不长毛。她不能不这么想，对她来说，这家伙充其量也就是一只爬行动物。她把手伸向他那像两座山丘一样的臀肌。以往她按到这儿，她的病人，特别是那些年轻的足球运动员们准会开始挑逗她。假如她不是很谨慎的话，这样的玩笑会继续。通常她非得拧疼那人的坐骨神经，才能平息风波。但如果她觉得那人还算有魅力的话，就会先和他调情一番，然后，一头扎进他的怀抱。

　　然而，眼前这个人与常人不同，几乎异常得令人难以置信。他的身体好似一具行尸走肉。两年来，他从没对她吐过一个字，每当她按摩完后背，把他翻过来时，他从未对她流露过丝毫有兴趣的表示。当她拍打他肩膀的时候，他只是转过身来，眯起眼睛，望着天空。偶尔也打个哈欠，只在这时，才使人知道原来他还有生命。

　　她活动了一下手脚，变换了一下位置，然后又开始从他右腿上面慢慢往下按摩。当按摩至脚跟时，她向上看看他那俊美的身体，难以言状的厌恶感随之袭来，难道她的这种厌恶感只是本能地对他肉体的反感？还是觉得他那被太阳晒得黑红的肉，和烤过的肉没有什么区别？难道是他光滑的皮肤上布满了深深的毛孔？或者是他肩头皮肤显出密密麻麻的橙色色斑？或者这个男人性欲冷淡？抑或是对他壮美、凸出的肌肉冷淡？或许他的确超凡脱俗，但直觉告诉她，在这俊美的外表下面一定藏着无法言表的丑陋与罪恶。

　　女按摩师站起身，晃晃头，耸耸肩，做了几下伸展运动，舒展开了筋骨血脉。之后走到条纹包前，拿出一条长手巾，将脸上和身上的汗水擦去。

　　当她转向那个男人准备工作时，他已经翻过身来，躺在那儿等着她。他一手支着头，一手垂在草地上，凝视着天空。她赶紧跪在他头后的草地上开始工作，她倒了一些橄榄油在掌心，拿起他柔软的半张开的手，开始按摩起他又短又粗的手指。

　　她紧张地瞥了一眼那金色鬈发下那张红红的脸庞。粉红的脸颊上鼻子微微翘起，配上圆润的下巴，乍看去，有着男性的帅气和凶猛，但又有孩子般的稚气。但只要仔细观察，不难发现，那几乎抿成直线的嘴角隐隐透着几分残忍；鼻孔大得出奇，说明这人内心必定贪婪；浅蓝色的眼睛看上去空洞无比，这种空洞的气质甚至出现在他整张脸孔上，看起来，就像停尸房里的尸体。一看他，她就条件反射地想到一些可怕的事情，就好像手里拿着瓷器面对可怕的事情。

她开始按摩他臂膀上那硕大的二头肌。这人究竟是在哪里练出这样令人生畏的身躯呢？他是拳击手吗？他都做了些什么呢？据说，这栋别墅是警察局的。尽管两个男仆平时下厨房，做家务，但很明显，他们是这里的保镖。这个男人每个月都有规律地外出几天，每次她都会被提前通知不必来了，这已经形成了习惯。她不时地被告知他要外出一到两个星期，甚至一个月。一次，他出去了好几天，回来的时候，脖子上和上身满是瘀血。还有一次，他的胸前贴了足有一尺长的膏药，不管是在医院里还是在这里，她都不敢打听他的行踪。她第一次被带到这个地方的时候，就有仆人警告她，不准把这里的事情讲出去，否则，就得去蹲监狱。回到医院后，那位从不正眼瞧她的院长竟也把她召去训示了几句，内容竟然跟仆人讲得一模一样。她只要一想到这里，顿时觉得惶恐不安，她的手指僵硬地揉搓着他肩上的三角肌。她早就隐约猜到，这儿和国家安全部有关。也许就因为这个原因，她才讨厌他俊美的肉体吧，也许是害怕这个组织让她来护理这个肉体。她紧闭双眼，想象眼前这个人可能会是什么样的人，会让她做些什么。她又立刻睁开眼睛，担心他可能注意到了她的情绪变化。不过还好，这个男人依然目不转睛地望着天空。

现在，她又从瓶子里倒出一些油来，开始按摩他的脸部。

手指刚按摩到他的眼窝部位，屋里传来了刺耳的电话铃声。花园中十分宁静，电话铃声因而显得特别刺耳，令人急促不安。这个男人马上从地上跪坐起来，仿佛短跑健将在等待起跑的枪声，他没有马上朝前移动，而是继续等待。铃声响了一会儿就听见低沉的接电话声，她听不清接电话的人在说些什么，只觉得接电话的人语气非常卑躬，而不是像对她那样盛气凌人。声音停止了，一个男仆走到门口，对这个男人打了个手势，就转身回到房中。这裸体男人一跃而起，大步流星朝屋里走去。她看着这个男人棕色的背影穿过打开的玻璃门。"等他出来，最好别让他发现我还站在这儿，不然，他一定会以为我偷听到了什么。"想到这里她赶忙站起身来，几步跨到游泳池边，一头扎进水里，在池子里游起泳来。

尽管她仍不知道他究竟是何许人，但她的直觉告诉她，这个人物不简单。这样也未尝不是一件好事，知道得越多，麻烦反而也越多。

这个男人的真实姓名叫唐诺万·格兰特，或者雷笛·格兰特，但是，近十年来，他化名为卡拉斯罗·格兰利特斯基，代号为"格兰"。

他是"锄奸团"的首席杀手。"锄奸团"是苏联国家安全部属下的暗杀部门。刚才的电话正是来自莫斯科苏联国家安全总部的。

第二章
杀 人 狂 魔

格兰轻轻把电话放回电话支架上，呆呆地坐在那儿，盯着电话直愣神。

身边那位子弹头模样的保镖提醒他道："还是赶紧准备，早点儿动身吧。"

"这次任务，他们没透露一点儿消息给你吗？"格兰操着一口非常流利的俄语，只是乡音极重。听起来好像是苏联波罗的海沿岸某个民族的人。他讲话的声调很高，语气平淡，像一个背书的小学生。

"没有，他们只叫你到莫斯科去，飞机已经起飞，大概一小时后就到这儿了。在这儿加半小时的油，估计三到四个小时后就能到莫斯科。当然，这还得看你是否在哈尔科夫逗留。我去叫车，你最好快去收拾一下行李。"

格兰紧张地站起身："对，假如是一次暗杀行动，但他们为什么不讲清楚呢？没有人会知道这个，这是一条秘密专线。不告诉详情，至少应该给点儿线索，以往他们都是这样做的！"

"而这次情况特殊！"

格兰慢慢走出房间，回到刚才所躺的草坪，弯腰捡起放在草地上的那堆金光闪闪的东西，对坐在游泳池边上的女人视而不见。捡好东西后，他转身径自走回楼房，朝自己卧室走去。

他的卧室很简单，一张铁架子床，床上的被子乱堆着，其中一个被角拖到了地板上。床边放着一把竹椅，一个没有上过漆的衣柜和一个廉价的洗脸架。洗脸架上放着一只脸盆。地板上散乱地丢着一些英美杂志，各种大小不一、颜色各异的惊险小说堆在窗户下面的墙角里。

格兰从床底下拉出一只破旧的意大利帆布箱子，从衣柜里挑了几件价格便宜、做工考究、烫熨整齐的衣服装进箱子里。然后，迅速用玫瑰香皂冲了个冷水澡，然后从床上扯下一条被单擦去身上的水珠。

外面传来汽车开来的声音，格兰匆忙套上衣服，戴上表，把一些日常用品胡乱塞进箱子里，提起箱子走下楼。

前门打开了，格兰看见他那两个保镖正和破车上的司机谈着什么。"这帮该死的蠢蛋！"他心里咒骂道（他多是用英语思考的），"不过，可能他们对司机说必须把我及时送上飞机。他们绝对想不到，一个外国人怎么会在这讨厌的地方待下去。"他把箱子放在台阶上，冷眼瞧着他们，然后从挂在厨房门口的一堆衣服中取出一套制服、一件淡褐色的雨衣和一顶苏联官员们常戴的便帽。穿戴停当后，他提上箱子，走出大门，粗鲁地和车旁那个保镖握了下手，就钻进汽车，坐在身着便衣的司机身旁。

两个保镖退后一站，一言不发，冷峻地盯着他。司机松开踩在离合器上的脚，汽车发动了，一溜烟地冲上了尘土飞扬的公路。

这栋别墅位于克里米亚半岛的东南岸，处在费奥多西亚和雅尔塔两城之间。这是苏联在里维埃拉海岸边众多的官方度假别墅之一。雷笛·格兰特知道，他们让他住在这儿，而没让他住在莫斯科郊外那些枯燥乏味的别墅里，就是给他最大的优待了。当汽车开进山区，他又继续思考，他们怎样对待他，他自是心中有数，尽管他们当面一套背后一套。

汽车以每小时四十英里的速度向前开去，大概一个小时就可到辛辛罗波尔机场。公路上此时没有其他车辆，一辆临时大卡车从葡萄园中冲出来，鸣着喇叭冲进了路旁的沟里。在苏联的任何一个地方，一辆汽车就意味着一个官员，一个官员就意味着一份危险。

路旁种满了玫瑰，它们错落有致地分布在葡萄园中，沿着公路形成了一道长长的栅栏。机场入口处的椭圆形花坛里也种满了玫瑰花。红玫瑰和白玫瑰组成白底红星的图案。格兰特讨厌这种浓郁的花香，他渴望早点儿到达莫斯科，离开这香甜的"臭气"包围的地方。

汽车穿过民用机场的入口，沿着一堵高墙开了大约一英里的路程就到了军用机场。在高高的铁丝网门前，司机冲着两个挎着冲锋枪的警卫出示了通行证后，驾着车开进了机场的柏油马路。机场上停着几架飞机，有大型的军用运输机，有双引擎的小型教练机，还有两架海军直升机。司机停下车，向一个身着工装裤的人打听送格兰的飞机停在哪儿。这时，突然从机场控制塔的扩音器中传出喊声："最左边那架，机号是 V-BO。"

司机按指令将车开过停机坪，这时，扩音器中的声音又突然厉声喊道："站住。"

司机赶忙刹住车，这时，他们头顶上传来巨大的轰鸣声，两个人本能地迅速弯下腰来。四架米格飞机突然从夕阳中成群飞来，掠过他们头顶。飞机的起落架已经放下，准备着陆。飞机一架接一架地降落在巨型跑道上，起落架下冒出蓝烟，气流从排气管中喷出。飞机在跑道上滑行了一段距离后，绕过控制塔台，稳稳地停在机库前面。

"往前开！"塔台里传出命令的声音。

汽车又向前开了大概一百码的距离，来到了"V-BO"字样的飞机面前。这是一架双引擎 12 型飞机，登机的铝梯缓缓从机舱门口垂下。汽车就在梯旁停住，一个机务员出现在机舱门口，他走下梯子，仔细检查了司机和格兰的证件后，挥手让司机走开，同时招呼格兰跟他上去。他没有帮格兰提箱子，但格兰一点儿都不在意，他从容地登上梯子，像拿着一本书那样轻便。格兰登上飞机后，乘务员收好梯子，关上舱门。

机舱内有十二个位子，格兰选了一个靠舱门最近的位子坐下，系好安全带。通过打开的舱门，他听见驾驶室与控制塔台简短的对话以及马达的轰鸣声。接着，发动机开动了，猛地打着了火，飞机就像摩托车一般灵巧地迅速掉头，滑上南北走向的跑道后就向天空冲去。

格兰打开安全带，点燃一支过滤嘴香烟，舒舒服服地往椅背上一靠，回忆着过去的经历，考虑着即将到来的前程。

唐诺万·格兰特是一个德国职业举重运动员和一个南爱尔兰女招待深夜在贝尔法斯特郊区的流动马戏团帐篷外的草地上偷情的产物。完事以后，他父亲给了他母亲半个克朗，他母亲便欢天喜地地回到火车站旁小咖啡馆的厨房里睡觉去了。她怀孕后，就借住在奥克弗马克洛依的小村庄上的姊姊家，这个村庄位于爱尔兰和北爱尔兰之间的边境上。在那里她生下了这十二磅重的小孩，不幸的是，生完小孩六个月后，这个女人便得产褥热死了，临死之前，她给孩子取名为唐诺万·格兰特。

她姊姊非常不情愿收养这个小孩，但他却异常健康地生长起来。他越长越壮实，但是性情却十分安静。他没有朋友，当他想从别的小孩那里得到任何东西时从不和他们交流，而是靠拳头解决问题。在学校里，同学们都害怕他，讨厌他，但在大型的拳击赛和角力赛上，他总是远近闻名。由于他的血腥好斗，机智灵活，那些比他大的孩子，甚至大很多的人也经常被他打得落荒而逃。

这样不凡的身手引起了新芬党人的注意，新芬党人把奥克弗马克洛依村庄视为通往北方的要道，当地的走私犯们也同样盯住了这块地盘。如果有像唐诺万·格兰特这样身手的人在麾下效命，那这一带的生意自不必说了。当唐诺万·格兰特离开学校后，他就变成了这两伙人的有力臂膀。他们虽然付给他很高的薪酬，但内心却把他看成低等下人。

不知道为什么，从那以后，每次月圆的前后几日，他就感觉到他身体里躁动着一股不安的暴力冲动。十六岁那年的十月，他第一次找到了那种他自称为"感觉"的感觉，那次他跑出去，掐死了一只猫。这次发泄使他舒服了整整一个月。在十一月月圆的时候，他又杀死了一条高大的牧羊犬。在圣诞节的午夜，他溜进邻居家的牛棚，割断了一头母牛的喉咙。这些举动都使他感觉舒服，他心里清楚，村民们很快就会注意到这一连串奇怪的事件。于是，他买了辆自行车，每当月圆的时候，他就骑车离开村子。不过，他往往要走很远的路才能找到发泄的对象。最初的两个月，他杀杀鸡鹅也就满足了。到了第六个月，他杀死了一个正在酣睡的流浪汉。那时他就知道，他的杀性变得越来越大了。

夜晚，路上几乎没有行人，格兰特很难找到自己的猎物。不久后，他就开始提早离开村子，骑到更远的村子去，在那儿，他能发现在黄昏单独回家的农夫和外出幽会的情侣。

他偶尔也杀女孩，但从来不强奸。这种事，他也常听人屡屡谈及，但他却觉得莫名其妙。对他来说，只有杀人才能使他身心愉快。除此之外，什么事都吸引不起他的注意。

十七岁那年年末，整个弗马纳、蒂龙还有阿尔马地区已经流言四起。当一个女人在光天化日之下被掐死，身上再捅了几刀被丢在草堆里后，村民们已经惊恐万状。各个村子都成立了保安队，增援的警察也带着警犬赶来。"月夜杀人狂魔"的故事也被记者传到各个地区。有好几次，格兰特从自行车上被叫下来盘问，但他神态自若，说自己是出来活动筋骨，准备参加拳击比赛。奥克弗马克洛依的人都为他说话，他们全都为他感到自豪，因为这时他已经是北爱尔兰次重量级拳击锦标赛上的种子选手。

有好几次，格兰特都历经风险，但都没被人们发现。后来，他及时地离开了奥克弗马克洛依，来到了贝尔法斯特，投靠在一个过气的拳击经纪人的门下。这个经纪人想使他成为职业拳击手。于是，他在破烂的体育馆里，对格兰特进行了异常严格的训练。这个体育馆几乎就是一所牢房。刚到这儿的格兰特热血沸腾，难以找到东西发泄，只得把对手打个半死。有两次，旁人不得不使上九牛二虎之力把奄奄待毙的对手从他身边拖走。如果不是在锦标赛中夺得冠军，他早就被扫地出门了。

在格兰特十八岁生日这天，他获得了拳击锦标赛冠军。后来，他就去了部队服役，在皇家通信部队当了一名司机。受训期间，严格的军队生活使他冷静了下来，至少在他激动的时候，他能控制自己的行为。一到月圆的时候，他就出去喝酒，借此来压住狂躁不安的杀人欲火。实在冲动得难以控制，他就带上一瓶威士忌，去奥尔德肖特附近的树林中把自己灌个酩酊大醉，直到杀机消退。第二天清晨，他才摇摇晃晃地回到营地。虽然这样做，他不能得到完全的满足，但对自己是绝对安全的。万一给哨兵抓住，大不了关上一天的禁闭，不会有性命之忧。而上司想让他争夺全军拳击冠军，对他这种小节问题只好睁一只眼闭一只眼放过去了。

但那个时候，英苏两国发生了争端，格兰特所在的运输部队匆匆赶去了柏林，以致错过了一次争夺全军冠军的机会。不过，柏林这里一触即发的危险气氛吸引了他的注意力，这也使得他格外谨慎小心。一到月圆之际，他还是出去把自己灌得烂醉。而平时的大部分时间里，他就细心地观察周遭的环境和事物。心里盘算着自己的前途。他喜欢他所探听到的苏联人的情况，他们的残忍、他们的粗暴、他们的狡诈等都很合他的脾胃。他决定逃往苏联，但是究竟怎样逃，他还是没细想过。应该给他们带点儿见面礼吗？他们想要什么呢？

在英国驻（联邦德国）莱茵军的拳击锦标赛上，他决定越境。比赛那天正好是月圆之夜,格兰特代表皇家通信部队参加比赛。由于老犯规,攻击的部位过低,他受到多次警告,最后终因犯规太多,在第三个回合时也被取消了比赛资格。当他离开拳击场时,场内嘘声四起,声音最响的要数他所在的团队了。第二天早上,长官把他叫了去,说他给皇家部队丢了脸,部队要在下一次整编时,将他打发回国。从此以后,他的伙伴们再也不愿搭理他。他只好离开拳击队,被安排做开摩托车投递邮件的差事。

而这次调动却正中他的下怀,之后他就耐心地等待时机。几天后的一个傍晚,他收到军事情报司令部发出的邮件后,骑摩托车径自向苏军防区的方向驶去。在过境处,他看到一个英国卫兵打开大门,给一辆出租车放行,便开足马力冲过过境处,在苏军防区的水泥边防检查站前被苏联卫兵拦了下来。

卫兵们押着他,进了边境检查站。呆若木鸡的军官坐在办公桌后问他到这来干什么。

"我想见你们的情报警察头子。"他神色自若地说道。

那个军官冷冷地盯着他,用俄语对身边的卫兵说了几句话。那几个押着格兰特进来的卫兵一起走过来将他推出屋,格兰特几下子就将他们推开了,其中一个卫兵忙端起冲锋枪对准了他。

在这紧急关头,格兰特突然灵机一动,他按住性子大叫道:"我有很多秘密文件,就在外面摩托车上的皮包里,如果你们不把它交给情报警察,没你们的好果子吃!"

听他如此一说,那军官便对卫兵们嘀咕了几句,卫兵们便一个接一个地离开了屋子。

卫兵离开屋子后,那军官便用蹩脚的英语结结巴巴道:"我们这儿没有什么情报警察,你先坐下来,填好这些表格。"

格兰特只好坐在桌边，开始填那份烦琐的表格。表格上要求填上姓名、住址、职务等信息，以及到东柏林想找谁等问题。在他填表格的同时，那位军官用俄语打了个简短的电话。

格兰特填好表格后，两个卫兵走了进来。他们头戴淡绿色步兵帽，身穿卡其制服，都佩戴着淡绿色的肩章。那个军官接过表格，也没看一眼，顺手就把它递给了一名卫兵。他们把格兰特带出检查站，推上一辆大厢式货车，他的摩托车也被锁在后面。货车大概开了一刻钟后就停了下来，格兰特下车后，发现面前出现的是一栋新的建筑。他被带进楼去，关进了一间没有窗户的小房间。房里除了一张铁凳子外没有别的。他猜想，苏联人大概要利用这段时间仔细翻阅那些绝密文件了。一个小时后，使他惊讶的是，他被带进了一间舒适的办公室。办公桌后边坐着一位上校，他佩戴着三排勋章和金色的肩章。桌上东西很少，只放着一盆玫瑰花。

一晃十年过去了，格兰坐在飞机上回忆着。他向飞机窗外望去，两万英尺下，万家灯火闪耀，他估计这会儿已到达哈尔科夫。他看着窗户玻璃上映出的自己，笑了笑。

玫瑰——从那刻起，他的生命中就再也没有别的，只有玫瑰。玫瑰，玫瑰，铺满了路。

第三章
异 国 受 训

"格兰特先生，听你说，你很愿意为苏联工作？"

审讯了大概半个小时，这位苏联国家安全部的上校开始感到厌烦。他想，他已经从这讨厌的英国士兵身上榨出了所有他感兴趣的军事情报。现在，他只打算敷衍他几句，先把格兰特关到楼下的单人牢房里几天，再将他押往沃尔库塔集中营或其他什么地方。

"我愿意。"格兰特答道。

"格兰特先生，你能做些什么呢？简单的体力劳动我们有的是人去做，而且我们也不需要卡车司机。"上校继续笑着说道，"至于拳击手，我们也不需要，我们有足够的实力拿下两块奥林匹克金牌。"

"我是杀人专家，这行，我做得很好，我也喜欢！"格兰特道。

那位上校盯着他，就在他说这话的时候，他看见他那双棕色睫毛下的淡蓝色眼睛闪过一丝红光。他暗自思忖着，考虑着格兰特话里的含义。他的疯狂令人难受，上校冷眼打量着眼前这个家伙，心想，与其让他在集中营浪费粮食，不如给他一枪，或者干脆把他交回英国安全部，让他自己的人来处置他。

"上校同志，看来你不相信我。"格兰特显得有些不耐烦，这真是闯到了一个错误的地方，碰上了一个错误的人！"你那些烂活儿我不愿意干！"他肯定苏联有个暗杀小组，每个人都这么说，肯定没错的，"我想和你们搞暗杀的人谈谈，我可以为他们杀人，他们想干掉谁都可以，只要他们愿意，如果你不信，我现在就可以动手。"

上校情绪复杂地看着他，觉得这种情况最好还是向上级汇报一下比较好，便对格兰特道："你等一等！"他站起来，走出门去，持枪的卫兵走过来，守在门口，死死看住格兰特。

那位上校走进旁边的屋子里，屋子里是空的，桌子上放着三部电话机。他拿起了直通莫斯科苏联国家安全总部的专线电话，刚把听筒贴近耳边就听接线员说了声："锄奸团"。电话接通后，他要求和首领通话。

十分钟后，他放下电话。太好了，看来刚才这个决定是多么明智啊！双方的问答简短而积极，而且达成了共识：不管从哪方讲，这个人都对我们有用，如果他干成功了，再好不过！即使失败了，也会把西方阵营搞乱，尤其是英国人，更会怒火中烧，因为格兰特是他们的人；西德人也会惴惴不安，因为这次行动定会把他们的间谍吓个半死；美国人则会忧心如焚，因为鲍姆嘉通会议的大部分基金由他们提供，这次事件后他们就会认为鲍姆嘉通的安全不够好。这一招真是太妙了，他不禁佩服起自己的聪明才智。回到办公室，他面对着格兰特坐下。

"刚才你说的话都算数吗？"

"绝不欺瞒！"

"你的记性怎样？"

"相当好！"

"那好，在英国防区住着一位德国人，是鲍姆嘉通教授，具体位置是库法斯特丹姆大街 22 号第 5 单元，这个地方你熟悉吗？"

"熟悉。"

"很好，你今天晚上就骑摩托车回到英管区去，我们会给你另外一个车牌。你带一封信给鲍姆嘉通教授,要亲手送给他。你穿着这身军服,不会遇到什么麻烦。你要坚持说这是绝密信件,得亲自转交。见了鲍姆嘉通教授后,立即把他干掉,"上校顿了顿道,"听清楚了吗?"

"清楚了!"格兰特坚定地答道,"如果我成功了,你们会让我继续在这儿干吗?"

"很有可能!"上校不动声色继续道,"这还要看你自己的表现,首先,你得用事实证明你有这种能力。任务完成后,你就回国家安全部,见鲍里斯上校。"他按了一下电铃,一个便衣走了进来。上校对格兰特说:"他会带你去吃饭,然后,他会把一封信交给你,还会给你一把美制尖刀,这可是把好武器,祝你好运!"

上校站起身来,从花盆中摘下一朵玫瑰,贪婪地嗅着。

格兰特站起身来,感激地说:"谢谢长官!"

上校没有回答,眼睛始终没移开那朵玫瑰。格兰特跟着那个便衣出了房间。

飞机在苏联中心地带的上空飞行,斯大林格勒以东的工业区和第聂伯河的支流已远远地被抛在了身后。哈尔科夫周围闪耀的灯光表明他们已到了乌克兰的边境。从飞机上往下看,库尔斯克镇仿佛是一堆闪着微光的磷火,迅速飘来又立即消失了。格兰知道下面那片黑暗的土地就是苏联的中央平原。肥沃的田野上长着大片茂盛的庄稼,它们在六月的夏风中婆娑起舞。每年,这儿都能收获上百万吨的粮食。这里离莫斯科大概还有两百英里,飞机再飞行一小时左右就能到达目的地了,而这段飞行中,不可能有这灯火闪烁的景象了。

现在格兰特已经对苏联有了很深的了解。那次他回到英管区,顺利干掉那名西德间谍后,引起了不小的轰动。事后,他溜过边境,设法找到"鲍里斯上校"。之后,他换上便衣,戴上飞行头盔,登上了一架直飞莫斯科的苏联国家安全部的专机。

从那时起，整整一年的时间，格兰都过着囚犯般的生活。他修身养性，锻炼身体，不时向身边的人学习俄语，这些人中有密探，有医生，还有审问他的人。在这期间，苏联派往英国和北爱尔兰的间谍花了一番功夫来调查他的底细。

那年年底，格兰特像其他幸运进入苏联的外国人一样，拿到了证明自己政治清白的清单。他的自述也得到了证实。英国和美密探的调查表明，这个人对世界上任何国家的社会和政治问题都毫无兴趣。医生和心理学家们说，此人患有严重的躁狂症和抑郁症，每到月圆之际，这两种病的症状就会同时发作。他们还说他是个自恋犯，一个没有性欲的中性人，对痛苦的耐受力极大。这些特殊的性格放在一起，再加上他超级棒的身材，尽管他受到的教育少得可怜，但总而言之，他的确是个奸诈狡猾的狐狸。最后每个人都认为，格兰特是社会上最危险的一分子，应该除掉他。

当苏联国家安全部的人事局长正打算在格兰特的处理报告上批示"枪毙"二字的时候，一个新的想法从他脑子里跳了出来。

苏联必须有一次大清洗运动，这不是因为好斗的俄罗斯人残忍——尽管他们的种族被认为是世界上最粗暴的民族，而是因为这是保卫自己的一种手段。那些叛国的人就是国家的敌人，国家没有足够的空间给叛国者们生存，也没有那么多宝贵的时间由他们折腾。假如他们继续危害人民，他们就必须被除掉。在一个拥有两亿多人口的国家，一年杀掉上千个人，没有人会注意到他们。就算出现两次最大的清洗运动，一年杀掉上百万人，也不是什么严重的损失。而最严重的问题是杀手的短缺。杀手的职业生涯很短，他们都对这种工作感到厌烦，从灵魂深处讨厌它。一个杀手处死十个、二十个，甚至一百个人后，他就不再具有人性了，他对自己死亡的恐惧会一步步向他的身心渗透，直至攫取他的性命。死亡的细菌像蚕食蛋糕一样，将他的身体一点点吃掉。此后，沉迷在忧郁和烂醉之间，可怕的倦怠使眼睛失去了光彩，而且行动迟缓，成功的精确度极度下降。当主事人看见杀手的这些迹象后，他知道他已经没有办法选择了，只能除掉这个杀手，另聘高明。

因此，国家不仅需要精明的刺客，也需要普通的刽子手，眼下这个格兰特就是这么一个可以身兼两职的人，再说他也愿意为苏联奉献才能，何乐而不为呢？这位国家安全部的人事局长正是基于这样的考虑才将格兰特免除了死刑。如果医生们说的话是对的，那他的威力一定很大。仔细考虑了一番，人事局长在格兰特的处置报告上签署了自己的意见，并将该报告发往"锄奸团"二处。

专门从事策划暗杀行动和执行暗杀的"锄奸团"二处，接受了唐诺万·格兰特，并将他改名为格兰利特斯基，而且存了档案。

这以后两年来，格兰特接受了异常艰苦的训练。他不得不重新上学。在他原来的心目中，学校是松木课桌乱放，充满了小孩的奶味，绿头苍蝇嗡嗡乱叫的地方。那儿闲散轻松，让人悠然自得。可是现在，列宁格勒郊外的外国谍报人员学校却是一个严肃紧张的学校。与他原来心目中的样子竟是格格不入。课堂里坐满了不同肤色、不同国籍的人，有德国人、捷克斯洛伐克人、波兰人、中国人，有的人和黑人等。大家都正襟危坐，一副勇于献身的严肃面孔。上课的时候，他们都全神贯注地记笔记，这就使得格兰特不得不也硬着头皮坐下来接受他最讨厌的这份罪。

他最头痛的是理论课，以"政治常识"为名，主要介绍工人运动史、共产党党史以及世界形势，教授马克思、列宁、斯大林的理论。这些星罗棋布的外国人名，他很少能拼写完整。还有一些课程都是关于阶级敌人的，专门讲述资本主义和法西斯；"宣传鼓动战术"课主要讲述少数民族问题，还有殖民地、黑人和犹太人问题等。每个月底他们都要进行测试考评。每次考试，格兰特总是耐着性子坐在教室里，信手涂鸦，胡乱写着各国的历史，甚至拼错了共产主义口号。每次他都把卷子揉得皱巴巴的，有一回他实在气不过，竟当着全班同学的面把卷子给撕了。

他最喜欢的课程是那些"技术课"。他总是能很快地搞懂密码、暗号之类的东西。他的"通信"课成绩非常出色，能迅速识破对手设置的迷障和残缺不全的资料，还能迅速抓住信使，攫取邮箱。他的"野外作业"课成绩最好。在这样的课堂上，每个学生都要设计一个假想行动，在列宁格勒郊外实施，以警惕性和判断力作为考试内容。"安全第一"课的考试是考查学员的沉着、勇敢和冷静，他这一课程的成绩也是全校第一。

这年年底，当格兰特的成绩单送到"锄奸团"时，他们看到他的评语"无政治倾向，工作能力极强"很是高兴。因为这些正是"锄奸团"所看中的。

第二年，他同两个外国学生以及几百名俄罗斯学生，去了莫斯科郊外库契罗镇的一所专门教授恐怖和颠覆手段的学校里学习。在苏联著名的现代间谍之父阿卡笛·弗罗耶夫上校的指导下，格兰特顺利地通过了柔道、拳击、竞技、摄影和无线电通信等课程。在这所学校，格兰特还得到全苏步枪射击冠军尼可莱·波克罗夫斯基中校的亲传，他掌握了各种轻武器的使用方法。

这年中有两次月圆之夜，苏联国家安全部派车来接他到莫斯科的一所监狱里，事先没有通知他。在这里，他们给他蒙上黑头巾，让他用绳子、斧头、冲锋枪等武器杀死死刑犯。不管是在杀人之前、杀人过程中还是杀人之后，医生都要对他做心电图检查，量血压以及其他各项体检，但他自己并不知道为什么要进行这类检查，也不知道检查的结果是什么。

总之，这一年他的生活过得相当不错，他对这种境况很满意。

1949 年至 1950 年之间，格兰特被派往东欧各国，和一些间谍小组一起进行小规模活动。他们的主要任务是除掉那些可能会背叛或已经有越轨行为的间谍。格兰特事事都干得干净利落、不留痕迹。上头虽然在暗中监视着他，也没有发现他有任何偏差。当然了，不能在月圆的时候派他单独行动，因为这个时候他无法控制自己，不听从指挥。所以，上头总是在他的安全期派他去执行任务。而每当月圆之夜，就让他到监狱杀人。这样一来，去监狱杀人就成了一种对他圆满完成任务的奖励。

在 1951 年和 1952 年这两年中，格兰特充分展示了他的才能，他的上司也更加青睐他了。鉴于他出色的工作业绩，特别是在东柏林的出色表现，他获得了苏联国籍和每个月五千卢布的工资。1953 年，他被授予少校军衔，获得了高额年金，工龄就从他首次与鲍里斯上校谈话的那次算起。此外，还拨给他一套在克里米亚的别墅和两名保镖，当然，两个保镖的任务既是保护他，也是防止他有越轨行为。每个月他都可以到附近的监狱走一趟。无论那儿有多少死刑犯，他都全包了。

自然，格兰特没有朋友，每个与他接触过的人都怕他，恨他，嫉妒他。在小心谨慎为上的苏联，他没有任何所谓的可以被称作"友谊"的情感，顶多有一些职业上的老熟人关系。不过，他一点儿都不在乎。他所感兴趣的是他要杀的人而已。而生命的其他时间，他都生活在自己的心里，在这里，他的思想是丰富、令人激动、超前的。

当然，他有"锄奸团"这个大靠山。在苏联，只要进了"锄奸团"，就不必担心有没有朋友，有了"锄奸团"的保护，也用不着担心其他的事情了。

当飞机在希罗机场的雷达引导下徐徐降落时，格兰特还意犹未尽地沉浸在发家史的回忆中。机场南部闪耀着红光的地方就是莫斯科了。

他此时正当盛年，又是"锄奸团"里的首席杀手，也是整个苏联的头号杀手。到了这样的级别他还有什么不满的呢？还想要更高的提升？
更多的钱？更多的金质装饰品？更重要的任务？或者更好的技术？

这样看来，他实在没什么好追求的了，或许，这世界上某些国家里
还有一些他还没听说过的间谍人员，要是真有这样的任务，他得把这个
人除掉，才能保住自己在这行业中的霸主地位。

第四章
软 硬 兼 施

"锄奸团"是苏联暗杀政敌的一个官方组织。它既在苏联国内，又在海外活动。1955 年，"锄奸团"雇用的男女职员总数达四万之多。它的名称是处死间谍叛徒的俄语缩写形式，意思就是处死奸佞。它的名称只用于"锄奸团"内部和苏联政府官员中间，任何一个健全的普通人是不会从嘴里蹦出这个字眼儿的。

"锄奸团"的总部设在一幢外形丑陋的现代化大楼里，这栋大楼位于宽阔冷清的斯雷特尔达大街的 13 号。行人从这两扇大铁门边上手持冲锋枪的卫兵身旁走过时，吓得眼睛只盯着地面，而且脚步匆匆，只恨爹娘少生了两只脚。如果他们猛然记起了这是什么地方，也会装出若无其事的样子穿过大街，绕过它的大门。

"锄奸团"的各种指令都从这栋大楼的三楼发出。三楼最重要的房间与世界上所有国家的官方办公室一样，宽敞明亮。房间墙壁被刷成了淡淡的橄榄绿，隔音门的对面是两扇落地窗，从这里可以看到这栋建筑物的后院。地板上铺着颜色协调、质地高档的高加索地毯，左边角落里放着一张厚重的橡木办公桌，一块玻璃板压在桌上的红色丝绒桑布上。

在桌子左边，放着一个写着"进"和另一个写着"出"字样的用来装文件的匣子。在办公桌右边，放着四部电话。

该房间的另一个角落里，放着一张会议桌，这恰好与房间中央处的办公桌形成了一个"T"字，会议桌的周围放上了八张红色高背皮椅。桌上同样铺着红色丝绒桌布，但是没有玻璃压板的保护。上面还放着几只烟灰缸、两只大的玻璃水瓶。

墙上挂着四张大相片，相片都用金色的相框镶裱。靠门边的都是斯大林 1955 年的肖像，列宁的肖像在两个窗户之间，正对着其他两面墙上的肖像。布尔加宁的肖像一直挂到 1954 年 1 月 13 号，还有一张贝里亚的肖像，伊凡·亚历山德罗维奇·谢洛夫元帅的肖像也挂在这儿，他是国家安全委员会的首脑。

左边的墙上，在布尔加宁的肖像下，放着一个很气派的橡木柜，上面摆着一台大屏幕电视机，柜子里藏着一台能从办公桌上遥控的录音机。会议桌底部四周都安装了微型话筒，其电线就镶在桌子腿里。电视机隔壁是一个单人盥洗间和一间秘密影片放映室。

在谢洛夫元帅的肖像下，是一个书橱，最顶端的书架上放着的全是些马克思、恩格斯、列宁和斯大林的著作。在下面一层书架上放着的全是有关间谍和反间谍、警政和刑事学方面的书籍。紧靠着书橱旁边的是一张长条桌，桌上放着十二本烫金皮面的相册，里面贴着被"锄奸团"处决的人的相片。相册上的相片是按被处决的人的时间顺序排列的。

晚上 11 点 30 分，格兰特乘坐的飞机在士希罗机场着陆。这时，一个五十多岁、面相粗鲁、胡须浓密的老人正在长桌前翻阅 1954 年的相册。

这个人就是"锄奸团"的首脑斯契诃夫上将。这栋楼的人都称他为"G 将军"，简称"G"。他衣冠整洁，身着高领卡其军服、深蓝色的马裤，裤缝两边镶着两条深红色条纹。裤脚收进柔软、打磨得发亮的黑色马靴里。胸前佩戴着三排各种各样的勋章——两枚列宁勋章，一枚苏联卫国勋章，一枚亚历山大·尼维斯基勋章，一枚红旗勋章、两枚红星勋章；还有二十年为苏维埃服务的奖章，以及莫斯科保卫战奖章和攻占柏林的奖章。在这些奖章的尾部都缀着玫瑰红和灰色相间的最高级巴思爵士绶带，还有美国为表彰优秀品质的深紫红和白色相间的绶带。在这些绶带上都挂着苏联英雄才能得到的金星。

在卡其布高领制服上，他的脸显得尤其狭长。松弛的眼袋挂在眼睛下面，浓黑的眉毛下面是圆鼓鼓的棕色眼睛，活像抛光的大理石。脑袋上的毛刮得干干净净，紧绷的头皮在灯下泛着青光。他的阔嘴巴和突出的下巴使人觉得他过分地刚愎自用、独断专行。

突然，桌上的一部电话机嘟嘟地轻声响起来，这个人大步走到办公桌前，在高背靠椅上坐下，拿起标志着"高频"字样的话筒。拥有这种电话的，全苏联加在一起，也不过是五十人左右。他们都是各部的部长或某些特别重要的司局头目。总机接线员都是专职的保密人员，他们无法窃听到电话里的声音，而且每次的通话都会被录音机自动地记录下内容。

"喂？"

"我是谢洛夫。今天早晨总部会议后，你们都采取了哪些行动？"

"元帅同志，我们几分钟后在这里开会，外交部情报司、总参情报局和苏联国家安全部都要参加。如果提案通过，我会再召集行司司长和计划司司长开会。我已经把执行人员叫到莫斯科来了。这次，我会亲自负责全部准备工作，绝不会让哈克洛夫事件再次发生。

"好的，会议结束后请给我打个电话，我明天一早就要向总部汇报这一计划。"

"放心吧，元帅同志。"

G将军放下听筒，按了一下桌上的电铃按钮，然后按下了录音机的录音键，准备开会时录音。这时，他的副官——苏联国家安全部的上校走进了办公室。

"人都到齐了吗？"

"全到齐了，将军同志。"

"请他们进来。"

几分钟后，六个人鱼贯而入，他们中有五个穿着军服。在进来的时候，都严肃地瞥了一眼桌子后面的人，然后依次在会议桌前落座。他们之中有三个是司局级别的高级军官，每个人都带着一名副官。在苏联，没人会单独赴会。这是为了保护自己，也是为了让自己所属的部门放心，因此，高级官员们参加会议总是带着一个见证者，这样，他所在的部门就有一个关于会议进程的独立版本，总之，也可以知道他代表部门都说了些什么。这在会议中是相当重要的，也为后来的研究者提供资料。在开会和下决定时，如不能记笔记就只能口头传达给所属的部门。

在靠桌子较远的一侧，坐着的是斯林温中将，他是总参情报局的头子。他旁边坐着一位上校，这人是他的副官。桌子的另一端是维辛斯基中将，外交部情报司的司长，身边陪同他的是一位身着便衣的中年人。背对着门坐的，是国家安全部的情报司司长艾克林上校，他身旁坐的是一位上校。

"晚上好，同志们！"

那三位高级军官出于礼貌含糊地回应了。按理说，只有 G 将军才知道这儿装有录音设备，但其实来参加这次会议的三位高级军官都知道这一点，只是没告诉他们的副官。所以他们尽量压低声音，避免不必要的麻烦。

"这里可以抽烟。" G 将军边说边拿出一盒莫斯科牌香烟，用一只打火机点燃一支香烟。桌边也传来了打火机的声音。G 将军狠狠地拿起香烟，叼在嘴边。他的声音短促而有力。

"同志们，这次会议是在谢洛夫元帅同志的指示下召开的，他要求我同你们谈几个有关国家政策方针的问题，我们必须商讨一下，并提出一项行动方案。这关系着这项政策的执行，我们必须马上做出相应的决定，而且一定要万无一失。"

G将军停顿了一下，想让在座的人充分领会他刚才所讲的意思。他的眼睛慢慢地挨个儿打量着桌边的三个高级军官，他们全都木然地望着他。在这里，这些重要的人物们全都惶恐不安，他们即将看穿壁炉的大门。换句话说，他们马上就要知道一件国家机密了。在当今的苏联，知道这样的事对他们来说却相当危险，他们在这静静的房间里感受到了铁腕人物聚集的最高权力中心发射的炽热光芒。

G将军弹掉烟身上最后的烟灰，掐灭烟头，丢进烟灰缸中，然后又点燃一支，接着说道：

"根据总部的要求，三个月中我们要在敌人的领土上进行一项举世瞩目的特别行动。今天把大家叫来，就是要讨论实际的行动方案。"

桌子周围六双冷峻的眼睛此刻都紧紧地盯着这位"锄奸团"头子，静静地等待下文。

"同志们，"G将军靠在椅背上继续解释道，"苏联的外交政策已经进入了一个新的阶段。从前，我们实行的是强硬策略，一种钢铁般的策略（他尽量使自己拥有斯大林式的幽默）。这种策略尽管很有效，但是它建立在与西方紧张关系的基础之上，特别是与美国的关系，现在我们和美国搞得越来越僵了。美国人总是那样盛气凌人，歇斯底里，他们总让人难以捉摸。情报部门的报告表明，我们与美国之间的紧张关系，已经把美国逼向同我们进行核战争的边缘。这里有份报告，你们看了就知道我所说的一点儿都不假。但我们却不想发动这样的战争，假如这样的战争不可避免，那掌握这场战争主动权的也应该是我们。当然，美国也实力雄厚，特别是以那位著名的海军上将拉德福特为首的五角大楼的那帮人，针对我们的强硬政策，他们已向自己的政府提出了相应的一系列强硬政策。为应对这种变化，我们是时候必须改变一下我们的政策了，这其中也包括我们的战略目标。这样一来，一种新的外交方案就出台了，这就是软硬兼施的政策。日内瓦会议就是这项政策的开端，在那次会议上，我们使用了软的一手。中国威胁金门和妈祖岛，我们使用了强硬的一手。我们对外开放，允许大批记者和艺术家进入我国，尽管我们知道那些人当中混有不少间谍。在莫斯科的各类招待会上，我们的领导人谈笑自若。而与此同时，我们却在进行有史以来规模最大的核试验。布尔加宁同志、赫鲁晓夫同志和谢洛夫元帅同志（G将军对着录音磁带小心地念着这几个人的名字）访问印度和中东一些国家时，把英国人臭骂了一顿。而当他们回国时却对英国大使友好地说，他们愿意访问伦敦。形象一点儿来说，这种政策就叫胡萝卜加大棒政策，或者叫笑里藏刀。西方国家已被我们弄得稀里糊涂，他们已经不再像以前那样强硬了。他们现在反应迟钝，而他们之前建立起来的强硬政策也土崩瓦解。在这时，普通的民众则为我们出访的足球队欢呼雀跃。我们释放了几名不愿再供养的战俘，也令他们感动、高兴得直掉眼泪！”

桌子周围的人都露出了得意的微笑，多么英明的政策！我们把西方人耍得像傻子一样团团转。

会场上气氛顿时活跃起来，G将军非常高兴。他继续道：“同时，我们也在稳步地、悄悄地在世界的各个角落推行我们的强硬政策。例如声援摩洛哥的革命，出兵援助埃及，搞好与南斯拉夫的关系，在塞浦路斯制造混乱，挑动土耳其的暴动，支持英国工人的罢工，赢得法国政治支持等。如果我们不这样做，领导世界的地位将被别人占据。”

G将军看到桌子旁边一个个都眼放绿光，知道在座的抵触情绪都已消退。他想，现在该是施加压力的时候了，是时候让他们知道国家对他们的新政策了，应该让他们感到自己重任在肩，情报系统必须全力以赴地投入到这次行动中来。G将军身体向前倾了倾，右肘支在桌上，头脑中准备着下面的发言。

"但是，同志们，"他语调温和地说道，"我们应该看到，在执行国家政策的过程中，哪儿存在失误呢？当我们想采取强硬手段时，哪儿总是软弱无力，拖后腿呢？在其他部门高唱凯歌时，遭受失败挫折的又是哪个部门呢？而且是由于谁的愚蠢，让苏联在全世界面前丢了脸呢？大家想想，这些人是谁？是哪个部门？"

说到后来，G将军的声音几乎成了咆哮，他想，如此成功地传达了上司的痛斥，上司该怎样表扬他呢？如果把这些话重新放给谢洛夫听，那将是什么样的效果！

他扫视了一下桌子边上的人，大家都面无血色，一声不吭。G将军挥起拳头，朝桌子猛地一砸，怒吼道："不是别人，正是整个苏联的情报机构！"他继续狂叫道："是我们，是我们这些无用的东西，是我们这些破坏分子。在举国上上下下都在进行伟大光荣的斗争时，是我们拖了后腿，是我们！"他用力地挥了挥手臂，"是我们在座的所有人！"接着，他的声音渐趋正常，也恢复了理智，"同志们，让我们来看看事实记录吧（他把自己装得像个粗俗猥琐的村夫），斯库因这个狗娘养的！看看，这都是什么，我们先失去了古普科那样的能人，而后在加拿大和美国的情报组织惨遭清洗，损失了托柯也夫这批精干的人。接着，又发生了哈克罗夫叛逃事件，给国家造成重大损害。然后又是彼得罗夫和他的老婆逃往澳大利亚。我们面对的尽是失败、失败，再失败，没完没了！"

G将军停了停，转用柔和的语调继续道："同志们，我们今晚必须

拿出一个彻底改变这种局面的方案，并且在批准后立即采取行动，否则，
诸位都会像垃圾一样被历史清除！"

G 将军想找个适当的结束语来缓和这威胁的局面，他找到了，他看
了一下周围，语气平和地道："如果真的是那样的话，在座的人都不会
有好果子吃的。"

第五章
锁 定 目 标

威胁已经起到了预期效果，这伙泥腿子也受到了皮鞭的教训。G 将军给他们几分钟时间好让他们舔舔伤口，同时也让自己从惊恐受罚的状态中清醒过来。

在座的没人敢站出来申辩几句，虽然，苏联的情报机关确实有过几次失误，但与他们无数的辉煌业绩相比，实在是太微不足道了。他们没人敢质问 G 将军本人，他是这个情报部门的主管，出了这样的过失，他又该承担什么样的责任呢？不过，G 将军的训话代表的是上面权威的声音，而他只不过是个传声筒而已。当然，这对 G 将军来说，是一种自我表现的好机会，也是一种荣耀。每一个在场的人都时刻提醒自己，G 将军是"锄奸团"的最高首领，他的位置已经到了权力的巅峰。

外交部情报司司长维辛斯基中将坐在桌子末端，他看着从长长的柯滋贝克牌香烟中盘旋上升的烟雾，想起了莫洛托夫私下对他说的话。他说：一旦贝利亚死去，G 将军便会飞黄腾达。他当时只是认为，这预言没一点儿预见性，因为贝利亚活着的时候，不喜欢 G 将军，常给他使绊子。为了阻止他继续向上爬，所以才把他送到苏联国家安全部门的次要位置。直到 1952 年，G 将军才成为这个部门的代理部长。当这个部门被取消后，他又接受了谢洛夫元帅的密令，精心策划了一场颠覆贝利亚的阴谋。

谢洛夫，是苏联的英雄，也是肃反委员会、内务人民委员会、内务部等的著名老前辈，先驱者，无论在哪个方面都比贝利亚强大。他曾是1930年那次大清洗运动的幕后领导者，在这次清洗运动中有一百万人丧生。1944年2月，在高加索中心他又组织了血腥的灭族大屠杀。就是他，鼓动民众到波罗的海从军，绑架自"二战"后为苏联提供大量科学技术，使得苏联科技飞跃发展的科学家们。面对谢洛夫这样"德高望重"的对手，贝利亚还能做什么呢？只有束手就擒。

不久，贝利亚及其爪牙们都被送上了绞刑架。G将军控制了"锄奸团"，这是对他的最好报酬。谢洛夫元帅现在正同布尔加宁和赫鲁晓夫一道统治着苏联。将来有一天，他将独自一人登上权力阶梯的顶端。维辛斯基中将望着办公桌后G将军的光脑瓜，心想：到那时，G将军也将鸡犬升天。

光脑瓜突然抬起头来，鼓出的棕色的鱼泡眼向维辛斯基中将射来冷冷的光。维辛斯基平静地将这目光顶了回去，甚至还带着一种玩味的暗示。

"这是个深藏不露的家伙，"G将军想着，"我得把焦点引到他身上去，看他想说什么。"

"同志们，"G将军做出国家元首式的微笑，嘴角露出两颗金牙，"我们不能太胆小了，大树再高，总有砍断它的斧头。我们也从来不认为我们的工作做得完美无缺。所以，大家刚才听了我的一番话，应该不会感到意外！好，让我们勇敢地挑起新的重担，用实际行动改变这些对我们不利的局面。"

在座的军官没有立即回应这些陈词滥调，G将军也不稀罕那些附和。他点燃一支烟，继续他的谈话："我的意思是，在情报领域我们得马上制订一个行动方案。这个方案由我负责的'锄奸团'来执行。"

在座的军官们都长长地舒了口气，心想，由你"锄奸团"来负责，真是太妙了！

　　"但是，选择目标并不是一件容易的事，事关重大，所以我们要同心协力做出正确的决定。"

　　软中有硬，硬中有软，这个烫手的山芋又回到了在座的军官们身上。G 将军这只狡猾的老狐狸，岂有独自承担风险的道理。

　　"这个任务，绝对不是炸掉一栋房子或暗杀某个大人物那样简单。我们也不屑玩这种小儿科的游戏。我们得精心策划一出好戏，瞄准西方情报系统的心脏，给它来个致命一击。普通老百姓可以不知道，但是一定要在政界引起轰动，让全世界都笑话我们的敌人又蠢又笨。让各国政府都知道，这是苏联干的，就成功了，这是我们强硬政策的一部分。让西方的特务、密探、间谍们都见识一下我们的厉害，让那些卖国贼和反对派们都胆战心惊。我们的行动必将振奋人心，鼓舞士气。虽然，苏联的普通老百姓很想知道这事的主谋共犯，但是，无论怎样，我们对这件事要严格保密。"

　　G 将军停住了，直直看着坐在桌子末端的外交部情报司司长维辛斯基中将，他也正面无表情地看着他呢。

　　"我们要选取某一西方谍报机构作为打击对象，并在该机构中确定出我们实际的打击目标。维辛斯基中将同志，你是外交部情报司的，既然你用中立的角度来观察国外情报事件（这是对存在于苏军总参谋部情报总局和苏联国家安全部之间的外交部情报司声名狼藉的嘲笑），也许你已经在这一领域做好了调查，我们想听听你的看法，西方哪个谍报机构比较重要？我们选择的目标必须是威胁性最大的，而造成的影响也是最大的。"

　　G 将军说完，往椅背上一靠，双手交叉托住下巴，双肘支在扶手上，好像一个老师在听学生分析课文。

　　维辛斯基中将对 G 将军下达的任务没有一丝怯意。在他将近三十年的情报工作生涯中，大部分时间都是在国外度过的。他曾在里特韦罗负责下的苏联驻英使馆当过门卫；曾在塔斯社纽约分社工作；后来又回到伦敦，在那儿任苏联贸易机构的常驻代表。他在苏联斯德哥尔摩的大使馆干了五年武官的工作；在苏联间谍佐尔格（佐尔格，苏联间谍精英）去东京之前，曾协助培训过他；战争期间，他曾做过瑞士长驻特使主管，因为他熟知间谍之间的黑话，许多轰动性的事件都是他亲手策划的；战争中他曾几次到德国执行任务，几次都大难不死。战后他调到外交部，打进伯吉斯和麦克莱恩的组织，所以对西方的外交阴谋了如指掌。他是个地道的职业间谍，所以和对手交锋他可以真正做到知己知彼，百战不殆。

他身旁的副官有点儿坐不住了，外交部情报司被置于这样尴尬的境地，他岂能不着急？于是他搜肠刮肚，仔细斟酌着要说的每一句话。

"在这个问题上，不能把组织和个人混同起来，"维辛斯基中将小心翼翼地说道，"每个国家都有优秀的间谍，而最大的国家培养出的间谍就是世界上最优秀的。但，情报机构都要花费昂贵的经费，比如要建立各种各样的部门，像档案部、情报分析部门以及无线电网络的分布等，小国家是没有力量建立这样庞大的机构的。挪威、荷兰、比利时、葡萄牙等国都雇用单独行动的间谍，好在他们往往不能有效地利用这些间谍提供的情报，否则我们就会有不少麻烦。所以，我们不必过多地提防小国。"他停顿了一下，继续道，"我们再来看看瑞典，几个世纪以来，他们针对我们搞了很多间谍活动，他们从波罗的海窃取的情报竟比芬兰、德国还多。这是个危险的对手，我觉得我们该好好收拾一下他们。"

G将军插嘴道："瑞典的间谍案也不少，不过再多一件也无所谓，引不起全世界的注意。"

"意大利可以忽略不计，"维辛斯基中将没有理睬G将军，继续说道，"他们虽然机智活跃，但并不会妨碍我们，因为他们关心的只是地中海地区。我们再来看西班牙的情况,他们的国家情报局对我们构成了威胁,那些法西斯分子铲除了我们不少优秀的谍报员。但如果我们要进行打击报复的话,既浪费人力财力,收效又不好。这对革命来说,起不到什么作用。"他咳嗽了一声继续道,"至于法国,虽然我们已经能够打入他们大多数的情报机关,但仍然没有进入国家情报局。这个国家情报局对我们构成了不小的威胁,值得我们注意,况且,在法国,我们行动起来应该比较容易。"

"但是法国自己内部矛盾重重!"G将军评论道。

"英国的情况就大大不同于其他国家了,我认为,我们应该加大对英国情报部门的重视力度。"维辛斯基中将环顾了一下左右,包括G将军在内的所有在座的军官们都对他这个建议点头称是,"他们的情报部门相当出色,英国是个岛国,这对安全防卫来说,是个有利条件。他们军事谍报五处的人都受过良好的教育,个个聪明机智,简直就是间谍天才。他们的秘密警察更为出色,都有傲人的成绩。在具体的行动中,也处处占着上风。他们的间谍相当不错,虽然拿的报酬不高,月薪只相当于一千到两千卢布,但全都很卖命。他们没什么特权,不能免税,也没有专门的商店供他们廉价消费,而这些我们都有。他们在国外的社会地位并不高,他们的妻子与普通秘书的妻子没什么两样,退休时也很难拿到奖章。可是,这些人却心甘情愿地干这项冒险的工作,真让人匪夷所思。也许跟他们接受的传统教育有关:热爱冒险。否则,他们也不会如此精于此道,他们又不是天生的阴谋家。"维辛斯基中将意识到自己的评论有太高的颂扬味道了,便急忙补充道,"当然,他们大部分的力量也不过是伦敦警察厅炮制的,这些都存在于神话中,诸如福尔摩斯侦探之流。没有什么大不了的,这样的神话完全可以不用理睬。"

"美国的情况怎么样呢?"G将军打断了维辛斯基中将对英国情报

人员的颂扬，他想：总有一天，这些关于公立学校和大学教育的颂歌在法院审判时都会派上用场的。接下来，他如果继续说五角大楼比克里姆林宫好的话，那么他以后的下场会更惨。

"在我们所有的对手中，美国最强大，也最富有。从技术上讲，如无线电、武器、设备等，都可说是首屈一指。但他们却不知道好好利用这些东西，而找了一些巴尔干半岛的间谍，听信他们说在乌克兰有秘密武装的间谍，于是马上掏出钱来，让其中一个间谍去给这支所谓的部队买靴子。可这个骗子马上转身跑到巴黎，把钱都花在酒和女人身上了。美国总以为金钱是万能的，可是一个出色的间谍是不会为钱而工作的，只有那些下三流的货色才是财迷。"

"同志，他们也有成功的时候，"G将军狡猾地说，"也许，你太低估了他们吧！"

维辛斯基中将耸耸肩："他们当然有成功的时候，将军同志，播下成千上万颗种子，总不至于一个土豆都收不上来吧。但我个人认为，我们没有必要把美国人作为攻击目标。"说完，这位外交部情报司的头子便靠在椅背上，神色冷峻地掏出烟盒，点上了一支烟。

"发言很生动，"G将军冷冷地道，"斯林温将军，你的意见如何？"

总参谋部情报总局的斯林温并不想代表总参谋部表态："我认真听了维辛斯基中将的讲话，我想，我没有什么要补充的。"

国家安全部的艾克林上校心想，这个时候表明与总参情报局不同也不会对总参情报局不利，同时又提出一项合理的建议，来迎合其他人的看法，未尝不是一件好事，说不定这也是G将军想说的。艾克林上校深知，只要建议对了总部的胃口，那么苏联国家安全部就有他的支持。

打定主意之后，他便开口道："我建议把英国情报局作为打击的目标。"他这话说得斩钉截铁，"谁都知道，我们并没把他们当回事，但在刚才提到的那批材料中，他们的间谍大部分也算是出类拔萃的。"

G将军颇有些恼火，心想：奶奶的，这颗炸弹本来该由我来引爆的，却被这小子抢了去。他虽气恼，却也无计可施，他用打火机轻轻地敲打着桌面，提醒众人他才是这里的主宰："同志们，大家都同意这个意见吗？我们要对英国情报局有所行动吗？"

在场的人都小心地点点头："我们同意！"

"好，现在我们来确定目标吧！我记得，刚才维辛斯基中将同志谈到一种神话。确实，英国情报局的所谓实力，很大程度上是依靠这种神话。那么，我们怎样才能揭开它神秘的面纱，来瓦解这个组织呢？这个神话究竟缘于何处？我们能不能做到一网打尽？是否这个神话就来自英国情报局的头子？"

艾克林的副官和他耳语了几句，艾克林觉得自己可以回答这一系列的问题了。于是他说道："这个人是个海军上将，代号为M，我们有他的档案，但具体情况还没摸清楚。他喝酒不多，年纪大了也没搞定女人；公众并不知道有这么一个人存在，即使干掉他也成不了什么轰动一时的新闻。他很少出国，而要把他打死在伦敦街头，显得我们太没水平。"

"你说得太多了！同志！"G将军说，"我们现在就要找一个合我们胃口的家伙，他们那边就没有一个英雄吗？就没有一个受人崇拜、死后会引起上上下下恐慌的人物？神话是建立在英雄身上的，难道他们就没有一个这样的人？"

桌子周围的人都陷入了沉寂，他们都在搜肠刮肚地回忆。无数个名字、无数次间谍活动、无数份资料——此刻都在他们脑海中翻腾，究竟是谁？谁在英国的情报局中有这样的地位？这个人究竟是谁？……

最后，国家安全部的艾克林上校打破了这令人不安的沉默。

他有些迟疑不决地说道："这个人叫邦德。"

"呀，屁，狗崽子的！"这句粗俗猥亵的脏话是 G 将军最爱说的口头禅，他一拳砸在桌上，恶狠狠地说道，"对，同志们，他们那里确实有个叫邦德的家伙，"他带着嘲弄的口吻继续道，"哼，叫什么詹姆斯·邦德（他故意把詹姆斯发成胥姆兹），刚才竟没人想起这个间谍的名字，我居然也给忘了，难怪有人批评我们情报司孤陋寡闻！"

见此情况，维辛斯基中将觉得应该为他的情报司辩护几句，于是说道："将军同志，苏联有无数个敌人。如果想要弄到他们的名字，尽可以到档案中心去查嘛。我知道有邦德这么个人存在，他也确实多次找过我们的麻烦。但今天想到的却是其他的人，那些目前正和我们作对的家伙的名字。这就好比我非常喜欢看足球赛，但却老记不住那些把球踢进我们球门的外国球员的名字。"

"你太喜欢开玩笑了，同志。"G 将军觉得他跑题了，"这是件严肃的事情，我承认，我也没有想起这个臭名昭著的间谍来。幸亏艾克林上校提醒了我们。我记得这个叫邦德的人至少破坏过两次'锄奸团'的行动。当然了，这些事情都发生在我负责这个部门之前。一次是在法国的卡西诺银镇，那个人叫利弗尔，他是法国著名的共产党领袖，却稀里糊涂地卷进了一场金钱纠纷当中。假如邦德不去横插一脚的话，他肯定可以逃脱干系。为了不暴露其他人，我们只好把他除掉。当时也打算顺带着把这个英国佬一起干掉的，但却被他幸运地逃脱了。接着，我们在哈莱姆的一个黑人间谍出了事，这个人很了不起，在我们所雇用的外国间谍中，他也算得上是最能干的人物。他手下有一个庞大的间谍网。事情发生在加勒比地区，牵涉到一宗珠宝生意，具体细节我记不清了。英国人派邦德杀了那个黑人，结果我们在那里的间谍系统遭到了破坏，对我们来说情势急转而下。这是我的前任长官又一次惨败在这个英国间谍手下。"

艾克林上校连忙搭腔道："我们也曾发生过类似的事情。那次是在德国，我们让德国人搞一次导弹计划，将军同志，你可能还记得这件事。那次行动极其重要，本来在我们的高压政策下已经结出了累累硕果，但可恨的是，又是邦德让我们功败垂成。那个德国人被杀了，对我们国家来说，是个非常严重的后果。这也引起了一系列难以解决的外交问题。"

总参情报局的斯林温将军听了这话，鬼火都上来了。他觉得自己必须为总参情报局辩解几句了。导弹事件明明是一次军事行动，失败也不能尽归总参情报局的门下。艾克林自己非常清楚，可他现在这样说，分明是嫁祸于人嘛。国家安全部总是让总参情报局下不来台，甚至还揭老底，怎么咽得下这口气啊！于是他冷冷地对艾克林说道："上校同志，如果我没记错的话，当时我们曾要求你们干掉那个家伙，但你们却一直按兵不动。假如不是你们当初袖手旁观，也不至于有后面一系列事情发生了吧？"

艾克林听到这儿勃然大怒，太阳穴上的青筋直暴，但他努力控制自己的情绪，带着嘲弄的口吻大声道："将军同志，请说话客气点。那次你们的要求可没有得到最高领导的同意，而且，你们也没有在英国制造更激烈的事端。这件事恐怕是你记性不好吧！要知道在任何时候，如果你们向苏联国家安全部提出理由充足的请求，'锄奸团'肯定会采取行动的！"

"我从不记得有过这样的请求，"G将军说这话的语气很硬，冷冰冰的，"不然的话，这个家伙早就到阴间做鬼去了，怎么还轮到他在这里危害人间！算了，现在不是回忆往事的时候。导弹事件过去三年了。苏联国家安全部的同志现在应该向大家介绍一下这家伙最近的情况吧？"

艾克林转过身和他的副官嘀咕了几句。他不想授人以柄，于是决定采取谨慎为妙的策略："将军同志，我们对他的近况也知晓不多。只知道去年，在非洲和美洲的一桩钻石走私案中，他被卷了进去。这件事和我们没啥关系，所以我们也就没有深入调查。不过我认为，要全面了解他，最好现在查阅一下他的档案。"

听了他的建议，G将军点点头，拿起电话，拨了一个号码，问道："中心档案室吗？我是斯契诃夫，请你们立即调英国间谍邦德的档案。"对方立即说道："马上，将军同志。"G将军挂上电话，以权威者的目光扫视了一下在座的官员："同志们，从许多迹象来看，这个间谍是我们合适的行动目标，干掉这个危险人物，对我们各个情报部门都有好处，不是吗？"

与会者们悄悄议论起来。

"毫无疑问，他的死会激怒英国情报局。但是，能否取得更大的效果？能否重创英国人？能否有利于打破我们所谓的英国神话呢？对他的国家和机关来说，他真是个英雄吗？"

听了大家的议论，维辛斯基中将知道这些都是针对他的，于是他说道："英国人对英雄不感兴趣，除非他是足球明星、板球健将或马术高手。登山能手和短跑飞人也可能是一部分人心目中的英雄。在英国，只有女王和丘吉尔这样的人才受大众推崇。英国人对军事英雄不感兴趣，公众还不知道邦德这个人。假如人们认识他，他也不是个英雄。在英国，不管战争是公开的还是秘密的，他们心目中的英雄都不会参与。英国人厌恶战争，战争过后，英雄的名字很快就会被人遗忘。在秘密警察中，邦德也许是个英雄吧，但普通人可能并不这么看。另外，他的外貌和性格也很重要。我没见过他，不知他长什么模样。也许他脑满肠肥，大腹便便。无论他功勋怎么赫赫，这种英雄绝对不是人们心目中想要树立的。"

艾克林插话道："据被俘的英国间谍提供的情报，他在英国情报局中很受尊敬。他仪表堂堂，但人们却说他是条孤独的狼。"

这时电话铃响了，G 将军拿起话筒，说了一声："送进来。"

不一会儿，门外响起了敲门声，一位副官抱着厚厚的一本硬面卷宗走进屋来。他把卷宗放在 G 将军的桌子上就走出去了，并随手关上了门。

这卷宗有个黑得发亮的硬皮封面，封面左上角用白色字体标有"绝密"字样，封面中间写着"詹姆斯·邦德"，下面标有"英国间谍"。

G 将军打开卷宗，从中取出一个大信封，从里面倒出一大堆照片。他一张一张仔细观看，还不时拿出放大镜来瞧瞧。他看完之后就把它们传给了艾克林，艾克林看了一眼就传了下去。

第一张照片是 1946 年照的，照片上面显示的是个模糊的年轻人，正坐在露天咖啡店里。他身旁的桌子上放着一只高脚酒杯和一个汽水瓶。他的右前臂放在桌上，手指间夹着根香烟，懒散地垂在桌子边缘。腿是英国人惯常采取的"二郎腿儿"——右脚踝架在左腿膝盖上，这也是个漫不经心的姿势。从这个姿势来看，这个人并不知道有人在二十英尺以外偷拍他。

第二张摄于 1950 年。这是张很模糊的半身像，但邦德的样子还是看得清楚。这张距离比较近，他正眯起眼睛仔细看着什么。也许他正盯着镜头之后的拍照者的脸呢。G 将军估计，这张近照是用纽扣式相机拍下的。

第三张是 1951 年的照片，是从左侧拍的，离得很近。邦德穿一件黑色的外套，没戴帽子，正沿着一条空旷的街道迎面走来。他正好路过一家正在关门的熟食店，好像正匆匆赶往前面某个地方。他笔直朝前走着，右肘弯曲，由此可看出，他的右手插在口袋里。柯将军猜想，这可能是从汽车上拍下的。从他严肃的神情和故意侧着身子走路的姿势可以看出，这个人很危险。好像只要他一去，前面街头就会出现麻烦事。

第四张，也是最后一张，是 1953 年拍的。这张照片是正面照，在照片的右下角有半个皇家印章。这张照片估计是在邦德经过海关或在哪家旅馆投宿时，有人从他的护照上拍下来的。G 将军拿着放大镜仔细地在他脸上看来看去。

这是一张轮廓分明、皮肤黝黑的脸，右边脸上有条大约三寸长的伤疤；眼睛很大，平视前方；眉毛黑且长，可以说得上是浓眉大眼；头发乌黑，并且随意地梳了个左分头；右眼角上有颗黑痣；鼻子直而挺拔；嘴巴大，看上去有些残忍；下颌线条明快，犹如刀削斧凿。他身着白衬衣，系着黑色领带。

G 将军伸直手臂，将照片拿远点全神贯注地凝视着。看得出，这是个坚定、凶残、目空一切的人。他并不关心这个人内心究竟是个什么样子。他把照片传给桌子边上的其他人，自己则拿过卷宗，一页页翻看起来。

不一会儿，照片传回给他。他把它们一一分开，又扫了几眼。"看上去，这是个不容易对付的家伙。"他冷峻地说道，"这儿的材料充分证明了这一点。我先读几段给你们听听。"他翻到第一页，挑那些他认为重要的信息念了起来：

"名字——詹姆斯；高——183 厘米；体重——76 千克；身材——修长；眼睛——蓝色；头发——黑色；左肩和右颊上均有伤疤；右手手背做过整形（见"附录 A"）。

全能运动员；拳击家；擅长使用手枪、飞刀。

不用伪装，语言：法语、德语。

嗜好：烟瘾极大（注：喜欢有三道金标的特制香烟）。

缺点：饮酒，但不过度；好色。

没有考虑过受贿。"

柯将军又翻了一页，继续念道：

"此人左臂下常带有一支0.25英寸口径的贝雷塔式自动手枪，可装八发子弹；左前臂上绑有一把匕首；穿钢头皮鞋。他具有柔道基本功，擒拿凶猛，常使对方难以招架。有很强的忍受痛苦的能力。（见"附录B"）"

G将军又翻过几页，一直翻到最后一页。这部分是从间谍们的报告中摘录下来的材料，上面都清楚地记载着日期。这是在附录之前有关邦德案件的具体细节。他的目光直接停留在最后的结论上：

"总之，詹姆斯·邦德是个极其危险的恐怖分子和职业间谍，从1938年开始，他就为英国情报局卖命。现在（见封卷宗日期：1950年11月）代号'007'，代号中的'00'表示他已杀过人，而且在行动中有杀人特权。除他之外，英国还有两名间谍拥有这样的权利。此人于1953年被授予圣迈克尔和圣乔治勋爵，这种荣誉通常只在间谍退休的时候才能得到，这是他能力的最大体现。假如与他相遇，实际情况与具体的细节应当立即呈报给总部（见'锄奸团'、国家安全部、总参情报局1951年的记录）。"

G将军合上档案，手在封面上拍了拍说："怎么样？同志们，有什么意见？"

"没意见。"艾克林上校大声回答道。

"没意见。"斯林温将军无聊地说道。

维辛斯基中将看着手指，他讨厌暗杀，而且很留恋在英国的那些美好时光。"行吧！我看就这样吧。"他有点儿不太情愿地说道。

G将军拿起内线电话，告诉他的副官："你立即填张死刑执行令，名字是詹姆斯·邦德，身份为英国间谍，罪名是苏维埃危险的敌人。"

放下电话，他在椅子上欠了欠身子，道："现在，我们要考虑的是制订一个合适的计划，一个天衣无缝的计划！"他阴险地笑道，"我们绝不能让哈克洛夫事件重演。"

门开了，他的副官走了进来，把一张橙黄色的纸放在G将军面前，然后转身走了出去。G将军扫了一眼，在纸片下端写下了"立即处死"字样，签上了自己的姓名，艾克林上校和斯林温将军也分别签了名。最后，纸片和钢笔递给了维辛斯基中将。

维辛斯基中将仔细看了看这张纸片，他慢慢抬起头，看了看正盯着他的G将军，便不再看纸片上的内容就签上了"处死"字样和自己的姓名。

"完了吗，将军同志？"维辛斯基中将说着推开椅子站起身来。

G将军见维辛斯基中将如此情形，心里暗自高兴。看来他的直觉不错，对维辛斯基中将要小心为妙，他应该监视他并且要把他的怀疑报告给谢洛夫元帅。"稍等一下，将军同志，"他说道，"我还想再讲一点。"

纸片已经交到了他手上，他拿起笔画掉他先前写的字，然后重新写过，并且边写边念："立即处以死刑，同时制造一起丑闻，斯契诃夫。"

他看了看他的同事们，面带微笑对大家说："谢谢，同志们，今天就到这儿，主席团做出决定后，我将通知大家，晚安！"

会议结束后，G将军站起身，伸了个懒腰，打了个大哈欠。他坐下来，关掉录音机，按铃召唤他的副官进来。副官进来后，站在桌子边上。

G将军把那张纸交给他："马上上报给谢洛夫元帅，再找找克里斯蒂，用汽车接他来。不管他正在做什么，我要立刻见他。二司肯定知道他在哪儿。另外，把克拉勃上校叫来，不要超过十分钟。"

"是，将军同志！"副官说完，离开了办公室。

G将军拨通了谢洛夫元帅的电话，轻声细语地讲了五分钟。最后说："我打算把任务交给克拉勃上校和克里斯蒂，我们还将针对计划制订一个适当的提案。明天，他们会交给我一份详细的计划材料，您看这样可以吗，元帅同志？"

"可以。"总部的谢洛夫元帅平静地说，"必须干得干净利落，不留痕迹。总部明天早晨会批准这项报告。"

刚放下电话，内线电话又响了起来。G将军拿起来，说了声"让她进来"就把电话放回去了。

一会儿，副官打开门，站在门口报告道："克拉勃上校来了。"

一个身材特像青蛙，穿着橄榄绿军服，胸前别着列宁勋章的女人走进屋来。

G将军抬起头，指了指会议桌边的一把椅子："晚上好，同志。"

这位二司的司长，主管着"锄奸团"具体行动和暗杀的女人在她那鼓鼓的胖脸上挤出一丝媚笑回答道："晚上好，将军同志。"说着便撩起裙子，一屁股坐在了椅子上。

两个闪闪发亮的圆形钟面，就像怪兽的两只巨眼，盯着眼前这场国际象棋大赛。

长长的红色钟摆嘀嘀嗒嗒来回晃动着，两个钟面显示着不同的时间，代表克里斯蒂的钟面显示的是一点差二十分，其对手正苦思冥想，他的钟面上显示的时间是一点差五分。就只差五分钟了，现在除非克里斯蒂犯下极其愚蠢的错误，他才有可能扭转败局。但这种事情百年难遇，看来他是败定了。

克里斯蒂一动不动地坐在那儿，就像一只难以捉摸的坏鹦鹉。他双肘支在桌上，拳头紧握着，撑着下巴。嘴巴嘟囔着，显得十分傲慢无礼。他宽阔而隆起的前额下，一双黑眼珠斜睨着已成定局的棋盘，但在面罩下，他太阳穴上肥虫一样的静脉暴起，霍霍跳个不停。比赛已经进行了两小时零十分钟，他流的汗足有一磅重。刚才走的一步臭棋仍使他如鲠在喉，但对莫卡列夫和在场的观众来说，他仍不愧是"棋坛高手"。他的棋路被人们比喻成吃鱼，先去鱼鳞，后去鱼刺，然后一口吞下鱼肉。克里斯蒂已在莫斯科国际象棋赛上两度夺冠，这次是第三次比赛，如果他再次胜出的话，便可圆了他当一名国际象棋大师的美梦。

场内外皆是寂静，除了克里斯蒂钟摆走动的声音。两个裁判员坐在椅子上一动不动，对莫卡列夫来说，已经回天乏力了。而克里斯蒂已经进入了拒绝吃对方弃兵的局面。正在这时，莫卡列夫还在拼命维持，直到他第二十八颗棋子被吃掉。他在这步棋上浪费了太多时间，也犯了致命错误，而这些失误又在第三十一和第三十三步棋上重演，难怪他要处于下风了。但是谁又能看出来呢，毕竟他这一个星期以来，过关斩将，打败了全俄罗斯的对手才走到这儿的。

赛场对面的观众席上一阵骚动。克里斯蒂的右手慢慢地在脸颊上滑动，之后他的手在桌子上来回划着，看得出，他是在思考怎样走棋。他的大拇指和食指张着，就像一只粉红色螃蟹的前螯，时而张开时而收拢。他的手，拿起一颗棋子，轻轻落下，然后手又慢慢摸回到脸上。

看到这里，观众们嗡嗡议论着。在巨大的墙图上，大家可以看到第四十一步棋其实是个迂回棋，这样一走，这个 R-KT8 一定会被吃掉。

克里斯蒂压着他钟摆的底座，陷入了沉思中。他的钟摆已经停住了，现在他只剩下一刻钟了。而与此同时，莫卡列夫的钟表开始计时，红色的钟摆无情地走着，敲击在莫卡列夫的心上。

克里斯蒂往身后的椅子上一靠，他的手平放在桌上，冷冷地看着对手泛光低垂的脸，他仿佛可以看穿他的五脏六腑，这个时候他正承受着巨大的失败带来的痛苦，就像中了标枪的美洲鳗一样在痛苦地翻腾。莫卡列夫——乔治亚苏维埃社会主义共和国的冠军，明天他就要回乔治亚苏维埃社会主义共和国了，并且要待在那儿了。这一年的任何时间里他都只能和他的家人待在那儿，不准到莫斯科来。

正在这时候，一个身穿便衣的人从赛场周围的围栏下钻了进来，对一个裁判悄悄地说了几句后，然后递给他一个白色的信封。裁判摇摇头，指指莫卡列夫的钟，对他说只剩三分钟就结束了。那个人又向裁判嘀咕了几句，只见裁判满脸不快地点点头，摇响了手铃宣布道：

"克里斯蒂同志有急件，比赛暂停三分钟。"

　　大厅中出现了一阵骚动。虽然莫卡列夫按照惯例，坐在那儿也一动不动，只抬头仰望着高高的天花板。但是观众们知道，这届棋已深深地印在了他的脑子里。对他来说，暂停三分钟，无疑是给他加了三分钟额外考虑的时间。

　　克里斯蒂感到相当恼火。但是他还是坐在椅子上，面无表情地接过裁判递给他的一封没有地址的信。他一副无所谓的样子，用手指拆开信封，从中抽出一张既没署名也没有地址的信笺来，上面用他非常熟悉的大号字打印着：

　　速归。

　　克里斯蒂把信纸折好，小心地装进上衣的口袋里，准备以后把它销毁。他看了看站在裁判身后的便衣的脸，他正不耐烦地盯着他，像是催他马上就走。可恶的家伙！克里斯蒂心想，这种人可真要了命了。最后二分钟了，绝不能功败垂成。他居然如此无礼，这简直是对人民体育事业的侮辱。他硬着头皮对裁判打了个手势，示意可以继续比赛，可自己心里还是很不踏实。他一直躲着那个等在一边的便衣的眼睛，可是，越挣扎，绳子捆得越紧。

　　裁判摇了铃，宣布比赛继续进行。

　　莫卡列夫慢慢低下头来，他的时间本已用尽，但有了这三分钟的暂停，使他还可以继续顽抗。

　　克里斯蒂心里忐忑不安，他这种做法在“锄奸团”以及其他国家机构中从未听说过。这事毫无疑问会向上汇报，如此违抗命令，玩忽职守，后果将是什么呢？被G将军痛斥一顿，再在他档案上记上一笔，就算是谢天谢地了。最坏的结果呢？克里斯蒂不敢往下想，也不愿意去想。不管到时候发生什么，胜利的甜头已经在他嘴里变得苦涩了，不用说，桂冠与枷锁将会一同降临在自己头上。

比赛终于要结束了，莫卡列夫的钟面上只剩五秒钟了。他低下眼皮，点头表示认输。裁判摇了一下铃，宣布比赛结束。观众们站了起来，大厅里掌声响成一片。

克里斯蒂站起身，向对手和裁判行了礼后，又向观众深深地鞠了一躬，然后跟着那幽灵般的便衣警卫钻过围栏，冷峻地分开闹哄哄的崇拜者，朝门走去。

锦标赛赛场外的普希金大街上，一辆黑色的轿车停在如往常一样喧闹的一家黑色的ZIK酒吧旁边，此时发动机正突突作响。克里斯蒂钻进后排座，关上车门。那便衣也跳上踏板，钻进前排座位，于是司机就推上了挡，车子如离弦的箭一般冲了出去。

克里斯蒂心里明白，向便衣道歉毫无用处，同时也是有违纪律的。他毕竟还是"锄奸团"的设计司司长，荣誉上校。对这个组织来讲，他的脑袋就好比金刚钻，锋利异常，因此他的作用至关重要。或许这能使他从这场麻烦中解脱出来。望着车窗外的夜色，他琢磨了一会儿该如何为自己辩解。车子很快驶上一条笔直的大道，一轮满月挂在天空，照耀着克里姆林宫那洋葱形塔尖，地上一片银色。车子在总部门前停了下来。

便衣警卫把克里斯蒂交给了G将军的副官，并递给他一张小纸条。副官扫了一眼，抬了抬眼皮，半扬着眉毛，冷冷地打量着克里斯蒂。克里斯蒂没吭声，心平气和地看着他。副官耸了耸肩，拿起内线电话，向G将军通报。

他们一起走进了G将军的大房间，克里斯蒂不安地向脸上挂满浅笑的克拉勃上校点头致意，然后在桌子旁坐了下来。副官走到G将军身边，呈上那张纸条。G将军瞟了一眼后，恶狠狠地瞪着克里斯蒂。当副官关门走出去后，他便换上了笑脸，和颜悦色地问道："同志，这是怎么回事？"

克里斯蒂对这句问话相当平静，他镇定自如，他知道他编的故事肯定能将上司打动，便从容地回答道："在观众眼里，将军同志，我是一位职业棋手。今晚我已是第三次获得了莫斯科国际象棋比赛的冠军。假如，在比赛的最后三分钟里，哪怕我的妻子在赛场外被人暗杀，我照样也会无动于衷的。观众们都在看着我，他们和我一样，把整个身心都投入到比赛中。如果我看过信后就马上退出比赛，在场的五千观众一定会胡乱猜疑。那样的话，定会流言四起，我的真实身份就会暴露。我的确是抗命耽搁了三分钟，但这完全是从国家的利益着想。即使这样，一封信中断了比赛还是会成为人们的话题。我只得推说是我的一个孩子突患重病，为了证实这一点，还必须把他送到医院去住上个把星期。我为这次没能立即执行命令深感抱歉，但这个决定是非常难做的，可的确只能这样做。这样做的结果，对我们部门是最好的。"

G将军若有所思地望着克里斯蒂那幽深的眼睛，心想：这人无疑是有罪的，但他的辩解却合情合理。他又瞟了一眼纸条，权衡利弊，终于拿出打火机，把纸条烧着，然后扔掉正在烧着的纸角，把落在玻璃板上的灰烬弹到地板上。他没再说什么，而是梳理着自己的思路，这可是烧掉了克里斯蒂的全部罪证啊。克里斯蒂也在考虑，既然他罪行的证据已经被烧掉了，那么就没有什么好往档案上写了。他感到浑身轻松，发自内心地感激G将军。他决定全力以赴去完成将要交给他的新任务。G将军对他如此宽大处理，他理所当然应赴汤蹈火，在所不辞。

"克拉勃同志，请把照片给克里斯蒂上校。"G将军开始布置任务，就好像刚才的事压根儿没发生过一样，"接下来的事是……"

"又一个该死的间谍。"克里斯蒂一边听G将军说，一边打量着那张从护照上偷拍下来后又放大的照片。他望着那黝黑冷酷的面颊，G将军的讲话在他耳边断断续续，他脑子里充满了各种信息，于是他飞快地挑出重要的部分：英国间谍，策划震惊世界的丑闻，不能让别人知道是苏联干的，此人擅长杀人，弱点是好色（克里斯蒂想着，这应该不是同性恋），嗜酒（但没说吸毒），不收受贿赂（谁知道呢？这是每个人的通病），没有额外存款，动用情报部门的所有设备和人员，三个月之内必须完成任务等。主要的信息已经出来了，细节问题等会儿仔细斟酌。

G将军说完后看着克拉勃上校："上校同志，您觉得该怎么干呢？"

正方形、没有镶边的眼镜在树枝形装饰灯的灯光下闪闪发亮，听G将军点到自己的名字，这女人迅速直起腰，推了推眼镜，透过眼镜她看着桌前的G将军，小心地陈述着自己的观点。说话间，她苍白的嘴唇快速地张合，露出被烟碱熏得斑斑点点的牙齿。克里斯蒂看到桌子对面的这张面孔，刻板、木讷的上下翻飞的嘴皮，都使得他心里有种说不出的厌恶感，总觉得她只是个乱叫的小丑。

她的声音嘶哑，干脆，却无一点儿感情："……这次行动如同我们上次的斯托尔·金伯格行动。你还记得吗，将军同志？那次我们是把他弄臭后再下手的。不怎么费神，那个间谍是个性变态，所以……"

克里斯蒂不想再听她唠叨。这些行动他都记忆犹新，因为大多数行动方案都是经他之手出笼的，所以这些方案就像复杂的国际象棋开局法深深地刻在他的脑中。他闭上耳朵，注视着对面的讨厌的女人，心里盘算着她究竟还能干多久，也就是说，他还得听她唠叨多长时间。

这种想法很可怕？实际上克里斯蒂对人不感兴趣，甚至对他自己的孩子也不存着爱心。在他的字典里，没有"善"与"恶"这些词。在他看来，所有的人只不过是棋子而已，他的兴趣也仅仅在于如何操纵这些棋子。他的工作就是要预测人在各种情况下的反应。这要求他必须摸透人的个性特征，人的本质是不变的，都具有自我保护的意识、性本能和动物本能。在这些东西的支配下，他们的性格可能是活泼好动的、沉静冷淡的、暴躁的或忧郁的。一个人的性格在很大程度上决定了他的思想感情和观点看法。无论巴甫洛夫和行为学家怎样强调，人的性格很大程度上是取决于后天教养。当然，在一定程度上也取决于其父母的性格。除此之外，人们的处世态度和行为举止以及其体质强弱等都与性格的形成有关。

克里斯蒂脑子里想着这些基本法则，眼睛一刻不停地打量着桌子对面那个讨厌的女人。虽然他已将她剖析过不下上百次，但现在看来又要与她共事几个星期了，所以最好还是对她进行重新估量，以免她到时候又突然插一杠子，让人措手不及。

当然，罗莎·克拉勃求生欲极强，否则，她不可能成为现在苏联最有权势，也最令人畏惧的女人。她的升迁，克里斯蒂清楚地知道，是从西班牙内战时期开始的。那时，她是个双料间谍，她既为莫斯科国家安全部门工作，又为西班牙共产党情报机构卖命。她曾是大名鼎鼎的安德里斯·尼思的得力助手、某种程度上的生活秘书，人们都说这个女人颇有独立见解。自1935年到1937年，她一直在尼思手下工作，但据说后来她在莫斯科的授意下，杀了尼思。不管这一说法是否属实，反正从此以后，罗莎·克拉勃就青云直上，慢慢地沿着权力阶梯向上爬。她无数次虎口脱险，又每每在战火硝烟中幸免于难。她步伐稳健，从不急于向任何人表忠心，也不加入任何派系。这样，她躲过了所有的清洗。直到1953年贝利亚死后，她的这双血债累累的手，终于抓住了通向权力巅峰的绳索，成为"锄奸团"二司司长。

克里斯蒂细想着这个女人的发迹史，她大部分的成功都归因于她罕见的天性和第二重要的本能，以及性本能。无疑她在性要求方面是特别的，因为她是中性人。克里斯蒂也很清楚这一点，男人们的传言和女人们的猜测，证据太多而毋庸置疑了。她或许会喜欢肉体上的快感，但用什么手段就不重要了。对她来说，性需要还不如搔搔痒那么容易。而这个身心都是中性的人削弱了她作为人的感情、敏感和欲望。性取向是中性的话，就会导致个体冷淡的一面，而两者兼有之则是非常美妙的。

对她来说，动物的本能可能已经沉寂了，而她对权力的急切渴望又使得她成了一条恶狼而不是一只温驯的绵羊。她独来独往，但一点儿都不觉得孤独，因为同事们的温暖对她来说是多余的。当然，从她的气质来讲，她是那种冷淡——缺乏热情、能忍受痛苦、行动迟缓的人。懒惰可能是她不时出现的恶习，克里斯蒂想着，她一定很难从早上温暖的被窝里爬起来，经常赖床。在她的私生活里，她肯定是个不修边幅，甚至肮脏的人。这一点儿都不好，克里斯蒂继续想着，仿佛看透了她放松、脱下制服隐私的一面。克里斯蒂嘬着嘴，暂时收住了思维的缰绳，跳过她的性格，她当然是狡诈、坚强的，就如同她的外表一样。

把罗莎·克拉勃参加西班牙内战的时段算一算，她应该快五十岁了吧，他估计。她五短身材——身长五尺四，脖子粗短，四肢短而且胖，这在妇女来说是非常结实的。恐怕只有魔鬼才知道，她的乳房像什么，克里斯蒂想着。但是从她搁在桌子上突出的制服部分来看，她的乳房就像塞满了东西的沙袋，从她整个身形来看，大梨子状的屁股，活像一把大提琴。

法国革命中的屈科特丝的脸跟她的很像，克里斯蒂给她下了结论。他靠在椅子里，头轻轻地歪在椅子一边的扶手上。她淡橙色的头发紧紧地向后梳成一个猥琐的小面包型发髻；棕黄色的眼睛透过边缘光滑的镜片冷冷地看着 G 将军；鼻子上粉刺密布，鼻孔粗大；嘴巴就像湿湿的橡皮圆圈，它还在继续机械地一张一合，就好像下巴下面安装了控制它的线一样。当法国的妇女坐在一起边打毛线边聊天的时候，如果恰好一个剪刀"铿啷"一声掉到地上，这些妇女就会被吓得脸色苍白，浑身起鸡皮疙瘩。而这些厚厚的鸡皮疙瘩通常不规则地分布在眼睛下面和嘴巴周围的角落里，下腭处，耳朵处。而这些鸡皮疙瘩很紧，很硬，硬得像酒刺，像圆头棒。这些情况，苏联的女人也有。在这种情况下，她们经常拿红色的天鹅绒桌布来擦，或者把脸紧紧压在束胸衣的边上，以此来去掉那些鸡皮疙瘩。而克拉勃脸上的鸡皮疙瘩似乎除不掉，看起来像癞蛤蟆皮，这就使得这个女人看起来更冷酷，更残暴，更有力量，他破例让自己使用一个带感情色彩的词来给这个女人做结论："锄奸团"里既可怕又可恶的女人。

"谢谢，上校同志，您的见解太有价值了。那么，克里斯蒂同志，您有什么要讲的吗？请说简单一点儿。现在已经深夜两点了，还有许多事等着我们去处理。"G将军的那双眼睛由于疲劳和缺少睡眠而充满了血丝，他紧紧地盯着克里斯蒂深不可测的眼睛。其实，他说这些话纯属多余，克里斯蒂一向讲话言简意赅，没有废话。

克里斯蒂已经想好了对策，他早从沉思中清醒过来，他也不许自己花这么长的时间在克拉勃身上。

他慢慢仰起头来，看了一眼天花板，用极其柔和而又权威的声音总结说："将军同志，法国有个叫法福奇的人认为，只干掉一个人而不坏他的名声没多大意思。要杀邦德轻而易举，只要指令正确，舍得花钱，任何一个保加利亚的杀手都可以去执行。这个计划的第二部分，正是要破坏他的名声，这是重中之重，也是一个相当艰巨的任务。这一切必在英国本土外进行，在一个我们能控制其新闻媒介的国家进行。怎么样才能引蛇出洞呢？这就必须设置一个对他们来说极其重要的诱饵，而且要让英国人知道，只有邦德只身前往才行。为了避免节外生枝，我打算让诱饵以一种特殊方式与他接触。英国人喜欢标新立异，我就是要利用他们这种心理，让他们派邦德出马。"

克里斯蒂顿了一下，看了看G将军的反应。

"我们应精心制造一个陷阱引他入瓮，"他冷酷地说道，"当然，要让他上钩的话，还得找个杀手，一个能讲地道英语的杀手。"

克里斯蒂的目光在面前桌上的红色丝绒布上来回逡巡，经过一番苦苦思索，他终于找到了问题的关键。他补充道："我们还要找一名可靠的妙龄女郎。"

第八章

美 人 出 炉

六月的傍晚景色宜人，夕阳映红了街上的窗户，远远望去闪烁着金光。在落日的余晖下，教堂的圆顶俯视着莫斯科四周参差不齐的屋顶。苏联国家安全部的塔吉妮娜•罗曼诺娃下士此时正坐在自己宿舍的窗前，沉醉于迷人的暮色中，觉得自己从未有过这样的幸福、安适。

她的幸福不是浪漫的爱情，这跟谈恋爱所带来的喜悦一点儿都不相关。近来她的心如地平线上清澈的苍穹一样纯净，这是一种建立在安全感之上的、对未来信心十足的幸福感。丹尼金教授对她的赞誉之词更提高了她这种感觉。电炉上飘来的阵阵香味；电台播放着莫斯科国家乐队演奏的鲍里斯•克多罗夫序曲，这是她最爱听的。这一切都使她深深陶醉。漫长的冬日和短暂的春天已经过去，这阳光明媚的六月是多么令人欣喜！

塔吉妮娜所住的房间是一栋巨型的现代大楼中的一间小格子，这栋八层大厦是国家安全部的女职员宿舍，矗立在沙多瓦雅大街上。这座庞大的建筑是由犯人修建的，1939 年交付使用，里面有两千多间房子。像塔吉妮娜这样的下士只能住在四楼，室内没有什么家具，除了备有电话和冷热水管，但洗澡间和厕所都是公用的。一楼到六楼房间的样式都差不多，但最高两层却全是两间或三间一套的套房。这些住房装修也比下面六层要豪华得多，而且带有自己的浴室，这些都是为高级军衔的女人准备的。安全部的住房是严格按照军衔分配的，只有有少校或上校军衔的人才能住进最上面的两层套间。

但是塔吉妮娜对自己的待遇已经心满意足，她每月的薪水是一千两百卢布（比她在任何其他政府部门的薪水要高百分之三十）。她还有自己的房间，不至于和其他人合住。在这层楼房底层的军人服务部里，她可以买到比市面便宜的食品和衣服。每月她至少可以得到两次芭蕾舞或歌剧的军人优待票，一年中她有两个星期的假期。更重要的是，她在莫斯科工作收入稳定，生活相对丰富，又有美好的前途，不像在外省城市里的生活枯燥乏味，年年岁岁一个样，只有偶尔放映的一部新片子或巡回马戏团才能提起人们的兴趣。

当然了，自从受雇于苏联国家安全部后，身上军服便把她与外界隔绝开来。人们害怕军人，故意疏远军人，这对大多数姑娘来说，都是难以忍受的。按规定，她只能同苏联国家安全部的工作人员交往，今后时机一到，也只能奉命与政府里的某个人结婚。工作起来相当辛苦，就像魔鬼，每周工作五天半，每天工作时间从早上八点到晚上六点，其中唯一的休息时间是在食堂吃午饭的四十分钟。午饭的伙食非常不错，这样晚上可以少吃点儿，省点儿钱去买件黑貂皮大衣。

想到吃晚饭，塔吉妮娜马上从窗边的椅子上站起身来，去看锅里煮的蘑菇羊肉片汤，这就是她的晚餐。汤已经快炖好了，香气扑鼻。她关掉了电炉，盖上锅盖，让汤再煨上一会儿，然后走到盥洗间梳洗去了。每天她都这样做，已成了她的老习惯了。

她一边擦干手，一边在洗脸架上的大梳妆镜前端详自己。

她早先的一位男朋友曾说过，她很像电影明星葛丽泰·嘉宝，那简直是在胡扯！但她此刻端详自己，发现确实很像。一头柔软光滑的栗色头发瀑布一样地披在双肩，发梢有点儿向上卷曲（嘉宝曾经做过这样的发型，塔吉妮娜承认自己模仿了她）；皮肤白嫩，皎洁如象牙；自然修

长的眉毛下面是深蓝色的大眼睛（她调皮地睁一只眼同时又闭上另一只
眼，哦，她的睫毛也是那么长而上翘）；鼻子秀挺，隐隐透着一股天然
的傲气。嘴巴呢？嗯，稍宽了一些？而她笑起来就更宽了！她笑着看着
镜中的自己，可是这更像嘉宝了。不过，嘴唇丰润性感，嘴角上还总是
带着那么一丝笑意，令人销魂，没人会说这是一张冷冰冰的嘴巴。鹅蛋
脸，会不会太长了？下巴是不是太尖了？她朝两边摇摇头看看究竟是什
么样的轮廓。一缕缎子一样的长发在她右眼前来回摆动，她不得不把它
们撸到后面。嗯，下巴是尖了点，但还好，没有那么消瘦。她对着镜子
开始拿起梳子梳那头浓密的长发，嘉宝的确很美，但她也十分漂亮。要
不，就不会有那么多男人吹捧她了，就连那些姑娘们，也总是缠着她传
授美容术呢！她满意地对着镜子做了个鬼脸，然后准备吃晚饭。

实际上，塔吉妮娜确实是个大美人，凡是见到她的人都为她的美貌
倾倒。她眉清目秀，身材婀娜，曾在列宁格勒的芭蕾学校系统地学习过
一年舞蹈。因为后来个子长得比规定高度超过一英寸，才不得不放弃舞
蹈。在那所学校中，她学会了如何保持优雅动人的姿态，她爱花样滑冰，
这些锻炼使她的身材更为健美。她总是去戴那摩滑冰馆练习，并且在那
夺得了女子花样滑冰第一名的好成绩。她的胳膊圆润，胸部挺拔，这些
都完美无缺。她身边的纯粹主义者是不赞成她的，她的肌肉由于经常锻
炼已经失去了女子特有的柔韧，现在，她背上的肌肉圆鼓鼓的，腰两边
的肌肉也变得结实，就像男人的肌肉一样。

塔吉妮娜是苏联国家安全部中心档案的英文翻译。大家都觉得她这
么漂亮，将来总会被某个上级军官看中，娶她为妻或做自己的情妇，因
此都很羡慕她。

她把浓汤倒进一个小瓷碗里，这个小碗的边上装饰着拉着雪橇飞奔
的狼狗。她又掰了几块黑面包进去，然后她走到窗前，坐在椅子上，拿

一把精致的小勺舀着汤，开始细嚼慢咽起来。这只小勺她非常喜欢，是她几星期前在莫斯科饭店吃饭的时候偷来的。

吃完晚饭，洗好锅碗，她又坐到窗前点燃这天的第一根香烟，开始吞云吐雾起来（在俄罗斯没有一个受人尊敬的姑娘会在公共场合吸烟，假如在工作的时候抽烟那就意味着要被立即解雇），一边耐心地听着从土库曼斯坦的一出歌剧里选出的哀怨的音乐。该死的东方人，尽谱一些靡靡之音，为什么不写点儿军事方面的呢？现代爵士乐或者古典音乐也行啊，这些东西真是难听，真是老掉牙了。

突然，一阵刺耳的电话铃响了起来。她走到桌旁，关掉收音机，拿起了话筒。

"是塔吉妮娜下士吗？"

是丹尼金教授打来的，平时下班后，他总是爱叫她塔吉娜或塔娜，可今天的语气怎么这样严肃呢？这意味着什么呢？

她紧张地睁大了眼睛说："是的，教授同志。"

电话那头的声音严肃而冰冷："二司司长克拉勃上校要见你。十五分钟后，也就是八点三十分，你去她家里一趟。她住在八楼一八七五号房间，听明白了没有？"

"可是，同志，为什么？为什么……"

出人意料地，教授紧张地提高了嗓门儿，打断了她的问题。

"我要和你说的就这些，下士同志！"

塔吉妮娜把电话从耳边移开，她怒气冲冲地盯着听筒，好像能从这听筒里得到更多的信息。她又对着话筒大喊了两声："喂！喂！"话筒里只回荡着自己空荡荡的回音。电话早已挂断，她才意识到由于使劲儿抓着听筒，手臂都发痛了，她只好慢慢来回伸着手臂，把听筒放回电话机上。

她一动不动站在原地，呆呆地盯着那部黑色的机器，要不再给他打个电话？不，应该没这个必要了，他要讲的都已经讲了。还有，他知道，她心里也明白，这里所有的电话，不管是进来的还是打出去的，都被监听了，都有记录的。这就是他不多讲一句废话的原因了。但凡讲的事涉及公事和国家机密，在电话中都尽可能快说少说，免得种下祸根。而这种便条也尽快销毁掉。手中也不要拥有这种卡片之类。只有这样，你的手才会干净，才能逃过某些人权杖的铁锹。只有把要说的话尽快地通通倒出，人们才能感到轻松。

她把手指放进嘴巴里死命咬着，仍盯着电话，神思恍惚。他们要她去干什么？她有什么把柄给人抓住了？她极力地回想着过去几天、几个月，甚至几年来所做过的一切。工作中她有什么过失被发现了吗？她和同事在一起说笑时说过的那些嘲弄当局的话是不是被人汇报了上去？这完全有可能。但汇报的又是什么样的笑话呢？是什么时候讲的呢？如果玩笑过了头的话，她当时早就惊恐万状了。想了许久，她觉得自己问心无愧。那又会是什么呢？突然，她记起了一件事。啊，是不是她偷汤勺的事被人发现了！那可是盗窃国家财产呀！她恨不得马上把这个该死的汤勺扔到窗户外面去；说干就干，现在就扔。但从哪边窗户丢出去好呢？等一下，不可能是为了这个吧？这件事实在是太小了呀！她听天由命地耸耸肩膀，手也从嘴里放了下来。她走到衣柜边，取出她最好的制服，她的眼睛被恐惧、慌张的泪水打湿了。"锄奸团"要处理的大事这么多，怎么会管这芝麻大点儿的事呢，看来还有什么比这更糟的事。她越想越害怕，眼泪夺眶而出。

塔吉妮娜含着泪看了看手腕上的表，只剩七分钟了！新的恐惧又攫住了她。她忙抬手擦干眼睛，抓起她一套阅兵的制服穿上。现在，不管什么情况，迟到是不可饶恕的，她忙扣上棉上衣的纽扣。

穿好衣服，梳洗完毕，她的心继续探察罪恶的神秘，就像一个好奇的孩子拿着一根棍子戳进蛇洞一样。不管她从哪个角度去探察，总逃不过愤怒的一口。

顺其自然吧，被"锄奸团"的触须抓住了，都是无法说清楚的。这里每一个组织的名字都让人痛恨，人人唯恐避之不及。"锄奸团"，顾名思义，"处死奸细和间谍"，这是个污秽的名字，一个与坟墓相关的词，一句死神的咒语。人们在办公室里聊天时，没人敢提到它。特别让人胆寒的是它的二司，它是这个可恶组织中负责刑罚和死刑的部门，是恐怖组织中的恐怖中心，谁想到它都会毛骨悚然。

二司的司长罗莎·克拉勃是这个恐怖中心的策划者和执行者，是个阴险毒辣的女人！关于她有不少让人难以置信的传闻，塔吉妮娜白天听到她的名字都感到害怕，更不用说晚上了。

听说，克拉勃绝不容许拷训犯人的现场没有她。她在办公室里有一件血迹斑斑的工作服和一把轻便折凳，只要她穿上那件工作服，拿着小凳急急忙忙地走向地下室时，就连"锄奸团"内部的工作人员都吓得发抖。每当这时，人们不是马上埋下头去看文件，就是转过身来默默地画着"十"字，直到有人说她回她办公室去了。

还有人说，在审讯室里，她常拿着她的轻便折凳，坐在倒吊着的犯人脑袋旁的桌边，眼盯着受刑人，对着执刑人命令道：上"一号"，上"十号"或上"二十五号"，而执刑人都按照她的命令变换着刑法。在她眼里，各种刑具就如同厨房中的调料一样，根据犯人的眼神变化，相应地变换着刑具，说"现在三十六号"或"现在六十四号"同时询问着一些东西。软硬兼施是她的拿手好戏，指挥上刑的是她，进行哄劝的也是她。每当她看到犯人流露出胆怯和哀求的目光时，她便一改常态，慢声细语地进行诱供："哦，我的宝贝。你说吧，亲爱的，只要你把它说出来，就不再受苦了。看，他们把你打成什么样子。孩子，我真替你难过啊。说吧，我敢保证，只要你讲出来就一切都没事了。我会像你的母亲爱护你，在你身边为你消除痛苦。我已经为你准备好松软和暖和的床铺，你可以舒舒服服地躺在上面，再也不会有痛苦了。说吧，我的宝贝。只要你一张口，什么都好了，再也不会受苦了。"如果她看见受刑人仍然坚强不屈，她的脸色立马就变，冷酷立刻布满全脸："你太傻了，太傻了。看来这种痛苦你觉得不够，远远不够！你不相信我，我的小鸽子？想尝点新鲜的，是不是？你娘我这里东西多得很。你不相信吗？那好，给你来点儿绝的，上'八十七'号！"她可以眼睛一眨不眨地坐在那儿，看着执刑人更换刑具，加大力度，变换部位，直到悬挂在刑具上的生命慢慢地消失。

但是听说，很少会出现这样的情况，一般说来，到了"锄奸团"经历痛苦旅程的，少有走到头的。变换了几种刑具，犯人肯定就吃不消了。这时，只要再加上柔声的劝说，人们总是会瘫下来。罗莎·克拉勃这种引起犯人对母亲的想念、熔化铁石心肠的做法，效果是男人的粗言恶语难以相比的。

等到犯人供认后，克拉勃往往就端起她的轻便折凳，走过地下室的通道，返回办公室，脱去她那件血迹斑斑的工作服，完成了她的一项任务。也只有在这时候，阴森恐怖地下室的恐怖才会告一段落。

塔吉妮娜被这些想法吓得全身冰冷，她又看了看手表，还剩四分钟。她整理了一下制服，瞥了一眼玻璃中苍白的脸，转身，说了声，永别了，亲爱的，熟悉的小屋。她还能回来吗？

她心情沉重地顺着走廊走到电梯门口，按了一下门边的电铃。

电梯门开了，她挺了挺胸脯，扬起下巴，走进了电梯，就好像走上了断头台一样。

"上八楼。"她对开电梯的服务员说，转身面对门口，在里面，她想起了自儿时到现在没用过的一句话："上帝保佑，上帝保佑。"

第九章
奉命恋爱

　　一八七号房间的门上没有任何标志，只是房门被漆成了奶黄色。塔吉妮娜已经闻到了房间里飘出来的气味。这时有个声音冷冷地通知她进去，她打开门，刚才闻到的那股恶心气味扑面而来，熏得她都要呕吐了。这时，映入她眼帘的这个女人正坐在房中间吊灯下的一张圆桌子后面。

　　这种香水味，就是街道上的暑气、廉价香水的气味和动物身上的腥膻味的混合品。苏联人总喜欢往身上洒香水，不管洗没洗澡都照样洒，但是大部分女孩还是不洒，像塔吉妮娜这样爱干净、健康的女孩就不会洒，她总是步行去上班，除非下大雨或下大雪，这样才能避开电车里和地下通道里这种香水的恶臭。

　　塔吉妮娜很不喜欢在这种环境下生活，她不由得泛起一阵恶心。

　　在这种恶臭中生活，这个女人竟然感到那样舒服。塔吉妮娜打心眼儿里感到无比厌恶和轻蔑。那方形镜片后的黄眼珠慢慢地转动着，肆无忌惮地上下打量着她。这双眼睛像照相机一样，能够摄下周围的一切，而别人却无法从它那儿看出一丁点儿东西。现在，这台照相机，把塔吉妮娜照了进去。

　　克拉勃上校说话了：

　　"你真漂亮，下士同志。来，在房间里走上一圈！"

　　这甜言蜜语意味着什么？塔吉妮娜又增加了新的恐惧，害怕这个私生活声名狼藉的女人要耍什么新花样，她的心一下子抽紧了，塔吉妮娜害怕极了。但又不敢违背她的要求，只得在屋里走了一圈。

接着，这个女人用医生的口吻对塔吉妮娜命令道："把上衣脱了，衣服放在椅子上。把手举过头，对，再高点；现在弯腰，手要摸到脚尖。好了，起来吧。很不错，坐下吧！"她指着桌边的一把椅子让塔吉妮娜坐下，而自己却拿起一份档案来。

塔吉妮娜想，这肯定是自己的档案。多么不可思议！这两寸厚的卷宗竟然决定了自己的命运！这里面都写了些什么呢？她睁大眼睛，好奇地望着档案，希望能从那里找到一直在心里的问题的答案。

克拉勃上校翻了几页，合上卷宗，出现了一条黑色对角线的橙色封面。塔吉妮娜搞不明白这颜色和这斜线意味着什么。

"塔吉妮娜下士同志，"那女人用上级军官命令式的口吻说，"你工作得很不错。不论从工作还是体育上都是无可挑剔的。国家对你很满意。"塔吉妮娜简直不敢相信自己的耳朵。她都不知道自己有什么样的反应，只觉得一阵晕眩，她下意识地抓了一下头发，脸一下子变得苍白。她一手抓住桌子角儿，结结巴巴地说，"上校同志，我……很……感激您。"

"由于你出色的工作成绩，我们决定派你去完成一项重要任务。这对你来说是至高的荣誉，你明白吗？"

谢天谢地，看来事情比想象的要好。"明白了，上校同志。"

"这项任务事关重大，它需要有军衔较高的人来完成，所以同时也要祝贺你，下士同志，为了完成任务的需要，你已被提升为国家安全部上尉军衔。所以你必须全心全意地去完成，不能辜负党和国家对你寄予的厚望。"

对这个二十四岁的姑娘来说，是前所未闻的消息！塔吉妮娜嗅到了其中的危险。在国家安全部得到提升不是件容易的事情，这里面肯定有什么阴谋。她紧张得全身僵硬，就像动物看到了藏在肉里的铁钳一样。"我深感荣幸，上校同志。"她的声音格外小心谨慎。

罗莎·克拉勃不信任地嘟囔了一声。她完全知道这个姑娘现在在想什么。她听到好消息时的放松，她对恐惧的惊醒，都被她照相机般的眼睛摄下了。这个姑娘既美丽动人，又纯真无邪，这正是她可以利用的地方。不过，现在应让她放松一下。"亲爱的，"她和气地说，"瞧我有多粗心，我们该喝一杯来庆祝一下你的提升。你也许会以为，当官的都不近人情吧。实际上这个看法不对。他们在工作上应保持严肃的态度，生活中还是很平易近人的。来，一起喝点儿什么吧，我这里为你准备了法国香槟。"

克拉勃站起身来，向肉食品柜走去。她要的东西实际上勤务兵早已准备好了。

"你先尝尝巧克力，等我把这瓶塞拔出来，这开酒瓶真不是件容易的事，这种工作我们女人还真需要男人的帮助才行。"

克拉勃端着一盒包装精制的巧克力放在塔吉妮娜的面前。她不停地唠叨着，又走回到食品柜前去打开那瓶酒的塞子。"这是瑞士的巧克力，味道非常不错。圆形包装的是软心巧克力，方形包装的是实心的。"

塔吉妮娜说了声谢谢，在盒子里挑了块圆形包装的巧克力。这种比较容易下咽。可当她明白这只不过是个圈套，感觉绳索仿佛已经套上了她的脖子时，嘴巴因为这种恐惧而变得干燥、枯涩，就是再好吃的巧克力此刻都觉得难以下咽了。这一切一定暗藏杀机。她嘴里咀嚼着巧克力就如同在咀嚼橡胶一样。正想着，克拉勃递给她一个玻璃杯。站在她的身边，兴致高昂地举着酒杯说："塔吉妮娜同志，第一杯是向你致以最热烈的祝贺！"

塔吉妮娜尴尬地笑了笑，端起她的酒杯，对克拉勃略一鞠躬道："谢谢，上校同志。"说完，按苏联人的习惯将酒一口气喝了下去。然后把酒杯放在前面。

克拉勃又立即为她倒了一杯，溅出了一些在桌面上。她继续说道："这第二杯是为了祝贺你加入新的工作部门。"说完举起杯子，一脸怪笑地看着塔吉妮娜的脸，等待着她的反应。

"为'锄奸团'干杯！"

塔吉妮娜麻木地站了起来，端起满满的酒杯，也跟着说："为'锄奸团'干杯。"说着，猛然将酒灌入嘴中，由于喝得太猛，酒噎住了喉咙。她咳嗽了两声，重重地坐在了椅子上。

罗莎·克拉勃没给她充分的时间反应就在姑娘的对面坐下，双手放在圆桌上，接着说："现在，该谈谈正经事儿了，同志。"她声音中又冒出威风凛凛的语气，"我们有不少事要做。"她向前倾了倾身又说，"你想出国吗？同志，想不想去国外住上一段时间？"

香槟酒的酒力上来了，塔吉妮娜感到头晕目眩。也许她所预感的危险终于降临了，那就让它来得快些吧。

"从来没想过，上校同志。在莫斯科工作我觉得很幸福。"

"出国都没想过？这可是多少姑娘梦寐以求的。在国外可以买到漂亮的衣服，可以享受爵士乐等摩登玩意儿。"

"的确没往那方面想过，上校同志。"她讲的全是真话。作为一个国家机关人员，如果她这么去想，无疑会被扣上资产阶级的帽子。

"如果国家需要你去那儿呢？"

"我当然只能服从。"

"是自愿的吗？"

塔吉妮娜有点不耐烦地耸了耸肩说："服从命令是军人的天职。"

这个女人停顿了一下，接下来的问题是关于少女隐私的，突然，她十分严肃地问：

"你是不是处女，同志？"

天哪！这问题使塔吉妮娜心惊肉跳，但又不能不回答："不是，上校同志。"

那女人舔了一下湿润的嘴唇：

"有过几个男人了？"

塔吉妮娜的脸一下子红到了耳根。俄罗斯女人在性方面都是沉默寡言、假装正经的，这个时候的风气保守得相当于维多利亚时代中期的风气。塔吉妮娜怎么也想不到，这种问题竟会出自一个与自己初次见面的国家官员之口，而且完全是用审问的口气说出来的。塔吉妮娜鼓起勇气，用戒备的眼神瞪着对面的黄眼珠："上校同志，我不知道这种私人问题和我的任务有什么关系。"

罗莎·克拉勃霎时伸直了腰，板着脸孔，声音像鞭子一样抽了下来，她声嘶力竭地叫道："你要明白你现在在什么地方，是在和谁说话！这儿轮不到你来发问，你大概忘了你自己的身份吧。"

"是，三个，上校同志。"塔吉妮娜吓得本能地后退。

"都是什么时候，你当时多大？"黄色目光冷酷无情地像利剑一样狠狠地刺向塔吉妮娜。

塔吉妮娜强忍着在眼眶打转的泪水说："最早一次是在学校，那时我十七岁；第二个是在外语学院，那年我二十一岁。最后一次在去年，我二十三岁时，他是我滑冰时认识的。"

"那你把他们的名字写下来。"罗莎·克拉勃说着递给她一支铅笔和一本便笺。

塔吉妮娜已泣不成声了，用手捂住脸抽噎着喊道："别那样，我不知道他们的名字。你怎样对我都可以，但你没有权利对他们……"

"别傻了！"她大声训斥道，"五分钟之内，我就可以叫你把那些名

字说出来，包括任何我想知道的事。不要敬酒不吃吃罚酒。别在我面前
耍花招！同志，我的忍耐可是有限度的。"罗莎·克拉勃停了一下，她
太粗鲁了。看了一眼哭得不成样子的塔吉妮娜，说道："这事先搁着吧，
但明天你一定要把名字告诉我。我不会伤害他们的。我们只想问他们关
于你的一两个纯技术性的问题，仅此而已。好了，站起来，擦干眼泪，
放聪明点儿！"罗莎·克拉勃站起来，围着桌子绕了一圈，站在塔吉
妮娜面前，声音变得油滑、和气，她假惺惺地说："得啦，亲爱的。相
信我吧，我会给你保密的。来，再喝上一杯，忘掉刚才不愉快的事儿吧！
我们是朋友，以后一起工作。你要知道，亲爱的塔吉妮娜，我就是你的
母亲，怎么会害你呢。来，喝掉它。"塔吉妮娜用手帕擦去眼泪，伸着
发抖的右手接过酒杯，低头抿了一口。

"亲爱的，喝完它！"

罗莎·克拉勃像只可怕的母鸭子一样，站在她身边呱呱地叫个不停。

塔吉妮娜顺从地喝完了杯子里的酒。她觉得她的精力被抽干了，也
不想再做抵抗了。现在，只要能早点儿结束这次审问，逃出这鬼地方，
美美地睡上一觉，她什么都乐意干。这里就是审判桌，这是在审问她，
这种腔调不是罗莎·克拉勃提审犯人时经常用的吗？好，她是在工作，
她就乖乖听话，与她合作。

罗莎·克拉勃坐下来，像一位慈祥的母亲，瞧着塔吉妮娜木然的样
子笑道："亲爱的，再问一个小小的个人问题。别紧张，女人之间无话不谈。
你喜欢跟男人睡觉吗？能得到快感吗？"

塔吉妮娜以手掩面，低声道："嗯，喜欢，上校同志。恋爱时人人
不都这样吗？"她的声音低得简直听不见了。她说了些什么？这个女人
究竟想要什么样的答案？

"那么，亲爱的，如果不是恋爱，而要你跟一个素不相识的男人睡

觉呢？能获得快感吗？"

塔吉妮娜犹豫地摇摇头，垂着手，低着头，她那瀑布一般的头发从两边垂下来，她正努力地思考，但是实在无法想象那会是怎样一种情景，只好嗫嚅道："……我想，得看他是个什么样的男人吧，上校同志。"

"这倒也是，亲爱的。"罗莎·克拉勃拉开抽屉，取出一张照片，放在姑娘面前，"这人怎么样？"

塔吉妮娜小心翼翼地拿起照片，好像随时都可能烧着她的手指似的。照片上的面孔英俊、冷酷。"我说不上来，上校同志。他很帅，如果他温柔的话……"她不安地把照片推开。

"别推开，亲爱的，你留着它吧。就放在床头，天天看着他，想着他。将来在你的工作中，你会更了解他的。"罗莎·克拉勃把照片塞到塔吉妮娜的手中，眼睛却狡诈地盯着她，"你想知道你的新工作吗？俄罗斯漂亮姑娘有的是，可却专门选中了你。你想知道其中的原因吗？"

"想知道，上校同志。"塔吉妮娜顺从地看着她，她那神情活像一条正在寻找猎物的猎狗。

她鼓动着她那湿润、弹性十足的嘴唇进一步诱惑地说道："非常简单，也非常有趣。下士同志，你唯一要做的就是去恋爱，去跟这个男人恋爱，除此之外没别的什么了。"

"他是谁？可我甚至不认识他！"

罗莎·克拉勃的嘴唇上下翻飞着，不能再让这个傻丫头任着性子了，得让她开动下脑筋。

"他是个英国间谍。"

"什么？"塔吉妮娜用手掩着嘴巴失声叫道，她坐在椅子里，浑身发抖，惊恐莫名地看着罗莎·克拉勃微醉的大眼。

"是的，"罗莎·克拉勃非常满意自己刚才那句话对塔吉妮娜产生的效果，"他是个英国间谍，也许是他们最好的间谍。从现在起，你必须爱上他。注意着点，别老犯傻，同志，我们必须认真对待。这可是关系国家大事的任务。你已经被国家选中来完成这一使命，所以千万别犯傻了。现在，我来告诉你具体是怎么回事。"罗莎·克拉勃停顿了一下，她说得非常尖刻，"把手从你那张傻瓜脸上拿开，不要东张西望，瞧你那样活像一头受惊的母牛，在你的椅子上坐好，注意力集中，否则，你没有好果子吃，明白了没有？"

"是，上校同志。"塔吉妮娜立即坐正身子，老老实实地把手放在膝上，像当年在公安学校一样。她的内心处于一片混乱中，但她已经没有时间考虑个人的事情了。她所受的训练告诉她，这件事关系到国家利益，她是在为国效力。既然已被选中，就要勇敢地担当这项重要的任务。作为苏联国家安全部的工作人员，她只有圆满完成任务的权利。于是她专心致志地听了起来。

"现在，"罗莎·克拉勃打足官腔说，"我只是简单谈一谈，以后再把详细情况告诉你。从今天开始，我们要对你进行几个星期的专门训练，使你能够应付各种意外情况。我们还要教你一些外国的风土人情，你可以穿一些漂亮的衣服，教你对男人怎么施展勾魂术。然后就把你派到欧洲某个地方。在那儿，你就会见到这个男人。你的任务就是要设法迷住他。你不必内疚，你整个人、整个身心都是祖国的。从你来到人间，国家就开始抚育培养你。现在，该是你报效祖国的时候了，明白吗？"

"明白，上校同志。"无论怎样她都无法逃避了。

"之后，你要陪他去英国。在那儿你肯定会受到盘问，不用担心，盘问不会难受，英国人不会用苛刻的手段。你可以告诉他们一些不会危害到我们国家的答案。我们会教你怎么应付。你也可能被遣送到加拿大，那里是英国人送这种外国犯人常去的地方，不过，我们会营救你的，你最后还是会回到莫斯科的。"罗莎·克拉勃凝视着姑娘，毫无疑问，她已经表示同意接受这项任务了，"你看，这任务不是很简单吗？你觉得呢？"

"那这个男人会怎么样呢，上校同志？"

"他，我可管不着了，我们只是想利用他把你带到英国去，这样你就可以把假情报带到那儿去。当然啦，等你回来，我们会乐意听听你给我们讲讲对英国的观感。我相信，你将搞到对我们十分有价值的情报。你聪颖、年轻、漂亮，又加上受过专门训练，会对祖国有很大的价值的。"

"我一定圆满完成任务，上校同志。"塔吉妮娜顿时感到重任在肩。假如她真的做成功了，那是多么令人激动啊！她想，既然组织这样看重她，她一定要尽力去做好这个工作。但是，假如她没办法使那个英国间谍上钩，那该怎么办呢？她偏着头，又看了一下照片。他看上去风度翩翩。克拉勃所谓的勾魂术是什么呢？它们真的有用吗？或许他们会帮忙。

罗莎·克拉勃见此情景，露出了满意的微笑。她绕过桌子："亲爱的，今晚的工作结束了，我们可以放松一下了，你等一下，我去收拾一下，我们再好好聊聊。快把这些巧克力吃了吧，不要浪费了。"罗莎·克拉勃做了个暧昧的手势后带着心不在焉的表情消失了在旁边的房间。

塔吉妮娜坐在椅子上陷入了沉思，谁能被授以如此重任呢？这是一件多么荣耀的事啊！这根本不像自己之前想的那么糟糕。可是刚才自己被吓得六神无主的样子是多么傻啊！自然，国家领导怎么会去伤害一个工作上兢兢业业、档案清白的人呢？突然，塔吉妮娜意识到，国家真是一位伟大的慈父，现在她终于有机会来回报慈父了，这是一件多么骄傲的事啊！这样想着，甚至觉得连克拉勃这样的女人都没那么坏了。

塔吉妮娜还沉浸在愉悦的思想中，这时，卧室的门打开了，克拉勃出现在门口："亲爱的，你在想什么呢？"她张开又短又粗的手臂，踮起脚后跟，学着模特儿的样子旋转了一圈，然后一手伸展，一手叉腰，摆了个风骚的姿势。

塔吉妮娜吃惊地张开嘴，但马上又合上了。她努力地搜寻着脑袋里奉承的词来。

"锄奸团"的克拉勃上校此刻正穿着一套袖口和领口都镶着宽宽的荷叶边的半透明肉色蚕丝睡衣。睡衣下两个高耸的粉红色的缎面乳罩清晰可见，上面绣着两朵粉红的玫瑰。下身穿着一条过时了的，粉红色的缎面睡裤，只遮到膝盖上。一个膝盖窝，就像一个微黄的椰子。脚上穿着一双粉红色的缎面拖鞋，上面插着鸵鸟的羽毛。罗莎·克拉勃此时已摘掉了眼镜，脸上扑着一层厚厚的白脂粉，眉毛画得又粗又浓，嘴巴也涂满了猩红的口红。

这简直是世界上最老、最丑的女人，塔吉妮娜心想，但嘴上却不敢这样说，"您，您真是太漂亮了！"

"你可真会说话！"丑女人得意地笑道。她走到房间一角的沙发边，上面盖着一件俗气的织锦。沙发后面靠着墙壁，在淡色墙壁的映衬下，显得特别肮脏。

罗莎·克拉勃带着尖笑，一屁股坐在沙发上，摆了一个极具讽刺意味的贵族姿势。她抬起手打开沙发旁边的落地灯，落地灯的杆子上是一个裸体女人样式的仿制玻璃的浮雕。她又拍了拍身边的沙发说：

"亲爱的，将顶上的灯关了，开关就在门边，然后，你也过来坐坐。咱们谈谈心！"

塔吉妮娜走到门边，关掉头顶的灯，果断地伸向了门把手，旋动把手，打开门，冲到走廊上。突然她的神经猛地僵住了，她身后的门"砰"的一声关住了，她用手捂住耳朵，沿着走廊飞快地向楼下跑去。

第十章
调 兵 遣 将

　　第二天上午，克拉勃上校坐在她的办公室里。这间办公室设在"锄奸团"总部大楼的地下室。这个办公室更像一间工作室。办公室墙上挂着世界地图，但地图的挂法很特殊。西半球地图和东半球地图各挂在办公室的两面墙上，形成了对立的状态。在桌子后面，她左手伸手可及之处放着一架电传机。电传机偶尔发出一些短波信号，在这屋顶上高高的发射电台天线的作用下，它正复制另一台机器上的部门的密码。她正思考着事情，不时从上面撕下一条纸带胡乱地扎着眼洞。实际上这种动作纯粹是多余的。她自己心里也明白，假如有什么重大事情发生的话，她的电话铃早响了。分布在世界各地的"锄奸团"的每一个间谍都是由这个房间控制的，这是一个时刻警惕而又坚固如铁的控制。

　　这张扑着厚厚脂粉的脸看上去阴沉、放荡。眼睛下面悬着松弛的鸡皮眼泡，眼睛里的白眼球上布满了血丝。

　　这时，她身旁的三部电话中的一部突然轻轻地响了起来。她拿起听筒说道："让他进来。"

　　她转向克里斯蒂，他坐在左边墙下面的靠椅里，左边墙上挂着一幅地图，地图上非洲的一角正好对着他的头。他正剔着牙呢，张着嘴，一副心事重重的样子。

　　"格兰斯基来了！"

克里斯蒂慢慢转过头来，朝门的方向看去。

雷笛·格兰特走进来，随手把门轻轻关上，他走到桌子边，眼睛睁得大大的，顺从地，几乎是饿狼般地看着他的顶头上司。克里斯蒂心想，这家伙简直就像条饿狗，正等着主人给他喂食。

罗莎·克拉勃冷冷地打量着他："都准备好了吗？"

"准备好了，上校同志。"

"好，先检查一下你的身体，脱掉衣服！"

雷笛·格兰特一点儿都不惊讶，他脱去身上的外套，环顾了一下周围，发现没有放衣服的地方就随手把它扔在地板上。然后，毫无羞色地脱下内衣内裤，又踢掉皮鞋。他那高大身躯、红褐色的皮肤和一头金色的头发立刻使屋里增色不少。格兰平静而从容地站着，双手随意地叉在腰间，一只膝盖微微向前弯曲着，就好似一尊希腊的艺术雕像。

罗莎·克拉勃站起身来，从桌子旁走了过去。上上下下，仔仔细细地对他打量了一番。她按按这儿，摸摸那儿，好像正在买马。她转到格兰的身后，又检了片刻。在她转到他身前时，克里斯蒂看见她从口袋里掏出了个亮闪闪的金属器械，套在了右手上。

这个女人右手藏在背后，转了回来，在格兰微微突出的腹部前站定，眼睛死死地盯着他。

突然，她举起戴着金属指节套的右拳，聚集全身力气，以迅雷不及掩耳之势，朝格兰的腹部猛击过去。

"哇嗷！"

格兰痛苦地哼了一声，膝盖微向前屈了屈，但马上又站直了。他只觉得头昏眼花，赶紧闭上眼睛，但只一会儿便又睁开了。他挺直腰杆，眼珠盯着方框镜片后那阴森森的黄眼珠。刚才这一拳正打在他的胸骨上，而他也没显出很痛苦的样子。而这一拳如果打在其他普通人身上，肯定会痛得在地上打滚。

罗莎·克拉勃露出阴森森的冷笑，从手上取下金属指套，放回口袋中，转身回到桌边坐下。她满意地看着克里斯蒂，说：“完全没问题。”

克里斯蒂哼了一声。

一丝不挂的雷笛·格兰特咧开嘴，笑了笑，满心欢喜地揉着肚子。

罗莎·克拉勃往椅子上一靠，意味深长地看了他一阵子，最后她才说道：“格兰斯基同志，现在我要交给你一项任务，一项重要的任务。这项任务比你执行过的任何一项任务都要重要。若是干成的话，可能得到一枚勋章。”听了这话，格兰的眼睛一亮。“这项任务非常艰巨，也非常危险。要求你必须只身前往国外，听明白了吗？”

“明白了，上校同志。”格兰心花怒放，觉得自己青云直上的好机会来了。他将得到什么勋章呢？会不会是列宁勋章？因此，他听得异常仔细。

“你的任务是去杀一个英国间谍，愿意去吗？”

“正中下怀，上校同志。”格兰心想，去杀英国人是他梦寐以求的事。他早就想着要跟那些过去看不起他的狗杂种算一账。

“出国之前，你得进行几个星期的训练和准备。在这次任务中，你伪装成英国间谍。你的举止和表现太粗鲁了，不够绅士派头，你得学点儿这方面的技巧。”这个女人讥笑道，“我们这里有一个英国人，他曾是英国外交部的官员。由他来训练你，不信你就不会成为一名真正的英国谍报人员。英国佬雇用了各种各样的人，你的事肯定不会太难的。但是，你也得多学点儿东西，我们的任务计划在八月底完成，所以你必须马上投入训练。好了，现在穿上衣服。副官会告诉你应该怎么做的。”

“是，上校同志。”格兰知道也问不出什么问题，任务这就算布置了。他套上衣服，边扣纽扣，边向门边走去。走到门边，他突然转过身来，说：

"谢谢您，上校同志。"

罗莎·克拉勃正在埋头写着这次考察记录，没有回答，也没有看他一眼。格兰知趣地走出门去，轻轻带上了房门。

罗莎·克拉勃写完后，放下钢笔，身体往后椅背上一靠。

"现在，克里斯蒂同志，在行动开始之前，我们还要不要再商量一下？总部已经批准了我们提出的暗杀目标和死刑执行令。我已向格鲁勃扎勃契诃夫将军报告了你的方案大纲，他也完全同意了。行动具体的执行由我负责。我已选好有关执行人员，他们只等着我们的命令了。对这次行动你还有什么意见？"

克里斯蒂坐在那儿，盯着天花板，十指交叉放在额头上。他对这个女人的声音置若罔闻，太阳穴处的青筋正在突突地跳动。

"格兰斯基靠得住吗？他独自一人出国后能控制得住吗？到时候会不会背叛我们？"

"我们已经考察他十多年了，这期间他有的是机会逃跑。但他胸无大志，这点儿毋庸置疑，这个人嗜血成性。离开苏联这一机器，他就再也找不到地方大开杀戒了。他是我们的头号杀手，没人能比他强。"

"那个姑娘，叫罗曼诺娃的，她靠得住吗？"

拉克勃不太自信地说："她很漂亮，我觉得，她应该会尽力效劳的。她已不是黄花闺女了，但在男人面前还是放不开，还得指导指导才行。她的英语很不错。我已大致地向她交代过了。她很愿意合作，我觉得还行。她家里人的地址都在我这儿。现在还得搞到她以前那些情人的名字。假如有必要的话，就告诉她这些人在她完成任务之前都可能有危险。她心地善良，不可能让这些人承受这种打击的。我看她是不会有什么问题的。"

"罗曼诺娃，一个以前古老姓氏的名字，在这场精密布置的任务中，这个名字似乎太古老了。"

　　"她的祖父曾是皇室的远亲，但是现在，她不会经常回家了。还有，我们的祖先都是这样的，在这样的事上无能为力。"

　　"我们的祖先都不叫罗曼诺娃，"克里斯蒂冷淡地说，"不过，只要你满意就行。"他又细想了一会儿道，"那个叫邦德的家伙，我们有他最近的消息吗？"

　　"有，国家安全部在英国的情报网报告说，这段时间他还在伦敦，最近，他常去总部，只有晚上睡觉的时候才回他的公寓。"

　　"好极了，希望接下来的几个星期他继续待在那儿！这也意味着他现在没有什么特别的任务。这样的话，他就容易咬我们布下的钓饵了。"克里斯蒂眼睛仍盯着天花板，脑子不停地转动着，"我们迫切需要在国外建立一个强大的情报网，我建议，应该先在伊斯坦布尔设这样的一个点。在那里，我们已经有一个得力的情报机关，而英国在那里只有一个小小的情报站，但站长却很优秀，这个人应该被除掉。把这个地方设成中心联络点将会对我们很方便，保加利亚和黑海都离它不远，但对伦敦来说却鞭长莫及。我正考虑从哪儿着手呢，等邦德迷上那个姑娘后，该用什么手段把他骗过去呢？这个地点不在法国，也应该在法国附近。到时候我们向法国施加压力，逼他们捏造一个有关间谍的桃色新闻，间谍加美女，动人的题材，肯定会收到极好的效果，到时候再派摄影师和相关人员到伊斯坦布尔去，但不能兴师动众，以免打草惊蛇。还要通知我们的各个部门，在这一行动期间必须绝对保持与土耳其正常的通信联系，不能让英国的情报机构发现我们的任何蛛丝马迹。密码局已经把我们当作诱饵的斯相克特尔牌密码机送来了，当然，我们还得在上面做些手脚。这种密码机可是一块非常诱人的诱饵，不怕他们不上钩。"

　　克里斯蒂停住了讲话，他把目光慢慢从天花板上收回来，站起身来，目光停在那女人警惕、认真听讲的眼睛上，继续道：

"我能想到的就这么多，情况瞬息万变，但我相信，兵来将挡。水来土掩，总有办法的。我制订的计划本身是无可非议的。我看，行动可以开始了。"

"我完全同意，同志，现在开始行动，我马上发布命令。"克拉勃又摆出粗鲁、尖刻、官腔十足的声音说道："能与你合作，我感到非常愉快。"

克里斯蒂微微颔首表示回谢，然后，转过身去，轻快地走出房间。

房间里恢复了安静，只有电传机发出频率的声音和打印的声音。罗莎·克拉勃站起身来，抓起桌上的电话，拨了个电话号码。

"这里是行动组。"一个男人的声音应道。

罗莎·克拉勃的目光阴沉地扫视了一下整个房间，最后落在地图中英国的领土上。她湿润的嘴皮翻动着：

"我是克拉勃上校，锄奸目标是英国间谍邦德，立即行动！"

第十一章
放 牧 于 野

邦德无所事事地过了一段舒适的生活，开始发福了，胳膊上的脂肪都快长到脖子上了。他是骁勇的战将，不能过太安逸的生活。这阵子没闻到硝烟的味道，他觉得锐气大挫，无精打采，无聊至极。

在他这个特殊的行业，他已经闲了将近一年，平静的生活正在将他一步步地扼杀。

清晨七点三十分，邦德从他舒适的公寓的床上醒来。他看了一眼墙上挂着的日历，8月12日，星期二。一想到又要重复这种饱食终日的生活，他就觉得浑身没劲儿。一种宗教里说，倦怠是人即将死亡的一个危险信号。过了这么多天难以置信的懒散日子，邦德都觉得自己罪大恶极。

邦德伸出手按了两下铃，让梅进来，给他准备早餐。梅是他信得过的苏格兰管家。然后，邦德猛地掀开被子，光着身子，从床上一骨碌跳到地板上。

这也许是对付无聊的唯一出路——把自己从被窝中踢出来。邦德趴在地上，做了二十来个俯卧撑。每次上下运动，他都尽量地慢慢进行，好让肌肉一直保持紧张状态。等到手臂酸痛得再也无法支撑自己的身体时，他翻过身来，仰面朝天，双手放在大腿旁，连续抬起双腿，以锻炼腹肌。然后站起身来，做二十个压脚运动，接着做深呼吸、扩胸运动直到做得头晕目眩。运动完后，他觉得轻松多了。他气喘吁吁地走进洗澡间，先冲热水澡，再用冷水冲五分钟。只有运动，流汗，才能让他稍稍感到舒服一些。

最后，刮好脸，穿上蓝色背心和海军蓝裤子，穿上一双黑皮便鞋，一身轻松地走出洗澡间，穿过卧室，走进装有落地窗户的起居室，享受丰盛的早餐。

梅是个头发花白、慈眉善目的苏格兰妇女。她走进来，把早餐和一份邦德早餐时最爱读的《泰晤士报》放在桌上。

邦德向她道了声早安，便坐在桌边，准备用早餐。

"早上好，伙计。"（梅常常称邦德为"伙计"。除了对英国国王和丘吉尔先生外，她从不称任何其他男人为"先生"。她叫邦德"伙计"，已算是高看他了。）

她站在邦德身边，邦德正把报纸折到新闻中间。

停了一会儿，她才对邦德说："昨天晚上，那个卖电视机的年轻人又来了。"

"哪个卖电视机的？"邦德正扫视着报纸的头条新闻。

"就是那个总爱在这里转悠的年轻人，自从六月份以来，他已经纠缠了我六次。第一次我就把他打发走了，当时你总说他不会再来。可他居然说，如果不想买一台，那也可以租上一台！脸皮简直太厚了！"

"推销员全都那个德行。"邦德放下报纸，端起了咖啡壶。

"昨天晚上，我对他可就没那么客气了，他搅得大家连晚饭都吃不安生，最后，我就让他拿出可以证明他身份的证件来。"

"我猜他肯定被抓住了。"邦德倒了满满一大杯黑咖啡。

"没有，哪那么容易！他只出示了他的工会会员证，说每个人都有赚钱养活自己的权利，电器工会也一样，他就是其中的一员。"

"是，他说得对。"说着邦德警觉起来，他在脑中飞快地思索着，自己是不是被盯上了？他呷了一口咖啡，放下杯子，"你再说一说，那个人还说了些什么，梅？"他看着她问道，声音尽量保持平淡。

"他说，他只是利用闲暇做推销搞点儿外快。想确认一下，我们到底要不要一台。因为这个地区就只有我们家没有电视机，怎么样也该买一台。我估计，他肯定是看见我们屋顶上没有天线。对了，他还老问你在不在家，他说他想来做做你的工作。他的脸皮真是厚得出奇！我也觉得很奇怪，他干吗不直接进屋来找你，或是在你回家的路上和你谈呢？他再三问我，是不是在等你回家。自然，我是不会告诉他关于你的任何事情的。他真是一个能说的小伙子，假如不那么执着的话。"

要想知道主人在不在家，有很多办法啊，家里仆人的表情和反应就可以看得一清二楚。他肯定逃跑了，再去追岂不是白浪费时间了？假如公寓是空的，就不会有人接待了啊。是不是向治安处说一声呢？邦德不耐烦地耸耸肩，算了，不用疑神疑鬼，这个时候，又有谁会对自己感兴趣呢？就算有事，情报部门也会让自己迁居的。邦德想。

"你这次肯定镇住他了，"邦德抬头向梅笑了笑，"估计那是你最后一次听他推销了。"

"但愿如此。"梅不敢打包票。无论如何，她已经尽忠尽职了。她低声说完又忙碌去了，她一直坚持穿着老式的黑色制服，即使到了炎热的八月也一样。

邦德继续吃早餐。如果换成以前，稍有风吹草动，他就会马上警惕起来。不把事情弄个水落石出，他绝不会善罢甘休的。现在，他已经有好几个月没上战场，再快的刀也生锈了，当然警惕性就下降了。此刻他正一心一意吃早餐呢。

早餐是邦德一天中最讲究的一餐。他只要待在伦敦，这些东西就少不了。浓咖啡必须是新牛津街上德·布莱店里的，他每次总要两大杯，黑色的、不加糖。一个鸡蛋，在杯口有一圈金线的深蓝色蛋杯中煮3分3秒。鸡蛋必须是非常新鲜、有棕色斑点的鸡蛋，还得是法国麦兰鸡生的。好在那里有梅的朋友（邦德不喜欢白色的鸡蛋，他喜欢在小的事情上追求时尚，这就使得他的早餐要求一个完美的煮鸡蛋）。接下来是两块厚厚的全麦面包，一大块黄油奶酪，三杯草莓果酱和挪威蜂蜜。

邦德一边蘸着蜂蜜吃早饭，一边细想导致他这段时间过得了无生趣的直接原因。突然他一下子明白了这个症结的所在。这种情绪低落主要是他从美国带回来的"女友"蒂芬妮·凯丝造成的。她和他一起度过了几个月的良辰美景之后，突然出走了，一个人搬进一家旅馆去住。这让他倍感失落、尝尽痛苦。七月底，她又乘船去了美国。直到现在，他仍然非常想念她，他仍然无法清除她在他心中的影子。另外，八月的天气又闷又热。本该出去玩玩，但他却没有这种心情，哪儿也不想去，再也不愿再去找一个取代蒂芬妮的人来陪伴他。所以，他只好成天待在无聊的情报局办公室，扳着手指头来打发日子。稍有情绪不顺时，他就斥责秘书，对同事们也爱答不理。

他这副颓废、乖戾的样子，就像一头关在笼子里的老虎。最后就连M局长都无法忍受了，在这个星期的星期一派人给他送来一张便条，派他去军需处特诺布上尉的咨询委员会上任。纸条上说，这段时间，邦德，作为情报处的高级军官，应该帮忙处理一下行政问题。再加上这个时候没有合适的人胜任这个工作，司令部也正缺少人手，而"00处"的人却闲得发慌，便要求邦德星期二下午两点半到412房间报到。

这张纸条使邦德十分不自在，他点着了这天的第一根烟，心里一直在想，就是这个特诺布，最爱唠叨，最容易引起他的不满。

在每一个大型公司中，总有一个人是办公室里的暴君，是吓人的怪物，所有的职员都毫不隐讳地讨厌他。而这个人又无意中扮演了一个重要的角色，对一般办公室里的痛恨和害怕就像避雷针一样。实际上，他会通过派给他们一些任务来削弱对他的不利影响。这个人通常是普通的经理，或者行政主管。作为督察，他的作用也不可或缺，他监察员工们的细枝末节问题。诸如：冷暖问题，盥洗室里的毛巾和肥皂，文具的供应，小卖部，值班表，员工的迟到或早退之类的。他也是对办公室里的人员有真正的影响的一个人，他能使人如沐春风，他的威严已经融进这个组织中每个人的私生活和习惯中。这个工作不是常人轻易能得到的，它要求能胜任这项工作的人要有特殊的品质。比如：性格易怒，会磨人，喜欢节俭，遵纪守法，在爱打听消息的同时也小心谨慎。他还必须有很强的纪律观念，也能对别人的想法漠不关心；他还得能搞个人独裁。综上所述，他才能办好一家公司。在英国情报局，就有一个这样的人，他就是军需官特诺布上尉，英国皇家海军的行政首脑。他的工作，用他自己的一句话来说，就是保持各个部门的井然有序和有效运作。

眼下邦德的心境很难与他人和平相处。特诺布上尉从自己的职责出发，就不可避免地把邦德带到一个与各个部门发生冲突的地步。最不幸的是，M将军居然觉得没有人比特诺布更适合做咨询委员会的总管。

这个时候，军事咨询委员会正在处理一件微妙的案子，这个案子是关于布尔格斯和麦克林的。在这个案子里，大家得到了教训，学到了不少东西。M局长已经计算出，在他把自己与这件案子有关的详细档案全部封存后的五年里，秘密咨询委员会就会被整编到情报局，1955年首相已经下达了委任令。

很快，邦德和特诺布在情报局雇用情报员的问题上陷入了一场无望的口角之中。

因为知道这个事儿很麻烦，邦德早就提出了自己的建议，假如MI5处的人和情报局的人都把他们自己同原子时代的"间谍"密切地联系在一起的话，他们就得雇用一定数量的间谍来扩充他们的队伍。"驻印度军队的退休官员，"邦德说，"都不可能了解布尔格斯和麦克林的思维过程。他们甚至就不知道有这样的人存在，在工作的同时结交私党，结交朋友，打听他们的秘密。一旦布尔格斯和麦克林去了苏联，与他们再次取得联系的唯一途径，也许就是当他们对苏联产生厌倦的时候。那时候，他们也许从苏联人那里叛变回来，做个双料间谍。他们或许会把他们最亲近的朋友送到莫斯科、布拉格和布达佩斯，带着指令等待，直到这三个家伙中的人爬出碉堡，才能取得联络。他们中的人，或许是布尔格斯，他可能被孤独、疼痛驱使，告诉人们他的故事。但是他们当然不会冒险把他们的事情告诉给那些穿着军服的人，还有那些蓄着胡子的骑兵。"

"哦，真的吗？"特诺布说着，声音冰冷而平静，"因此，你就建议我们长期雇用一些这样不正常的人来扩充我们的谍报队伍。这真是一个极具创新的观念，我想，我们同意雇用那些同性恋做情报工作才是冒了最大的安全风险呢。我看不出，美国人会愿意把许多原子弹的情报告诉给那些整天涂脂抹粉的同性恋。"

"不是所有的间谍都是同性恋，许多人还是不错的，我的意思是……"就这样，争吵断断续续地进行了三天，委员会的其他成员或多或少都是特诺布的支持者。今天，他们就要草拟他们的建议，邦德想，自己是不是还要呈交这个不受欢迎的报告。

整个问题实在太严重了，邦德想，九点钟他走出公寓，是不是要步行到他的车旁呢？他还是不是少数派和顽固派呢？他还要不要坚持，不起眼的人总会露点儿颜色给人家瞧的？为什么他总是这样让人讨厌？

为什么在自己的组织内部除了做让别人讨厌的事就找不到其他事儿做了呢？邦德还没有最终下定决心。他觉得自己无法平静，无法决定，并且，在整个事情背后，他都不应该叨叨，不应多管闲事。

　　一句很俗的引用语进入他的脑海中，"上帝要想让谁灭亡，必先让他疯狂。"

第十二章
神 秘 任 务

邦德起床时，在咨询委员会的报告上还没做出最后的决定。

他一边对他女秘书的新款上衣赞不绝口，一边整理着昨天晚上送来的材料。这时，桌上的那部红色电话响了起来，这意味着要么是 M 局长要么是参谋长。

"我是 007。"邦德抓起电话听筒。

"能来一趟吗？"参谋长说。

"M 局长找我？"

"是的，看样子你有新差事儿做了，我已经通知特诺布，说你不能去军咨处报道了。"

"知不知道是什么事儿？"

参谋长轻笑道："我知道，但是局长会和你仔细谈，这下你可要辛苦了，这是你生活的一个大转向。"

邦德连忙抓起外套，兴高采烈地走出办公室。M 局长手中的发令枪终于打响了，那些懒散的日子也终于结束了。当电梯到达顶楼，走在长长的安静的通向 M 局长办公室的走廊上，他仍然抑制不住内心的喜悦。在走向这里的时候，他脑子里还在回忆刚才那红色电话机的铃声。只要一有任务，M 局长就像发射导弹一样准确地把他射向既定目标。当 M 局长的秘书莫尼·彭妮小姐对他神秘、兴奋地眨眼睛时，他就知道一定有重要任务，每次他来这里接受任务时，她总是这样。莫尼·彭妮微笑着看着他，按下了内线按钮说道："007来了，局长。"

"让他进来。"局长铿锵的声音回应道。办公室门上的红灯立刻亮了。

邦德走进屋里，随手轻轻地关上了门。办公室里很凉快，估计是百叶窗带来的凉爽感觉，阳光从百叶窗的缝隙里透进来，在深绿色的地毯上留下一道道光和影的细带。地毯的尽头是大办公桌，阳光在这里停住了，一个熟悉的身影坐在桌子后面的深绿色阴影里。桌子上方的天花板上，吊着一台双叶吊扇，这是M办公室新近添加的东西。扇叶不停地转动，驱除八月里一个星期以来的灼人暑气。

M局长坐在包有红皮的办公桌后面，见邦德进来，指指桌子对面的椅子，示意他坐下。邦德坐下后，看着他所爱戴、所尊敬的M局长的脸，脸上虽布满了沧桑的皱纹，但神态安详宁静。

"詹姆斯，不介意我问你一个私人问题吧？"M局长过去从不过问他手下的私人问题。邦德觉得他今天有点儿反常。

"没关系，局长，你问吧。"

M局长拿起烟斗，一边装烟丝，他看着自己装烟丝的手指，考虑了一阵，缓缓地说道："你可以不回答，我想问的是关于你的女朋友凯丝小姐的事。你知道，我平时对这种事很少关心，但这次我听说那次钻石案件，你从美国回来后，你们俩就一直在一起，甚至有人说，你们快要结婚了。"M局长扫视了一下邦德的脸，端起烟管，划了根火柴将烟丝点着，放在嘴边抽了一口，继续说道，"能告诉我是怎么回事儿吗？"

讲什么？现在人都走了！邦德心想，都是那些长舌头爱嚼舌根子。一想到这些人，他火气就蹿上了脑门儿。"好吧，局长，我们的确相处得很好，也打算结婚。可是，不知道怎么搞的，她遇到了一个美国大使馆的家伙，是大使馆专员，海军陆战队少校，他打算娶她。后来他们就一起回国了。我看这样也好，不同国籍的人结婚很少有美满的。那个小伙子人还不错，跟他去美国比待在这儿强多了。她本来就不打算在英国定居。凯丝是个好姑娘，唯一的缺点就是有点儿神经分分的。我们以前经常吵架。可能是我的错，不过现在都结束了，我想吵架都没得吵了。"

M局长眨眨眼睛，没有任何评论。他笑了笑说道："詹姆斯，我为你感到可惜。"说这话时，他声音里没有半点儿同情心。他从来不喜欢邦德跟女人鬼混。他知道自己脑子里还存有维多利亚时代的保守观念。但是，作为邦德的上司，从邦德的工作性质考虑，他绝对不希望邦德这样的人永远系在一个女人的裙带上，"也许这样更好，做我们这行的，事情纷繁芜杂，再遇上神经过敏的女人，事情就更麻烦了。她们会抓住你的枪把子不放。请原谅，我过问你的私事。不过，你想知道其中的原因吗？这就是我接下来要跟你说的重要任务。布置任务之前，我得先弄清楚你的感情状况。这件事说起来很奇怪，如果你现在忙着结婚，那就很难让你去接受这个任务了。"

邦德赶紧摇了摇头，等着他把重要的事情说出来。

"好吧，"M局长往后一靠，猛吸了几口烟，简短地说道，"是这么回事。昨天，伊斯坦布尔发来一封密电，T站站长说在这个星期二收到一封用打字机打的匿名信。信中只是要他买一张晚上八点从格兰塔大桥到博斯普鲁斯海峡口的汽渡轮来回票，其他什么也没有。T站站长是个爱冒险的人，他就按照要求去做了。他上了轮船大约十五分钟时，甲板上走过来一位非常漂亮的俄罗斯姑娘。她开始和他谈了一些风景和天气之类的话，接下来突然给他讲了一件怪事。当然，他们当时还是装成闲聊的样子。"

M停了下来，又擦了根火柴，把烟斗点燃。邦德趁机插话道："局长，我不认识T站的站长，我也没有去过土耳其。"

"那个人叫克里姆，达科·克里姆。父亲是土耳其人，母亲是英国人。是一个非常出色的小伙子。战前他就开始担任 T 站的站长，有不少年头了。他到过不少地方，能力超群，工作卖力，成绩出色，可算得上是一流的谍报人员。他对世界各个地区都非常熟悉，就像对他的手背那样熟悉一样。"M 局长暂时把克里姆撇在一边，挥了挥烟斗，继续说，"那姑娘的故事是这样的，她说她是苏联国家安全部的一个下士，是从学校毕业后分到那里工作的。现在，她被调到伊斯坦布尔情报站来当译电员。这次调动是她自己想办法做成的，因为她一直就有想逃出苏联投靠我们的念头。"

"那太好了，"邦德说，"她说不定还是他们得力的译电员呢，我们情报局应该需要这样的人。但是她为什么要过来呢？"

M 局长看着邦德说："因为她爱上了一个人。"他停了一下，和善地说："她说她爱上了你。"

"爱我？"邦德不可思议地瞪大了眼睛。

"是的，爱上了你，她就是这么说的。她叫塔吉妮娜·罗曼诺娃，你认识这个姑娘吗？"

"噢，上帝！绝对不认识！"M 局长笑眯眯地看着邦德脸上错综复杂的表情。"她说这话究竟什么意思？她见过我吗？她知道我的存在吗？她连认识都不认识我，怎么会爱上我？这也太荒唐了吧？"邦德连连问道。

"好了，别解释了，"局长说，"整个件事听起来的确很荒唐，很疯狂，但又确实是真事。这姑娘芳龄二十四，自她加入苏联国家安全部后就一直在该部的档案室工作。她已经在档案室英国部工作六年了。在那些档案组，就有一份你的档案。她也肯定处理过你的档案。"

"哦。这样的姑娘我倒很想去见见。"邦德说道。

“她说她在你的档案中看了一眼你的照片后，就被你的相貌所倾倒了。”M 局长噘起嘴巴吸了口烟，就像在吮吸一个柠檬。“在她看了你的全部档案材料后就把你看作她心目中的英雄。”

邦德很不以为然，M 局长不动声色地继续说道。

“她说，你最吸引他的地方是因为你使她想起了俄国作家莱蒙托夫笔下的一位英雄。显然，这是她最喜爱的一本书。那位英雄爱冒险，一门心思花在舞拳动脚、刀枪棍棒之类的事情上。不管怎么说，是你使她联想起那个人物。她说她冒险到伊斯坦布尔来不为别的，只想通过他们能与你联系。她觉得，你一定会把她救出来的。”

“我从来没听过这样疯狂的故事，局长。我想，T 站的站长当然也不会相信她的话。”

“打住！”局长急躁地说，“你别这么着急下结论，有些事你没经历过就不能说它不会发生。假设你不干我们这行，而碰巧是个电影明星，从世界各地给你寄来的狂热的情书会像雪片似的，上面会写许多你意想不到的疯话。诸如：有你就是到了天堂，没有你就不能活啊。这是完全可以理解的。这个疯丫头在莫斯科干秘书工作，估计她身边全是女人。我们的索引处不也是那样？宽大房间里上上下下找不到一个男人。在这种环境里，她只有靠翻阅你的档案才能得到一种满足。也许她看着你那该死的照片，春心萌动。不顾一切地要找到你。在这个时代，迷上某本杂志封面上的俊男的姑娘到处都有，不止她一个。”M 局长挥了挥烟斗，似乎表示对女人这种疯狂难以理解，“老天可以做证，我对这种事儿太孤陋寡闻了。但这种稀奇古怪的事有时候不由得你不相信它们确实发生了。”

邦德见 M 局长有些急了，不禁笑着说：“对，的确有可能。局长，我明白了。没有理由说，苏联姑娘就不和英国姑娘一样傻。不过她这样做，要有些胆量才行。难道她就没有认识到这件事情的严重后果吗？不怕被人发现吗？Ｔ站的站长没讲过这点儿吗？"

"他说她吓得要死，"局长说道，"在船上和Ｔ站站长说话时，她总是东张西望，看看是否有人盯着她。她的表情就好像人人都是苏联间谍似的。实际上周围那些人只是农民或上下班的乘客。等下，整个故事你才听了不到一半。"局长吸了口烟，朝着他头上方的电扇缓缓地吐出一团烟云。邦德看见烟雾飘进电扇转动的叶片，打着圈儿直到消失不见。局长继续说，"她还告诉克里姆，因为她对你的感情，她渐渐养成一种厌恶症，只要见到苏联男人就感到恶心。这种厌恶症后来不仅只是针对某个男人，而且发展到厌恶苏联政府和她从事的工作。于是，她就申请调往国外。她的英语很不错，法语也可以。他们考虑了她的申请，就派她来伊斯坦布尔从事译电员的工作。当然这样一来她的收入减少了。长话短说，她经过半年译电员的培训后，三个星期前被派到伊斯坦布尔。到了那里，她就开始到处打听，不久就听说了克里姆。克里姆在那儿的时间太长了，几乎每个土耳其人都知道他的身份。可他似乎并不在意。他说，这样他就可以吸引敌人的注意力，让那些特派员们充分发挥自己的才能。我们派到那里去的人的确还没有遇到过什么麻烦。而且有了他，人们就了解英国情报站的影响，给我们提供情报的人也就多了。"

邦德不禁称赞道："公开的情报人员有时比我们干得还漂亮，而我们不得不花大力气来伪装自己。"

"她把一切都告诉了克里姆。她不知克里姆是否能帮她。"Ｍ局长又吸了口烟，想了一会儿说，"克里姆的反应最初也和你一样，觉得这事儿太荒唐，对此有些怀疑，但实在搞不清苏联人为什么要派这个姑娘来。他用各种方法试探她，但都没有什么结果。当渡船快靠岸时，克里姆还在想方设法地套她说出更多的线索。就在这时，"Ｍ局长的眼睛闪着柔光看着邦德，"她着急了，拿出了最后一招，来证实自己的真诚。"

邦德看见，局长的眼睛里发出兴奋和贪婪的神色，就像猎狗发现了猎物那种无法自控的欢喜。

"她亮出了最后一张王牌。她说，如果不相信她，她可以把密码机一并带过来向我们投诚。这就是我们做梦都想弄到手的那种叫斯相克特尔的新型密码机。"

"上帝！"邦德轻声说，他的思想被这突如其来的战利品惊得不知所措。斯相克特尔！有了这台机器就能破译苏联现在的所有电码了。即使苏联人很快发现机器丢了，也不得不通知各个使馆和情报站立即停止使用现有密码或更换新密码。这将对苏联是个沉重的打击啊！邦德对密码学不太精通，在情报局中人人都是各自干自己的事情，很少关心过其他部门的技术问题。但有一点他很清楚，在任何情报机构中，密码机失窃的损失甚至要比几个情报站的毁灭还要严重。

邦德上钩了，他立刻接受了 M 局长对这个姑娘的信任，虽然她的故事是那么离奇疯狂。一个苏联姑娘冒着生命危险带来这个礼物，这只能意味着这是一个绝望的举动——一个绝望的痴迷。不管这个姑娘的故事真实与否，这个赌金太高了，让人不得不下注。

"明白了吗，007？"M 局长轻声问道。看看邦德眼里激动的神情就不难知道他的想法了，"你明白我的意思吗？"

邦德没有正面回答局长的问题，而是问道："她说过她用什么方法逃出来的吗？"

"没有详细地说，但是克里姆说，她有绝对的把握，她每周有几个晚上单独值夜班，晚上是睡在办公室里的，趁这种时机逃出来应该很容易。虽然，她也知道，只要这件事透露出一点，她就会被立刻枪毙。她甚至不放心克里姆让别人发报，她要他亲自发报，而且不能留底稿。自然，他答应了她的要求。实际上，当她说出她要带密码机过来，克里姆就已经有预感，他将有可能取得'二战'以来最重要的成功。"

"后来呢，局长？"

"汽船到奥拉科依港时，她下了船。她说过她要在那里下。克里姆许诺她当晚就发报。她拒绝他以任何方式和她接头，只是说，假如我们信守诺言，她决不会失言的。她说了声'晚安'后就消失在甲板上的人群里了，这就是克里姆看到的最后的她。"

M局长突然向前倾了倾身子，看着邦德说："当然，克里姆不可能当时就对她许诺我们会跟她合作的。"

邦德没有吱声，他想着他应该猜得到接下来发生了什么。

"那个姑娘做这些事只提出了一个条件，"M局长眼睛眯成了一条缝，意味深长地盯着邦德，缓缓地说，"她要你亲自去伊斯坦布尔接她，把她和机器一同带到英国来。"

邦德耸了耸肩，一时不知道说什么才好。目前是没有困难的，他坦率地看着M局长的那张海员的脸，说："这事儿对我来说并不难做到，但我唯一的顾虑是，她是看了我的照片和档案材料对我产生好感的，假如她见到现实中的我，发现跟她想象中的并不吻合，那该怎么办呢？"

"这正是我还要说的，"M局长严肃地说，"这就是为什么我要问你和凯丝小姐的事。不管怎样，你必须要满足她所有的期望和要求。"

第十三章
听 天 由 命

四个小型的、末端是方形的推进器慢慢转动了，一个接一个，形成了四个飞速旋转的旋涡。涡轮喷气飞机的嗡嗡声已变成雷鸣般的隆隆作响。起飞时的噪音已经没有变化了，与其他飞行器马达的轰鸣声没什么区别。当飞机的轮子轻快地滑出伦敦机场东西向的飞行跑道时，邦德觉得他仿佛是坐在昂贵的机器玩具之中。

邦德所乘坐的飞机是英国欧洲航空公司的 130 航班，它已经正点起飞了，途经罗马、雅典，最后到达伊斯坦布尔。

十分钟后，飞机已到了两万英尺的高空，沿着从英格兰到地中海的空中走廊向南飞行。飞机马达的声音此时变得低沉、单调，催人昏昏欲睡。邦德解开了安全带，点上一支烟，从身旁一个外形小巧玲珑、看起来价值不菲的公文包里取出一本埃里奇·安姆伯勒写的《季米特洛夫的面具》开始阅读。这只公文包尽管外形小巧，但分量很重。邦德感到庆幸的是，伦敦机场的检票员只把它看作随身行李，没有要求过磅。要不，不仅是检票员，在场排队等候登机的乘客们嘴巴肯定都会无法合拢的。要是再用 X 光透视仪检验，那就完全露馅儿了。

这个公文包是英国情报局设备处专门设计武器的专家 Q 为邦德设计的。割开做工精致的公文包内的皮革夹层，里面装着五十发 0．25 口径的子弹。公文包两边还各插着一把双刃飞刀，是威尔金森公司制造的，刀剑标记被聪明地隐藏在把手顶端的小缝隙里。公文包的提手里藏有一丸氰化物。只要按一下按钮，药丸就会弹入掌心。尽管邦德当时嘲笑Q处的工匠们这样的做法，但他们还是坚持以防万一。后来邦德按了一下提手处的按钮，把丸药直接冲进厕所了。包中的刮胡器具也是特制的，只要拧开它的盖子，棉花包着的手枪消音器就会露出来。包盖里还装有五十枚金币。只需割开皮革贴面，就可以把它们倒出来。

邦德被这个复杂的公文包逗乐了，但同时也觉得它很有用，虽然只有八磅重，但外出执行任务很方便，此外还可以用来掩盖身份。

飞机上包括他自己在内只有十三个人，邦德不禁哑然失笑，如果他的秘书罗利娅·庞森小姐知道他是第十三名旅客的话，一定会吓得跳起来。前天，当他从M局长那里出来回到自己的办公室安排出行细节问题的时候，她就极力反对他坐十三号星期五的飞机。

"十三号坐飞机是最美妙的，"邦德向她解释道，"飞机上没几个乘客，很舒服，而且服务态度也不错，我最喜欢十三号出发了。"

"好吧，"她投降了，"这是你自找的麻烦，但我会为你整天担心的。看在老天爷的分儿上，千万别从梯子下走过，或者干其他什么蠢事。你不要过分相信你的运气，我不知道你去土耳其干什么，也不想知道，但我坚信肯定不是什么好事。"

"呃，多么美味的骨头！"邦德对女秘书调侃道，"我回来的时候一定会从饭店给你带一点儿的！"

"我不喜欢你开这种玩笑。"虽然语调冰冷，但还是热烈地吻了他一下，表示道别。邦德也不知道为什么对这些漂亮的女秘书不感兴趣。

飞机飞入了一望无垠的云海。云层很密，如厚厚的奶油，这些云厚得像陆地一样，好像都能使飞机停在上面似的。不一会儿，飞机冲出了云层。一片蓝色的烟雾从飞机的左舷擦过，下面就是巴黎了。在法国的上空飞翔了大约一个小时后，飞机到达了第戎。这时淡绿色的地面开始变为墨绿色，地势不断地升高，与汝拉山脉连成一片。

空姐把午饭送来了。邦德把手中的书放到一边，开始吃午餐。头脑里还想着刚才书中的情形。他一边吃着，一边望着飞机下面清澈的日内瓦湖。白雪皑皑的阿尔卑斯山脉上点缀着墨绿色的松树。他回忆起了自己曾在这里滑雪时的情形。飞机已掠过阿尔卑斯山脉中的最高峰布朗峰，邦德仿佛看见了那冰河里肮脏的灰色的大象皮，仿佛又看到了自己，那个十几岁的少年，那时候，邦德和两个正在日内瓦大学读书的伙伴在鹿居峰攀岩呢。那时候多么开朗、活泼、无忧无虑，对世界充满了爱与希冀。

可是现在呢？邦德笑着看着从飞机下面掠过去的珀思配克斯山峰。假如那时的邦德在大街上向他走来，跟他聊天，他还能认出那个单纯、充满渴望的十七岁的少年吗？那个年轻的邦德会怎样看待现在的间谍老邦德呢？他会怎样看待自己外表下的冷酷、残忍、心狠手辣呢？会做出一个什么样的判断呢？他们会怎样看待为了国家利益而去谈情说爱的浪漫情人呢？

邦德把那个"死了"的少年邦德深深地埋在心里，不再去多想。这简直是自寻烦恼。听天由命，并且知足吧，要庆幸自己还好没有沦落到做一个二手摩托车的推销员，或者一家报纸黄色版面的小记者，或者整天泡在酒里，沉迷在烟海里。自己既不缺胳膊也不少腿，也没有充当恶棍的走卒，谁爱说什么就让他们说去吧！

俯瞰飞机下面那烟波浩渺、碧波荡漾的地中海，邦德不再去想从前了，极力地集中精力思考他眼前的任务。在这个任务中，用他自己恶俗的话来说就是——为英国拉客。

然而，无论从哪个方面讲，他这一趟差事只能用一个词来形容，那就是引诱，引诱一个活泼、素昧平生的姑娘，让她对自己一见钟情。而她的名字他也是昨天第一次听说。不管她是否真的像 T 站站长描绘的那样漂亮，邦德都不能把真实的感情抛在她的身上。他要注意的只是她随身带来的机器。想到这里，邦德觉得自己十分可耻，这和为了荣华富贵而讨某个贵妇人做老婆的人没有什么区别。他能演好这个角色吗？他相信自己在某些时候可以逢场作戏，但在床上，一个心怀鬼胎的男人能自然而然地表现吗？也许万两黄金能刺激一个人的性欲，而一台密码机是否也能刺激他呢？

飞机从厄尔巴岛的上空掠过，开始降低高度。飞机向罗马飞行了五十英里，半个小时后稳稳地降落在罗马的香皮诺机场。喝了两杯美味的饮料，他们上路了。之后，飞机稳稳地向意大利方向飞去。邦德靠在椅背上，开始潜心地考虑在会面地点可能发生的细节问题，这时飞机的速度已经接近每小时三百英里。

这会不会又是苏联国家安全部精心设下的一个阴谋？自己还没有找到其中的关键。难道他正在一步步走向陷阱吗？这次连深谋远虑的 M 局长也被蒙骗了？上帝才知道 M 局长担心这个陷阱的什么！情报局为此开了个长达十小时的处长联席会议。会上，大家对这一情况从不同角度进行了分析，但没有一个人能准确琢磨出，苏联人这样做有什么便宜可赚。他们也许想绑架邦德，审问他。但干吗偏偏选中邦德呢？他至多只不过是一个执行具体任务的间谍，不了解情报部门的战略部署，也不可能向他们提供任何有价值的信息。或者他们只是想干掉邦德，以此来报复英国，可他已经有两年时间没惹过他们了。即使他们真有这种打算，也不必把他引到第三国去，完全可以在伦敦街头向他开枪，或在公寓里、汽车里安放炸弹，这些不是要方便得多吗？

邦德的思维突然被女乘务员的声音打断了："各位乘客，请系好您的安全带。"她的话音刚落，飞机就开始颠簸起来，发动机发出了恐怖的尖叫声。外面的天空突然变得漆黑一团，雨点像锤子一样砸在机窗上。紧接着，炫目的闪电在眼前不断闪耀，滚滚的惊雷在耳边炸响，仿佛一个天外飞行物撞中了他们。飞机在雷雨中穿行，就像在枪林弹雨中突围，摇摇欲坠。

邦德嗅到了空气中的危险。又一道闪电炸响在他旁边的窗户上，要坠机了！他们仿佛处在雷电的中心，飞机似乎变得难以置信的渺小、脆弱。十三名旅客！十三号！星期五！邦德不禁想，莫不是应了罗利娅•庞森的预言？他感觉抓着椅子扶手的手心都湿了。他很想知道，这飞机有多老了？有多少个小时的飞行记录？机翼会不会出现金属疲劳现象？难道他们要葬身科林斯湾的鱼腹，永远无法到达伊斯坦布尔？一切只能听天由命了！

邦德进了飞机上抗飓风的小室中，这种小室是热带才有的老式结构。房子中间的房间都很小，很坚固。地基挖得很深，夯击得很结实。假如风暴来了，他们就躲进屋子里，直到风暴过去。根据这种原理，飞机上也安装了这种安全设备。邦德只有在环境变得超出了他的掌控而又没有可行的办法的情况下才会进去。现在，他无计可施，只好退进这种小室中，不去想上帝暴怒的时候，会出现什么样的情况，一切听天由命吧。他盯着前排的椅子背，放松紧张的神经，不去想英国航空公司130航班将给自己带来什么样的命运。

不一会儿，机舱中又亮了起来。飞机终于穿出了风暴，发动机的声音也变得不那么刺耳了。邦德打开抗飓风小室的门，走出来。他慢慢地转头向窗外望去，飞机阴影正快速地在科林斯海湾平静的水面上移动。他舒了一口气，掏出香烟盒，取出一支香烟将其点燃。他很高兴地发现他拿着香烟的手，居然没有颤抖。啊，真是大难不死！应该把这里的情形告诉罗利娅，或许她是对的，十三号不能出行。他真想到了伊斯坦布尔后去买张明信片寄给她。

外面的世界褪去了死神一般云雾笼罩的阴影，哈莫特山脉在薄暮中正向他们走来。飞机在闪耀着万家灯火的雅典徐徐降落。

邦德随着这群面无表情的旅客走出飞机。在酒吧中，他叫了一大杯希腊茴香酒，喝下去，趁着酒气又灌了一口冰水。茴香酒有股浓烈的药味，后劲很大，邦德喝得稍微快了些，感到肚子里一个劲儿地向上冒气，便放下杯子再要了一杯。

这时机场的喇叭响了起来，呼叫旅客登机。在朦胧的月色之中，雅典充满了浪漫的色彩。晚风习习，花香扑鼻，蝉鸣阵阵。不知道什么地方传来了一个男子的浅声低唱，带着思念，带着忧伤。机场附近一条小狗正对着一个陌生人狂吠。邦德一下子意识到自己已经来到了东方。他心里顿时涌起一种无以名状的激动。

他们又飞了九十分钟，穿过黑暗的爱琴海和马尔马拉海，才到伊斯坦布尔。一顿丰盛的正餐，两杯马提尼酒和半瓶卡尔文红葡萄酒使邦德保留了对十三号星期五出行的看法。他对这次任务的担心都被乐观的预料代替了。

飞机稳稳地停在了伊斯坦布尔的耶希尔科依机场。邦德向空中小姐说了再见后，提着那沉重的公文包，走下飞机梯子。他通过海关后，在出口处等着取行李。

他的周围是一些肤色黝黑，但衣帽整洁的土耳其官员。听他们说话的声音，尽是一些宽元音，齿擦音。看他们的眼睛，黑得炯炯有神，透过他们那彬彬有礼的声音可以看到其凶残的本质。从这些眼睛中，他完全能看到它们的过去。多少个世纪以来，他们练就了一副能够牢牢地看守羊群和辨认出远方地平线上风吹草动的明亮眼睛。这双眼睛能够一眼不眨地面对着仇人的刀枪，可以准确无误地计算每一粒谷子，可以分毫不差地清点每一枚硬币，可以丝毫不漏地识破奸商的各种小动作。这眼睛是那样的坚定不屈、多疑狡猾、忌妒刻薄。

出了海关，一个穿着时髦的外衣、蓄着小胡子的高个男人从阴暗处钻了出来，向邦德点头行了礼，也没有问邦德的名字就提起邦德的箱子，领他来到一辆黑色的老式的罗伊斯车前。这种车在二十年代曾是百万富翁的象征。

汽车驶出机场后，那个人转过头来，用地道的英语礼貌地说："先生，克里姆先生告诉我，你今晚应当休息一下，让我明天上午九点再来接你。不知你想住哪家旅馆？"

"克雷斯塔。"

"好的，先生。"说着，汽车驶上了一条宽阔的水泥公路。

在他们后面，机场停车场的斑马线上，邦德隐约听到有辆摩托车发动的声音，但却没把它放在心上。他舒服地往车上一靠，享受着这次旅行。

第十四章
初 访 异 邦

　　清晨，詹姆斯·邦德在克雷斯塔肮脏的房间中醒来，小心地捉一只正在他大腿上叮咬的小虫子，昨天晚上，他成了这些小虫子的盘中美餐。他愤怒地挠着痒痒，等着下一只出现。

　　昨天夜里他到达这家旅馆时，一个穿着无领衬衫，长着一副苦瓜脸的家伙上前接待了他。邦德走进了旅馆大厅，环视着四周。他看见棕榈树的花盆上沾满了虫屎，地板和墙上的瓷砖都褪了色。他立刻意识到这是个什么样的旅馆了。这种老式旅馆很像传奇故事描述的那样，邦德喜欢这儿的气氛，便安心地住下来。一天的旅行，他确实已经筋疲力尽了。办完手续后，那个人带着他走进老掉牙的滑轮吊车，摇摇晃晃地上到三楼。

　　他的房间，摆着几件上了年代的破旧家具和一张铁床，这跟他料想的差不多。他四处检查了一下，看墙上、被单上是否有臭虫留下来的血迹，又特意检查床上是否有臭虫。还好，没有发现什么，看来这房间不像想象得那么脏。

　　然而，他这个结论下得太早了。当他走进浴室，想洗个热水澡，打开热水的水龙头时，只见水龙头空响了一阵后，竟爬出了一条蜈蚣，之后就是一股细细的黄水。他不得不用旁边的冷水胡乱地洗了个澡。他对这个地方太不熟悉了，不应该让那个人这么早就走，应该当着他的面，把房内的东西都检查一遍。现在好了，他也埋怨自己，不该只看名字就选旅馆，不过他也不想住大旅馆内舒适、柔软的大床，因为他在家已经睡厌了。

虽然有虫子叮咬，但他还是睡得很好。现在，他应该去买些杀虫剂来，他决定忘掉之前的那些舒适，适应这里的一切。

邦德下了床，拉开暗红色的丝绒窗帘，靠在铁栏杆上，眺望这远处旖旎的风景。右面的金角湾静若处子，而左面的博斯普鲁斯海峡却是波涛起伏。一静一动，相得益彰。在它们之间，是一些歪歪斜斜的房顶和高耸的清真寺塔尖。看到这美丽的异国风光，他顿时感到心旷神怡。就这方面来讲，到这个旅馆来住是对的，臭虫带来的不舒服完全可以被窗外的美景弥补。

这横跨欧亚大陆的万顷碧波在清晨阳光的照耀下，闪烁着片片金光，邦德站在窗前，足足欣赏了十分钟。这样的景色使他久久不愿离去。当他转身时，房间里洒满了金色的阳光。他拨了个电话，让侍者把早餐送到他的屋里。这儿的人都不懂英语，他只好用法语。由于没有热水，洗澡用的是冷水，刮脸也只好用冷水。这一切都凑合过去了，只希望这里的早餐不会使自己再凑合一次。

早餐总算没有使他失望。用蓝色瓷碗装着的酸奶酪，深黄色的浓郁冰激凌，刚去皮的新鲜的无花果以及一大壶黑咖啡。邦德一边品尝着丰富的早餐，一边眺望着海峡上穿梭如织的汽船和舢板，心里想着可能从克里姆那里传来的消息。

九点整，那个高个子准时开着那辆罗伊斯轿车来接邦德。汽车穿过塔克斯姆广场，就驶向拥挤不堪的伊斯梯科拉街道，出了亚洲。一路上，邦德看到河边上等待游客的汽船喷着浓浓的黑烟；悬挂着优美十字徽章的商船，喷着蒸汽，正从格兰塔大桥下穿过。街面上自行车自由飞驰，有轨电车正按着轨道滚滚向前，它的老式的球茎式喇叭不停地鸣笛以告示行人。这里有塔尖直刺云天的高高低低的清真寺，也有高耸入云的像伊士坦布尔－希尔顿饭店这样的现代建筑。在这个城市中，既富有《天方夜谭》里那种迷人的东方情调，又充满了现代化城市的韵味。

穿过格兰塔大桥，汽车喘息着向右拐进了一条与河岸平行的鹅卵石马路。几分钟后汽车在一个大木门前停了下来。

一个矮胖脸、长相凶恶的守门人马上满脸笑容地迎了上来。他为邦德拉开车门，挥手示意邦德跟他进去。他们穿过大门，进入一个小院子。院子里有个整齐的沙砾花圃，正中央长着一棵高大多瘤的桉树，几只斑尾鸽正在树下啄食。这里远离纷扰和嘈杂，显得异常的宁静、平和。

他们沿着一条砾石小路穿进另外一扇小门。邦德发现他们走进一间有拱顶的仓库。拱顶上有一面圆形的窗户。一束阳光正从高高的圆形窗户里射进来。他闻到了一股清凉的香料味儿，里面还夹杂着咖啡香味。接着邦德又随看门人沿着仓库中间的通道向仓库的一头走去，突然一阵浓烈的薄荷味儿扑面而来。

在这个长长的仓库尽头，有个围着栏杆的平台，在那上面有六七个青年男女正坐在高凳子上，忙着在账簿上记账。每本账簿边都有一个墨水瓶和算盘。邦德从他们身边走过时，他们也没有抬头看一眼。而坐在他们远处的一个高个子男人看见他们却站起了身，向他们走了过来。他皮肤黝黑，面容消瘦，长着一双深蓝的眼睛。他露出雪白的牙齿向邦德笑了笑，然后领着邦德走到台子后面。台子后面有一扇斜挂着锁的精致红木门。他敲了一下门，没等里面有反应，就推开门，带着邦德走了进去。邦德走进门后，他便退了出来，顺手带上了门。

"啊，亲爱的朋友，快进来，快进来！我等你好久了！"一个身材高大、衣着整齐的男子看见邦德进来，忙从桌子边站起身，大步迎上来跟邦德握手。

这个人洪亮、友好的声音背后隐隐透着一股威严，邦德估计，他可能就是 T 站的站长。此时邦德处在他的地盘上，自然一切都得听从他的安排。他告诫自己，必须牢记这一点，这不单单是礼貌问题。

达科·克里姆热情友好地握着邦德的手。这个握手纯粹是用西方情报人员的强劲儿的手指，而不是东方那种像香蕉皮似的握手，这种握手使得你马上想在衣服上擦手指。邦德觉得，这粗大有力的手简直能轻而易举地把自己的手指捏得粉碎。

邦德身高六英尺，但克里姆看来至少比他还高两英寸。他虎背熊腰，看上去顶得过两个邦德。他的脸盘很大，呈褐色，鼻子有骨折过的痕迹，蓝眼睛分开得很远，透着一丝笑意。眼珠有些湿润，还布满了血丝，看得出他嗜酒如命。

克里姆长着一副吉卜赛人的脸，脸上一副桀骜不驯的神情。他头发乌黑浓密，鹰钩鼻，右耳垂上还戴着一个小小的金耳环。这张脸充满戏剧性，富有生机，凶狠残忍而又放荡不羁。不要认为这是戏剧中的脸谱，这确实是现实生活中活生生的面孔。邦德觉得自己从未见过他这样充满热情和朝气的面容。邦德松开他那双强健有力的大手，向他友好地笑了笑。

"谢谢你昨天晚上派车去接我。"

"哈！"克里姆高兴得大笑起来，"不要只谢我，也要谢谢我们的苏联朋友，有两班人马去接你呢，当我们离开机场的时候，他们还一直尾随着我们的车呢！"

"是尼斯帕牌的，还是兰伯瑞特牌的？"

"你注意到了？是一辆兰伯瑞特牌的。他们身边有一群喽啰专门干这种勾当。我称那些人为'甲乙丙丁'，因为他们都长得差不多，而且都傻里傻气的，我们没时间去理睬他们。这些人都是土匪，大部分是讨厌的保加利亚人，苏联人专门派这些人做些傻事、脏活。不过，这次他们没有太放肆。上一次，我好好地教训了他们一下。当他们紧咬我的车不放时，我让司机来了个急刹车，再猛地一倒车，结果不仅撞掉他们车上的一块油漆，还在他们车子里留下了一摊血迹。从那以后，他们就不敢再那么放肆了。"克里姆走向椅子，示意邦德也坐下，并随手递给邦德一个白色盒子的香烟，邦德抽出一支点上。这是邦德抽得最美味的香烟。香烟很长，呈扁圆形，上面印着金黄色的新月图案。这种烟的味道很淡，略带点儿甜味。

克里姆取出一杆熏黄了的象牙烟嘴，把一支烟塞进烟嘴里。邦德抽空环顾了一下房间。房间好像刚刚重新装修过，里面弥漫着一股浓烈的油漆味。

房间呈正方形，很宽敞，周围是十分光亮的红木墙。克里姆的椅子后面挂着一块东方织锦，一直垂到地板上。织锦后面好像有扇开着的窗户，它不停地在微风中轻轻摆动。邦德看了看四周，发现屋子的光线是从墙上高高的圆形窗口射进来的，估计织锦后面不可能有窗户。也许织锦摆动着是因为这里与金角湾很近的缘故。邦德不时可以听见浪花拍打墙脚的声音。右边那面墙上挂着一幅镶有金框的安妮戈尼女王画像，对面墙上挂着一只式样极其考究的镜框，里面镶着一张塞西尔·比顿在战时给丘吉尔拍的照片。墙边摆着一个大书架。对面放着一张皮面的长沙发。房子中央的办公桌，其抽屉的铜制把手闪着金光。屋角上还有一张放杂物的桌子，上面摆着三个银质镜框，里面分别是两张奖状和一张被授予英帝国勋章的证书。

克里姆抽了一口烟，头靠在椅子上，说道："我们的朋友昨天来拜访我，在墙角安了一枚水下炸弹，当时我正和一个罗马尼亚姑娘在桌子旁边取乐呢。她想靠自己的美色来搞点儿情报。我俩正玩得高兴，炸弹响了。当时我是没什么反应，却把她吓个半死。我放开她时，她都有点儿魂不附体了。嘿，想炸死我，没那么容易！"他磕了磕烟嘴，抱歉地说："因为你要来，我就抓紧时间重修了一下，窗户和镜框上的玻璃都是刚装好的，墙上的油漆也是刚刷上去的，油漆味儿还没散尽呢。"克里姆皱着眉头，头往后仰了仰。

"我真不明白为什么他们要突然破坏这和平的气氛。在伊斯坦布尔，我们向来和平共处，井水不犯河水，还从来没有像昨天那样的正面冲突。这令人相当担忧，这只能给苏联朋友带来麻烦，我要好好弄清楚这件事，查查是谁干的，查出来了一定好好收拾他。"克里姆又摇摇头说，"可是这件事现在还没有任何线索，我只希望别坏了我们的好事。"

"但是，因为我的到来，他们有必要在公共领域这样明目张胆吗？"邦德温和地问，"不过，最重要的是，我不愿意你被卷进来，为什么派车来接我？这样的话你就跟我绑在一起了！"

克里姆爽朗地大笑道："朋友，我得把这里的情况和你介绍一下。我们、苏联和美国人在所有的旅馆里都雇有自己的人，而且都在当地秘密警察总部埋了内线。我们各方每天都可以收到一份出入境的外国人名单，不管他是乘车、坐船还是乘飞机来。当然，只要给我几天的时间，我还可以轻而易举地把你弄到希腊去。但干吗这样做呢？你来这里，他们每家都会知道，所以，我们的朋友不如干脆去接你。而且，那个姑娘讲过，会面的时间和地点必须由她来选择。也许她可能不信任我们的保密措施，谁知道呢？但她非常有把握地说，只要你一到这里，他们的情报中心马上会得到消息的。"克里姆耸耸他那宽厚的肩膀，说："为什么给她制造麻烦呢？我只想把这事儿做得容易些，同时也让你觉得舒服。不管有没有收获，至少你应该过得舒适快活，不能白来一趟嘛。"

邦德笑了："就当我刚才没说过那些话，我的确忘了巴尔干的规矩。在这里，你只管下命令，我只管执行就行了。"

克里姆笑笑，换了个话题："对了，说起舒适，我想问问你，你住的那家旅馆怎样啊？真没想到你会选中那个破烂的克雷斯塔。那儿比妓院好不了多少，而且都是苏联人常去的地方，不过也没什么。"

"还不算差，我并不想住伊士坦布尔－希尔顿饭店。"

"是不是钱不够用？"克里姆说着，伸手从抽屉里抽出一大卷绿色钞票，"这是一千镑土耳其现金。目前，黑市上是二十二镑兑换一英镑，官价只有七镑。花完了尽管说，以后再一起算。自从克罗伊斯发明了金币，钞票就越来越不值钱了。真讨厌，不过，票子的面值倒是和印在上面的头像挺符合的。最早印的是神像，再就是国王，再往后是总统。现在更干脆，什么也不印了！"克里姆把钱甩给邦德，"现在的钱只不过是一张纸罢了，只是一张印着一些建筑图样、由银行行长签过字的纸。可它仍能买来东西，真不可思议，妈的！你还缺少什么？尽管说。香烟吗？我会给你搞几百支派人送到你的旅馆。我们现在抽的烟相当不错，但很难弄到，基本上让政府各部和大使馆弄走了。至于吃住方面，你大可不必担心，准保让你满意。如果你不介意，以后这段时间，我希望能经常和你在一起。告诉我，你还需要什么？"

"什么也用不着，"邦德说道，"除非你有一天到伦敦去。"

"绝对不去，"克里姆坚定地说，"伦敦的天气和女人都太冰冷了。你能到这儿来，真让我高兴。总算又有事可干了。这让我想起了战争年代。"他说着，按了一下桌上的电铃。"你喜欢加糖的咖啡还是不加糖的？在土耳其，谈正事不能没有咖啡或葡萄酒。不过这会儿喝葡萄酒又太早了。"

"不加糖的！"

邦德背后的门开了，走进来一个人，克里姆吩咐他拿些咖啡来。那个人答应一声就关上门出去了。克里姆拉开一只抽屉，取出一本卷宗，放在面前，手按在上面。

"伙计，"他严肃地说，"我真不知道该怎样说这件事，"他往身后的椅子上一靠，双手托在后脑勺，"你是否觉得干我们这行有点儿像拍电影？经常是什么都准备好了，可以开拍了，但是总会有意外发生，要么演员生病了，要不就是天公不作美。而且这些意外也经常发生在电影里，比如为了吸引观众，加一些桃色新闻，说某两个'明星'之间怎样怎样了。对我来说，现在这个案子中的这一面太扑朔迷离了，也是最难以了解的。这个姑娘真的爱你吗？当她看到你时还会对你有爱意吗？你有没有魅力把她搞过来？"

邦德没有立即回答他的问题。这时，响起了敲门声，他的秘书长端了两只镶有金边的瓷杯进来，放在他们面前然后就出去了。邦德端起杯子，喝了一口咖啡就放下了。咖啡的味道很好，只是太浓了，似乎没有磨得更细。克里姆一口气喝干了咖啡，然后点着了一根烟。

"在这场爱情戏当中，我们只能坐观形式的发展，"克里姆继续道，好像一半也是对自己说，"我们只能等着瞧了。不过，这期间不可能风平浪静的。"他向前倾了倾身子，眼睛看着邦德，目光突然变得严肃而机敏。

"敌人正在紧锣密鼓地准备行动，伙计，这不仅仅是企图干掉我，还有一些事正在秘密发展，我已经有一些证据了。"他举起食指放在鼻子一边，"我有消息，"他的食指敲打着鼻子就好像他在轻轻拍着一条狗一样。"这是我一个好朋友告诉我的，我绝对相信他。"他慢慢把手放在桌子上，语调温和地补充道，"假如风险太大的话，我会告诉你的，但是他说'回去吧，朋友，回去，这里的事不是那么简单'。"

克里姆靠回椅子上,他的声音变得紧张。接着爆发出一阵狂笑,"但我们不是老女人,这是我们的工作!我们继续做我们的事,别管她嗅到了什么。好了,我告诉你的事情你还有什么不明白的地方?自从我发完电报后,那个姑娘就没影了。你可能要问我关于这次会面的问题了。"

"我只想知道一件事情,"邦德说,"你对这姑娘有什么看法?你相信她说的故事吗?她对我的痴情可信吗?这是问题的关键所在,如果她没有为我着迷,没有迷到发狂的话,这件事绝对是个圈套,是苏联国家安全部精心策划的陷阱。你相信这个姑娘吗?"邦德的声音急切,眼睛死死盯着对方的脸。

"噢,我的朋友,"克里姆摇摇头,摊开两手说,"这个问题也是我要问自己的,自从那天以后,我整天都在考虑这件事。可是谁能知道这个女人在这件事上有没有撒谎呢!她的眼睛非常明亮——那是天真无邪的眼睛。她的嘴唇丰润,是天使的嘴巴。她说话的时候,声音紧张急切,恐惧不安。当时她拼命地抓住渡轮的铁栏杆,指关节都抓白了。"克里姆扬起他的手,继续道,"上帝才知道她心里想什么!"说着又把手平放在桌子上,看着邦德道,"要想知道一个女人爱不爱你,只有一个方法。而且,这个方法也只有'专家'才知道。"

"是,没错,"邦德暧昧地说,"我知道你的意思,那就看她在床上的表现。"

第十五章
间 谍 身 世

咖啡一杯接一杯地端上来。两个人一边喝咖啡，一边不断地抽烟，房间里烟雾缭绕。他们两个人你一句我一句地商议那些零零碎碎的细枝末节。一小时后，他们又回到开始谈论的话题上。最后商定由邦德自行处理女孩的问题。如果他觉得那个姑娘可信的话，就把她连同密码机一起带回英国。

克里姆独自揽下了整个后勤的管理工作。第一步，他挂了个电话给他的旅行经纪人，让他订两张一周内出境的各班机票，包括所有去英国的欧洲航空公司、法国航空公司、斯堪的纳维亚航空公司以及土耳其航空公司的班机。

"我还得给你搞张护照，"他说道，"一张就足够，就当她是与你同行的妻子。我的手下会设法搞到一张长得和她差不多的姑娘的照片。实际上，嘉宝年轻时的照片就可以，她的确很像嘉宝。只要翻翻新闻报纸、画报资料就可以找到。这事我还得去找总领事谈一下。他是个相当好的伙计，很欣赏我的那些鬼把戏。今天晚上我就能把护照办好。对了，你喜欢取个什么名字？"

"随便取哪个都行！"

"那叫萨默塞特吧。我妈妈就是萨默塞特人。戴维·萨默塞特。职业，公司董事。那姑娘呢？我们就给她取名叫卡罗琳吧。她看起来就像一个卡罗琳人。你们是一对身形健美、喜欢旅游的年轻的英国夫妇。用哪种方式来支付旅费呢？这事我来办。这是一张八十英镑的旅行支票，让我再看看，嗯，再给你搞张银行收据，证明你在这儿已兑换了五十英镑。海关方面嘛，他们不会看出什么的，反而会因为你在这儿花了钱而高兴。你可以随身带上几样土耳其特产给他们看。就算带给你那些在伦敦的朋友的礼物。如果你的时间太紧，旅馆账单以及行李之类的事由我去处理。我和克雷斯塔的人混得很熟。还有什么吗？"

"我想不出还有什么事了！"

克里姆看了一下表："现在十二点了。派辆车送你回旅馆，说不定你会收到一封信呢。你回去后仔细检查一下你的东西，看有没有被人动过。"

克里姆又按了一下铃，叫来了秘书，简短地布置了一下。这个秘书长站在那儿，眼睛闪亮机敏地看着克里姆，头微微向前倾着，就像一条小灵狗。

克里姆把邦德送到门口，又一次热情而有力地握了握邦德的手。"先让汽车送你去吃午饭的地方，"他说，"那是香料市场的一家小馆子。"他颇有些兴奋地盯着邦德，"很高兴能与你在一起工作，我们的合作肯定会很愉快的。"他放开邦德的手说，"要做的事情多得数不完，我们得抓紧时间才行。当然，也有错事，但不做又不行。"

克里姆的秘书长，看起来是他某种意义上的管家。他带着邦德穿过高台的另一扇门，来到一条过道上。那些算账的人还在低着头算账。过道两旁都是一个个的小房间。秘书带着他走进其中一间。邦德发现这是一间装备完善的秘密实验室。他们在屋里走了十分钟后，一出来便又回到街上。罗伊斯牌轿车已经在街上等着他了。他上车后，汽车穿出一条狭窄的胡同，飞速地向格兰塔大桥驶去。

克雷斯塔宫新换了一个守门人。这个人身材瘦小，面色蜡黄，脸上一副谄媚的样子，眼睛却相当猥琐。一见到邦德进来，他赶忙在办公桌后面站起来，走上前来，做了个道歉的手势，十分恭敬地说："先生，真是对不起，让您住那种下等房间。我们的确不知道您是克里姆先生的朋友。您的行李已搬到12号房间去了。这是我们旅馆中最好的一套房间，"他说着眼珠一转，机敏地说道，"这是专门给度蜜月的人准备的，特别舒适。先生，像您这样的人士理应受到特别款待。"他握了握手，深深地向邦德鞠了一躬。

如果说世界上有让邦德最不能忍受的事，那就是像这个门卫一样的马屁精了。他瞟了一眼这个人，说："好吧。带我去看看那个房间吧。我不一定就会喜欢。我对原来的那间还是挺满意的。"

"是的，先生。"那个人弓着腰领着邦德走进电梯，"可是你的那间房子里的水管已坏了，供水也……"电梯在二楼停下，打断了那个人的唠叨。

那个水管确实是个问题，邦德想，就算住到这个旅馆最好的房间里也没害处。

那个人打开了一扇高大的门，弯着腰，伸出手，做个"请"的姿势，请邦德进去。

"不错。"邦德赞道。这个套房显然比原来的那间强多了。阳光从两扇宽大的窗户外射进来，使得满室生辉。房间的基色为粉红和浅灰，属于仿法国王室式的风格。虽略见陈旧，但依然保存着20世纪初期的风范。木地板上铺着漂亮的地毯，装饰华丽的天花板上悬挂着晶莹闪亮的树形吊灯。右面靠墙处放了张大床，床后是一面镶有金框的大镜子，几乎有整堵墙那么大。（邦德觉得这种设计别出心裁，不过，如果在天花板上再装面镜子，对于度蜜月的人来讲，那不更带劲儿？）该房间带有一个洗澡间，里面铺着瓷砖，各种卫生设施完备。邦德的刮脸用具已经整整齐齐地放在放洗漱用品的架子上。

那个人又跟着邦德从浴室走回卧室。等邦德决定住下后，他这才深深地鞠了一躬，出门而去。

为什么不住这间呢？邦德又在房间里兜了一圈，这一次，他仔仔细细地检查了墙壁、电话及床的四周。为什么不可以住呢？难道这儿装有窃听器，或设了暗门？看来不会的。

他的行李箱已放在衣橱旁边的躺椅上。他跪来下仔细地查看，见锁的四周没有被摸过的痕迹。他专门搁在箱子扣带边的一点儿绒毛还在那里。他打开箱子，取出那只公文包。看来也没有被人动过。

邦德洗了个澡后，穿好衣服，走出房间，往楼下走去。那个守门人弯腰为他拉开了罗伊斯牌轿车的门，并告诉他没有他的信件。看他那双贼溜溜的眼睛，该不会在背后搞什么鬼吧？邦德猜疑起来。管它怎样，这场戏是要唱的，如果换房就是拉开序幕的话，那也不错。嗯，好戏马上要开始了。

汽车离开了旅馆，顺着一个下坡向前驶去。这时，邦德想到了克里姆。T站的站长！他这个人可真行！在这个处处都是鬼鬼祟祟、贼眉鼠眼的小人堆里，只靠他那膀阔腰圆的身材，就能发号施令了。他那充满活力、热爱生活的精神，使得人人都愿意与他交朋友。他这种精力充沛、深谋远虑的海盗式人物来自哪里呢？又为何要为当局干事呢？不过，他正好是邦德喜欢的那种人。对邦德来说，他不再是"熟人"，邦德内心已经把他当作真正的朋友了。

汽车穿过了格兰塔大桥，停在香料市场外面。司机领着邦德走上几级破旧的楼梯，进入了一个充溢着异国情调的市场中。这里热热闹闹，人群川流不息，叫卖声、吃喝声不绝于耳。许多乞丐和肩扛口袋的脚夫

东窜西逃。他们在入口处，向左拐了个弯。这里略微清静些。他们走到
一个拱门前。前面是一条旋转而上的石阶。

"先生，克里姆先生在左边最里面的房间里。如你找不到的话，尽
管问别人。大家都认识他。"

邦德拾阶而上，来到一间会客室前。门口站着一个侍者，见邦德来
了，问也不问他是谁，便领着他从许多铺着多彩瓷砖的小房间走过，来
到了最里面的一间屋子。克里姆正坐在墙角的一张办公桌前等着他。桌
子旁的窗子下面就是香料市场的入口处。克里姆正晃动着加了冰块的奶
类饮料。

"你来了，伙计！快坐下，我们立刻喝上几杯，喝点儿葡萄酒怎么样？
观光后一定累了吧？"他一面说着一面吩咐侍者端酒上来。

邦德在一张舒适的扶手椅子前坐了下来，端起侍者递给他的酒，向
克里姆举了举杯，抿了一口，味道和茴香酒差不多，他一仰脖子全喝了
下去。侍者马上又给他续满杯。

"现在，请订午餐吧！在土耳其，中午其他的什么都可以不吃，但
是浸在橄榄油中有哈喇味的动物下水是必吃的，当然，这要属米瑟·卡
萨丝店内的最好吃。"侍者微笑地建议道。

"他说今天的烤羊肉串味道非常美，我不相信，不过也许是吧。这
是拿非常幼小的羊羔肉放在木炭上烤，再佐以开胃的调料和一些洋葱。
味道还可以，你要不要来点儿？要不来点儿油炸沙丁鱼，它们的味道也
不错。"克里姆一边给邦德介绍菜肴，一边向侍者要了一些自己爱吃的
食物。他靠在椅子上，微笑地看着邦德："这是惩治那些混账王八蛋的
唯一办法，他们就喜欢挨骂、挨踢。他们所能理解的只有在血腥里才能
解决。那些文明的伪装害了他们。他们想要的只不过是腐败堕落的巨头，
战争，烧杀抢掠和纸醉金迷的娱乐。这帮穿着西装、戴着文明礼帽的畜

生是最可怜的。你不要同情他们，让他们都进地狱吧。"克里姆对那帮土耳其人的所作所为大发了一阵评论后，问邦德："有消息了吗？"

邦德摇摇头，他把换房间、又没动他的行李箱的事告诉了克里姆。

克里姆放下酒杯，用手背抹了一下嘴。他的想法和邦德完全一样。"这场戏迟早都要开演的。我开始做了些试探性的工作，现在只能静观其变了。吃完饭我们一块儿'突袭'下敌人的老窝。我想，你一定会感兴趣的。当然，我们仅仅是暗地里去拜访，不会被他们察觉的。"克里姆自觉很机警，不禁纵声大笑起来，"现在谈点儿别的事吧。对土耳其有何看法？算了，不谈这个，我没兴趣。"

他们的交谈被端上来的头一道菜打断了。邦德吃的辣味沙丁鱼味道很一般，和一般的油炸沙丁鱼没有什么区别。克里姆的第一道菜是一大盘生鱼片。他看邦德那好奇的样子说道："我要了一盘生鱼片，下一道是生肉和莴苣。此外，还有一盘酸奶酪。我一向不赶时髦，吃生东西是因为从前曾想当个职业大力士，这职业很受欢迎。为此我还专门练过。土耳其人都爱看大力士表演。那时候，教练规定我只能吃生东西。时间长了，也就习惯了。我想，这对我身体有好处。不过，"他晃晃叉子说，"不是每个人都适合吃生东西。别人爱吃什么，我才懒得管。但我不希望看见吃饭喝酒时哭丧着脸。"

"现在怎么不当大力士了呢？怎么会干起现在这个行当呢？"

克里姆叉起一片生鱼，有滋有味地嚼了起来。他一口喝下半杯葡萄酒，点上一支香烟，身体靠在椅子上说，"好吧，"他带着苦涩的微笑，"就讲讲我的事儿吧。你肯定很奇怪，像我这种傻大个怎么会干起情报局这个差事的？我长话短说，要是你还是听得不耐烦，就叫我停住，好吗？"

"好！"邦德也点上一支香烟，身体向前倾，支着胳膊肘。

"我是特拉布松市人，"克里姆看着缓缓上升的烟雾说，"生在一个大家庭里。我有不少妈妈。我父亲是那种令女人着魔的男人。所有的女人都想跟他在一起，在她们的梦里，她们就渴望被他宽大的肩膀拥入怀中，抱进山洞被他强奸。他也经常这样做。他是个捕鱼高手，整个黑海没有人不知道他的名字。他专捕箭鱼。这种鱼非常凶猛，极难捕捉，而我父亲却在捕捉箭鱼那伙人里出类拔萃。女人们都想让他们的男人成为英雄。我父亲就是土耳其那个小角落里的一位英雄，那儿的风俗是敬重高大健壮的男人，而他正是个英俊潇洒的大个子。所以他可以拥有许许多多他想要的女人。必要的时候，他们会为了一个女人而杀掉其他的男人。这样，他也就有很多子女。大家都住在一所破烂的房子里。虽然房子破烂，但我的那些妈妈们把它收拾得井井有条。我的妈妈比当地任何人的都多，简直可以组成一个后宫。爸爸其中的一个老婆是个英国的家庭教师，他们是在伊士坦布尔看马戏时认识的。他们简直是一见钟情。当天晚上，他就带她上了渔船，来到了特拉布松。她对自己的选择从来都不后悔。在她的眼睛里，这个世界上除了我父亲之外什么都不存在了。她就是我的母亲。战后她死了，享年六十岁。我有个哥哥，是一个意大利妈妈生的。他的皮肤很白，所以叫比安柯，而我很黑，所以叫达科。我们兄弟姐妹总共十五个，小时候都在一块长大，我们的童年过得幸福无比。妈妈们也经常和我们一样吵架，孩子之间也少不了动拳动脚。那个破屋子就跟吉卜赛人的宿营地一样。每次，我们打架打得太过分时，父亲会把我们双方都揍一顿；但如果我们和平共处，他对我们又很好。你能想象出在这样一个家庭中是怎么生活的吧？"

"难以想象！"

"你如果在这里生活久了，就可以理解了。后来，我几乎和父亲一样高大强健，但是受到的教育比他要多。我的母亲负责教育我，父亲只是要我们爱清洁讲卫生，要求我们一天起码得进一次盥洗室，对这个世界上的任何事都不要感到畏畏缩缩。母亲教我要对英国满怀崇敬，就是在这样的教育方式下，我长大了。我长到二十岁时，我自己拥有了一条小船，就开始挣钱了。但我生性太野，不爱待在家里受约束，就离开了那个大家庭，自己到海边找了两间小屋子居住。我想瞒着我母亲搞些女人，但运气很臭，只是搞来一个比萨拉比亚的小泼妇。那还是我在伊斯坦布尔后面的山里和吉卜赛人打了一架才搞到的。那帮家伙穷追不舍，那个女人也不愿跟我走，害得我只好把她打昏后拖回我的房子里。到了特拉布松后，那个臭女人还想杀了我。我把她拉进屋里，扒光她的衣服，把她捆在桌子底下。吃饭时，我只给她一点儿残羹剩汤，就像对待狗一样，好让她明白谁是主人。可是没想到，我母亲突然来了，事先也没有打个招呼。说父亲想立即见我，当她发现了那个姑娘时，她大骂我是个残忍无耻的流氓，真后悔居然生了我这么个孽子，并要我马上把那个姑娘送回去。我母亲找来衣服给那个姑娘穿上，放她回去。我真是想不通，我真的要送她走时，她却怎么都不肯走了。"克里姆讲到这里不禁大笑起来，"经过这件事情，我总算是了解了一些女人的心理，真是太有意思了，伙计！我母亲为她忙这忙那，给她自由，但这个不知好歹的丫头却念起了咒语，不停地骂。好在母亲没有把这事告诉父亲，要不又得生事。她总是这样，一旦我干了坏事，把我臭骂一通，但又护着我。嗯，扯得太远了，还是说正事吧。那天我回去见我父亲时，在场的还有一个英国人。这人个子很高，脾气很好，一只眼睛上贴了块黑膏药。我去的时候，他们正在说，英国人想知道俄国人在边境的动静，想了解俄国人在离特拉布松五十英里的英国石油和海军基地有何举动。那个人说，只要能打听到这些情况，他们可以给不少的钱。我的英语和俄语都讲得还行，眼尖耳灵，机智敏捷，又有一条船。于是父亲就让我帮英国人做事。伙计，这位英国人就是丹西少校，前任 T 站站长。后来我就一直在他手底下干活了。"

"你刚才说想当大力士，你能告诉我那件事吗？"

"哦，"克里姆神秘兮兮地说，"那只不过是我的副业罢了。在这里，流动马戏团可以很容易地通过土苏边境，因为苏联人特别喜欢看马戏，没有马戏不能活。我在马戏团常表演用手拉断铁链和用牙咬住绳子吊起重物的节目。在苏联的村庄里，我还和他们当地的大力士比赛摔跤。那些格鲁吉亚人长得人高马大，但我的运气好得很，总能摔赢那些傻大个，差不多可以称得上是一个常胜将军。每次比赛完，大家在一起喝酒聊天的时候，我就装聋作哑，好像啥也听不懂，时不时还问上几个幼稚可笑的问题。他们都笑我傻，总是无所顾忌地把所有事儿都倒出来。"

侍者端上来第二道菜。邦德的菜是醋滑肉片。这菜的味道还不错，有点儿像大葱烧熏肉。克里姆吃的是一大块鲜嫩的牛排，是用生肉为原料，拌上胡椒、香葱、蛋黄和橄榄油做成的。他叫邦德也尝了一口。邦德连连说好。

"你也应该每天吃这种东西，"克里姆一本正经地说，"这玩意儿尤其对那些想和女人鬼混的人大有益处。另外，还应该去健身，这些对男人来讲至关重要，至少对我来说是这样的。我和父亲一样，要对付许多女人。但我跟他不同的是，我抽烟喝酒都太多。干这一行很影响平时的生活。一个人总是处于紧张状态中，成天都在动脑子，大部分精力都被工作占去了，哪能过多地想女人呢？但我想过充实的生活，在剩下的时间里总想把一切都抓到手。也许哪一天，我的心脏会突然不动了，死神就会带我去见我的父亲了。但我对死神并不害怕，没什么可遗憾的。也许别人会在我的墓碑上刻下'此人死于畅饮人生美酒'。"

邦德失声笑道："你可别走得太早，达科，M局长对你的评价很高，你要不在了，他会很难过的。"

　　"哦，是吗？"克里姆盯着邦德的脸，看他是否在讲真话。他大笑起来："要真是这样，我就会把死神拒之门外的。"他看了看表，"詹姆斯，时间不早了，幸亏你提醒我还有工作，我们现在到办公室去喝点儿咖啡吧。没有多少时间来浪费了，苏联人每天下午两点半准时召开军事会议。今天我们赏脸，去旁听他们的会议吧。"

第十六章
勇 探 虎 穴

　　他们回到凉爽的办公室，在等秘书去准备咖啡的空当，克里姆打开了壁橱，拿出几套工程师的蓝色工作服。他从中挑了一套穿在身上，之后，又套上一双橡胶靴。邦德也挑了一套差不多适合自己的蓝色工作服穿上。

　　秘书长端着咖啡走进屋里，另外还拿了两把电源充足的手电筒放在桌子上。

　　当秘书出去后克里姆才说道："我的秘书实际上是我的一个儿子，是大儿子。外面那些人也都是我家的小孩。司机和看门的都是我的伯父。血脉关系是最安全的。这里做生意的人一般都是以家庭为单位。我们家的香料生意给我们的工作起了绝妙的掩护，还是Ｍ局长帮我搞起来的呢。他经常在伦敦的朋友中帮我大吹特吹。我现在是土耳其香料行业的巨头，借局长的钱也已经还清了。我的孩子们都是这里的股东，他们的生活也过得很不错。我每次要为情报局做事，需要有人帮忙打理香料生意的时候，就选一个最能干的来帮我。他们也都受过专门的间谍训练，个个精明强干，也都愿意为我赴汤蹈火。当然，也愿意为Ｍ局长做一切能做到的事。我对他们说，上帝最高，其次就是Ｍ局长。"克里姆挥了挥手，"我的意思是，这儿的人全都可靠。"

　　"我也是这么认为的。"

"是吗？"克里姆说着，拿起一只手电筒，又递给邦德一只，说，"现在我们出发吧。"

克里姆走向宽大的前面镶有玻璃的书柜旁。他把手伸到书柜后面，只听"嘎吱"一声，书柜便向左边滑去。原来在书柜后面有一扇小门，镶在墙壁里。克里姆轻轻一推，门就开了。里面黑咕隆咚，有通往地下的石级，一股潮湿的霉味混杂着恶臭直往上冲。

"你先进去，"克里姆说，"就顺着这石级往下走。你在下面等我，我得把门关好。"

邦德拧亮电筒，小心翼翼地顺着石级向下走去。借着电筒光，邦德能看出，这个石级是新修好的。石级下面二十英尺的地方有水光在闪烁。当他走到阶梯底端，才发现这是一条用石头筑成的古老地道，中间有一条水沟。地道从右到左、由高向低一直延伸下去。他估计，该地道的出口应在金角湾的地方。

在邦德的手电光的尽头，传来一阵吱吱的声音，黑暗中无数的红色小光点不停地闪烁，不停地移动。坡上坡下到处都是。邦德用手电照了一下，两边大概二十码的地方，成千上万只老鼠正窥视着这一个陌生人。它们正嗅着他的气味。邦德可以想象，老鼠们的胡子这时肯定全都竖了起来，随时准备进攻。他不禁有些毛骨悚然。不知道如果这时候手电筒突然不亮时，老鼠是否会一拥而上。

克里姆突然出现在他的身旁，说："我们还要爬好长一段路呢，大概要十五分钟，但愿你能喜欢这些小动物，"克里姆大笑起来，声音在地道中回荡。老鼠们吓得全都趴在地上，一拱一拱地往后挪动。"没办法，到处是老鼠和蝙蝠的世界，加起来估计抵得上空军的一个师和陆军的一个师。我们一边进，它们一边退。等我们走到地道底部时，地道几乎就全被它们挤满了。走吧，这里空气还可以，水沟两边的地也是干的。冬

天水涨起来时，我们就只好穿上潜水员的衣服了。你用手电照着脚。要
是蝙蝠掉在你的头上，把它赶开就行了。但这种事少有发生，它们的雷
达系统非常好！"

他们顺着地道的斜坡向上走去。空气里弥漫着老鼠屎和蝙蝠屎的怪
味。邦德不知道得要花几天才能去掉身上的这股臭味。

一串串的蝙蝠像葡萄藤上的葡萄从地道顶上倒挂下来。邦德和克里
姆不时地碰到它们，只要一碰到它们，它们就在黑暗中发出一阵刺耳的
尖叫。在他们前面，老鼠变得越来越多。克里姆的电筒时不时照到前面
那一排排龇牙咧嘴的老鼠身上，这些老鼠触手可及，这时那些离他们最
近的老鼠就踩在同伴的背上，争先恐后地逃走。而这时，这些灰色的动
物一阵乱窜，不时掉到中间的地道上，两边的鼠墙也堆得更高了，比肩
接踵，密度也更高了。

两个男人紧握着手电筒，像握着钢枪一样，紧张地与这密密匝匝的
老鼠纵队对峙。足足走了十五分钟，才到达他们的目的地。

地下室新砌在地道的墙壁上，天花板的两端，吊着两条用油布裹着
的物品，不知道是什么东西。它们的下面各放着一把长椅。

他们走了进去。邦德在想，刚才他们如果再向前走几步，那些红了
眼的老鼠承受不住压力，肯定会疯狂地向他们这两个入侵者反扑过来。
而到那时，它们就不会只是瞪着眼睛，发出威胁的气味了。

"别叫了！"克里姆大声地说。

地道里突然一下子变得极其安静。老鼠们像得到了指令似的，一齐
停止了吱吱的叫声。它们忽然着急地往回窜逃，看上去就像一条灰色的
河流，顺着斜坡，潮水般涌了回去。

几分钟之内，这条灰色的河流在地下室外面变得越来越细了，只有
几只生了病的或受了伤的老鼠蹒跚地沿着地道向前爬行。

尖叫声随着老鼠纵队的倒退慢慢地消失了，地道里又恢复了平静，只有偶尔飞过的几只蝙蝠发出呼呼的声音。

克里姆嘟囔道："这里的鬼老鼠有一天要是死光了，伊斯坦布尔就会再次发生瘟疫。我真后悔没来得及上报这儿的鼠情。他们原本可以消灭这些老鼠的，但因为苏联人在上面，我不想惹事，只好作罢。"他猛地抬头，向房顶上努了努嘴，又看了一下表说，"再过五分钟，他们就要坐下来开会了。每次有三个人必到，是三个苏联国家安全部的人，其中一个可能是苏军总参谋部情报总局的人。今天来的可能还有另外三个人，其中两个是两星期前来的，一个从希腊来的，另一个从伊朗来的；还有一个是星期一到的。天知道他们都是些什么人，要到这里搞什么。有时候，那个叫塔吉妮娜的姑娘也会进来，送情报或什么的。但愿今天我们能见到她。她肯定会将你迷倒的。"

克里姆伸手拉下裹在一个细长物品上的油布，邦德马上就明白了。油布裹着的是一架闪闪发光的潜望镜。底部接缝处暴露在外面，上面涂着厚厚的油脂，油脂上面还有潮气凝结的水珠闪闪发光。邦德笑着说："达科，你可真有本事，从哪儿搞到这玩意儿的？"

"是土耳其海军的战争剩余物资。"克里姆的语气中流露出，他不愿就此再多说什么，"伦敦情报局的Q处还想在上面装个窃听器，但那不是件容易的事。潜望镜的镜头和打火机差不多大小，升上去后，正好高出地板。我们安装时，先在上面的房间角落里挖了个老鼠洞，镜头就从这个洞里升上去。可上面的洞不能挖得太大，更没有多余的地方来装高灵敏度的窃听器。我们也不可能进入那个房间，在屋子结构上改造一下。安装时，公共事务部门的朋友们帮了我很大的忙。他们请苏联人先搬出去几天，理由是因为有轨电车撼动了这房子的地基，所以必须检查一下。我花了几百英镑把那些人的腰包填满。那几天公共事务部的人检查了上面六幢房屋，最后说，这些房子都是安全的。当然这个时候，我和家里人已经把一切安装完毕。检查完后，苏联人当然怀疑，他们调来了很多人，把整个屋子彻底地翻了个遍，想找出窃听器的听筒或定时炸弹之类的东西。但我们不能用同样的骗局欺骗他们两次。除非Q处的人想出了一个很聪明的点子，否则我得在这里盯着他们。这些天，他们也提供了有用的东西。他们在这里经常审问一些我感兴趣的人或事。"

从地下室的屋顶上还吊下来很大一块金属物品，足有两个足球那么大。邦德问，"这是什么东西？"

"是炸弹，是威力相当大的炸弹。如果发生什么意外，或者我们同苏联人打起来了，我就可以在办公室里用无线电遥控器引爆炸弹（克里姆看起来一点儿也不悲伤）。不过除了苏联人外，可能还会有不少无辜的人死于非命。这将是一个悲剧。不过，当一个人热血沸腾时，就没有选择的余地了。这是很自然的。"

克里姆把两个把手中间的目镜擦了又擦。他看看表，弯下腰，伸手握住两个把手，将它们摇了上去，慢慢地摇到与他下巴平行的位置。当装有镜片的钢套管慢慢向上升去时，发出一阵嘶嘶的声音。克里姆低下头，把眼睛凑在目镜上，摇着手柄，调节着镜头的角度，然后他直起身来，向邦德说："果然来了六个人。"

邦德抓着把手，把头向目镜凑过去。

"你仔细地看看他们，"克里姆说，"我认识他们，不过你最好能记住这些人的模样。坐在首位的是他们情报站的常驻主管；他的左手边是他的两个助手；在他们对面是三个新来的人。离主任最近的那个是刚到的，好像是什么重要人物。如果他们除了讲话外还有什么举动的话，马上告诉我。"

邦德第一个冲动就是想让克里姆说话时轻声点儿。因为他觉得自己就好像和苏联人坐在同一间屋子里，就像秘书一样坐在角落里，做着会议记录。

潜望镜本来是从潜水艇上观察水面上的飞机或船只用的。从这副潜望镜中，邦德看到了一幅幅奇特的画面。他首先看到的是一截截像树桩的腿，然后，是他们各色各样的脸。他很清楚地看见主管和他的两名副手。他们正襟危坐，一脸严肃。邦德默默地在心里记下了他们的特征。主任脸上一副勤奋认真的模样，像个学究，眼镜片厚得像瓶底儿；灯笼一样的下巴，宽前额，稀疏的头发向后梳着。他的左手边，那位副手长着木头一样的方脸，呆里呆气的，鼻翼两边深陷，一头金发，左耳边有条疤痕；另一个副手长着一副美国人的脸，看起来油头滑脑，一双圆圆的眼睛炯炯明亮。他正在讲话，一副故作谦卑的模样，嘴里的假牙不时地闪现金光。

邦德看不清那三个新来的人的面庞。他们侧着向他坐着。离他最近的那个人看得稍微清楚些，兴许职位也最低，像是苏联的南方人，他皮肤黝黑，浓黑的眉毛下面是一双呆滞的眼睛，目光迟钝，鼻子肥大，上嘴唇长长地压在闷闷不乐的嘴巴上，长着双下巴，浓密的黑头发剪得很短，因此他整个后颈到耳根的地方看起来呈蓝色状。这是军人的发型，是理发师用大剪刀剪出来的。

他旁边的那个人，邦德只能看见那肥胖的脖子后面的一个大疖子。他上身穿的淡蓝色的西服磨得有些发亮，脚上穿着一双擦得锃亮的棕色皮鞋。在邦德观察的这段时间里，他直直地坐在那里，没有讲话。

此时那位坐在主管右手边，地位高一点儿的来访者开始讲话了。这个人身材高大，长长的下巴，蓄着斯大林式的褐色胡子。邦德能看到他侧面浓眉下的一双冷漠无情的灰色眼睛和一头褐色的渐变成灰色的头发。几个人当中只有他在抽烟，他不时地在木制的烟管上吸上几口，烟斗里的香烟还剩下半截。他不时地挥动烟杆，烟灰落在了地板上。他的样子比在座的其他人都要威风些。邦德估计，他可能是从莫斯科来的高级官员。

邦德的眼睛紧紧地看着屋子中可能发生的一切。时间一长，眼睛都有些发酸了。他小心地转着手柄，想通过上面的那个老鼠洞口看清房间的每个角落，但没有发现任何特别感兴趣的东西。房间的墙边放着两个橄榄绿的公文柜。门边有个衣帽架，上面挂着六顶差不多样式的灰色呢帽。屋角上有个食品柜，上面放着一个大水瓶和几只玻璃杯。邦德站起身来，离开目镜，使劲地揉了揉眼睛。

"如果能听到声音，那就好了。"克里姆摇摇头，遗憾地说，"那样，他们的一切阴谋诡计都可以一清二楚了。"

"是啊，那就可以解决不少问题。"邦德点头应和说，"达科，顺便问一下，你是怎么发现这个地道的？它原来是干什么用的？"

克里姆又在目镜上看了一眼，然后直起身来。

"它原来是一个废弃的皮勒大厅的地下排水道，"他说，"皮勒厅现在已作为旅游胜地，就在圣·索菲亚小山的附近，就在我们的头顶上。这个地道建于一千多年前，平常用来蓄水。当时打仗时，以防城堡被围困，这里就可以为他们提供用水。这个庞大的地道有一百多码长，五十码宽，可以储蓄几百万加仑的水，四百年前，是一个叫盖力斯的人发现的。有一天，我在一本书上读到了他关于这一发现的记载。他说，在一年冬天，从一个'轰隆作响的巨大水道'中涌出了许多水，淹没了皮勒厅。这话让我不由得想起，这皮勒厅下肯定有一个巨大的水道。一旦城堡被攻陷，便可以用该水道的水，迅速地把皮勒厅淹没。于是，我买通了皮勒厅的看守人，带上我的儿子，在厅里用锤子和回声探测器一寸不漏地检查了一遍，结果找到了发出空洞声响的地方。然后，我在公共事务部部长身上花了不少钞票,让他把这个地段关闭一个星期'进行整修'。在那一个星期中,我们全家人都投入到这件事中来。"克里姆又低头看了一眼目镜,"我们在大厅的墙上挖了个洞,然后一直朝这个方向挖过来,直到发现一个通向地道的拱门。当时我们别提有多兴奋了。我们顺着地道往前走,但好像永远走不到尽头似的。最后,我们才发现地道是通向山下,一直通向金角湾,出口就在格兰塔大桥旁,离我们家只有二十码。离地道不远的地方,上面是苏联人的领地。于是,我们填上了大厅墙上的洞,从我家的房子那里开始向这里挖过来。这已经是两年前的事儿。我们用了整整一年的时间,才挖到苏联人的房子底下。"克里姆笑道,"也许苏联人以后会发现什么,离开这个地方。恐怕那时候我已经不再是 T 站的站长了。"

克里姆又看了一眼潜望镜,邦德见他神色紧张起来。克里姆着急地说:"过来,快来看!她进来了!"

第十七章
密 会 老 友

这天晚上七点钟，邦德回到了旅馆。他先用热水好好地洗了个澡，然后又用冷水冲了一遍。他想，身上那股老鼠和蝙蝠的恶臭味应该洗干净了吧！

他赤身裸体，只穿了条短裤衩，坐在房中窗前。一边啜饮着伏特加和滋补酒，一边眺望窗外的风景。残阳照在金角湾上，长长的大桥，高高耸立的寺院尖塔和波澜起伏的水面上一片金碧辉煌。但是他的眼睛却对这样的美景视而不见。自从他看了塔吉妮娜一眼后，他的心就被她紧紧地攫住了，现在，她那美丽的身影仍在他眼前晃动。

他正在想着那个身段苗条、婀娜多姿的美女。她的步态就像舞蹈家，她轻盈地走进门，拿着一张像电报的纸片交给主任。一会儿，所有在场的男人都向她行注目礼。她顿时低下头，脸涨得通红。那些男人脸上的表情意味着什么呢？邦德心想，他们乍然看到这位窈窕淑女，脸上流露出惊讶的神情是合理的，但是他们不只是在看美女，还想知道她带来了什么消息。为什么他们会骚动不安？发生了什么事呢？他们的脸上还流露出猥琐、不安分的企图，那神情就好像盯着一个妓女。

这真是一个奇怪而又神秘莫测的场面，这是准军事化的、有着铁一般的纪律的特工组织开会的一个场景。这些人都是在役的军官，相互之间都防着一手。这个姑娘只是他们当中的一员，是位下士，估计是军衔最低的。她到房间只是为了公事，而他们为什么都用不防备的眼光好奇地打量着她呢？就好像把她当作一个间谍，马上要处决的死刑犯一样。他们是否已经怀疑她了？她是不是暴露自己了？看来不太可能。主任看电报时，人们的目光都一下子转到了他身上。他好像在给他们念电文。那些人全都面无表情，好像与他们无关似的。主任念完后抬头看着那姑娘，人们的目光也都转向了她。主任的脸色很阴沉，好像这电报上的事情不能使他感兴趣一样。主任看着那姑娘，其他人也跟着把注意力集中到她身上。主管似乎很客气地问了她什么问题，姑娘摇了摇头，嘴也稍稍动了一下，简短地回答了他的问题。其他人仍是感兴趣地看着她。主任好像又问了一些其他问题，姑娘的脸一下子红了起来，对他乖乖地点了点头。旁边的人都笑了起来。邦德总觉得那笑意带有几分亵渎。有一点是可以肯定的，他们的神色中没有猜疑和责备的成分。然后主任又对她说了几句，姑娘点了点头，转身走出了房间。她刚一出门，主任就背过身来面带讥讽地讲了一些什么。屋里的人捧腹大笑起来，样子十分猥琐，好像主任说了什么下流话似的。不一会儿，他们又继续开起会来。他们到底说了些什么？

　　从地道走回来，又到了克里姆的办公室，一起讨论邦德所看到的东西，邦德的脑袋早已开动起来了，他一直在为这哑巴场景发狂呢！晚霞正笼罩着这座东方古城，绚烂多彩，宛如一幅浓墨重彩的画卷。邦德没有一丝心情来领略这异国风貌，脑子里还在思索着那些画面。

　　邦德喝完手中的美酒，又点燃了一支烟。暂时把脑子中的问题放到一边，开始想那个迷人的姑娘。

　　塔吉妮娜·罗曼诺娃是罗曼诺夫的后裔。是啊，她姿容秀美，魅力四射；她身材高挑，举手投足间是那么优雅从容，确实像一位俄国公主，或者是一位传统观念中的俄国公主。她留着一头柔美的长发，文静娴雅，粉面含羞,眼睛像蓝宝石一般显得天真无邪,丰满性感。她那羞怯的样子,那眼睑低垂的神态,都表现出处女的羞赧。她还是一个处女吗?肯定不是了,邦德想到,她的胸部高耸,略显轻浮,又表现出成年妇女的韵味。

邦德看到这一切后,能相信她的确是看了照片和卷宗就能坠入情网的姑娘吗?谁知道呢!这样的姑娘天生就有一种浪漫的情怀,就连眼角、眉梢都带着爱做梦的迷茫。在她这样的年纪,正是多梦的季节,很明显苏联国家的机器无法成为她的感情依托。罗曼诺夫大家族传统上狂放不羁,那种对梦想炽烈的渴望遗传下来的血正在她的身体内奔流,使她渴望得到她心上人的温情。

从外表看来,她不像是在骗人。邦德也真心希望她所说的全是真话。

这会儿电话铃响了,是克里姆打来的:"有消息吗?"

"没有。"

"那好,我八点来接你。"

"好吧。"

邦德放下电话话筒,不急不忙地穿起衣服来。

邦德本想自己待在旅馆,等着对方来接头。哪怕是来封短信,或者来个电话什么的都可以。但克里姆却说不行,说姑娘态度十分坚决,她早就说过,联系的时间和地点必须由她来确定。这一点让邦德很讨厌,仿佛自己就是一个任她随便摆弄的奴隶一样。他最不愿意让别人来摆布自己。"这种心理不对,伙计,"克里姆坚定地说,"没有一个姑娘会喜欢只听她哨声的男人。她越容易得到你,就越瞧不起你。从你的照片和档案材料上看,她肯定会认为你很冷傲,是她所追求的男人。她既然渴望得到你,就会不惜一切来投怀送抱。"克里姆眨眨眼睛,"她先是爱上了你的相貌,那么你的行为举止就得和她想象中的一致,你得下功夫把这个角色扮演好。"

邦德耸了耸肩说："说得对，达科，我想你说得完全正确，有什么建议吗？"

"过你正常的生活，现在你先回去，洗个澡，休息一下，喝上一杯酒。这里的伏特加挺好喝的。假如再兑点儿滋补饮料，对身体很有好处。如果没什么意外的活，我八点就来接你。我们去吉卜赛的一个朋友那里吃饭，他叫瓦夫拉，是这里的一个吉卜赛部落的首领。今晚我本来就打算到他那里去，想从他那儿得到一些情报。他是我一个最重要的情报资源，他现在正在帮我打听是谁在我的办公室安放炸弹。他的几个女人会出来给你跳舞，但我会叫她们别那么风骚。你得省着点儿精力。有句谚语说得好，别到用武之时难以自举！"

邦德微笑着回忆克里姆说的格言，这时电话又响了，他抓起电话。当他走下楼梯，钻进克里姆来接他的车子，他承认自己确实有些失望。

汽车爬上小山坡，穿过一片贫民区，朝着金角湾驶去。司机半偏着头，用怀疑的口吻对克里姆说了几句邦德听不懂的话。

克里姆简单地对邦德说："他说，有一辆兰伯雷特牌摩托车一直跟在我们后面。不过，这没关系。真到秘密行动时，我们可以不费吹灰之力甩掉他们。他们总是喜欢跟着我这辆车跑。等追了好几英里后，才发现完全是在浪费时间。有一辆显眼的车就有这种好处。他们也知道这个吉卜赛人是我的好朋友，但搞不清我干吗要交这么一位朋友。今天是周末，带一位从英国刚到这里的朋友去放松一下是合情合理的。我倒希望路上有人跟我们做伴。"

邦德回过头，透过后窗玻璃向后面拥挤的街道看去。一辆摩托车正从一辆停着的电车后面窜出来，但一会儿就躲在了一辆出租车的后面。邦德转回头，暗自思忖，苏联情报部门具有世界上最先进的设备，他们从来不为经费发愁。相比之下，英国情报机构却以低廉的报酬雇用一些

冒险家与他们抗衡。近在眼前的这个人就是典型的例子：开着一辆二手
罗尔斯轿车，让自己的孩子当其助手，但却能在土耳其左右逢源。说到
底，合适的人赛得过任何优良装备和金钱。

大约八点半，汽车开到了伊斯坦布尔郊外的一座小山的半山腰旁。
汽车停在一家暗黑、邋遢的露天咖啡店旁。几张空桌子摆在一堵很高的
石墙前面的人行道上。他们从车上下来，站在路边等着那辆摩托车。但
是那个跟黄蜂一样的嗡嗡声立刻停住了，并立即掉转车头，向刚才来的
路开了回去。开摩托车的人是个戴了副墨镜的矮胖子。

克里姆带着邦德走进了咖啡店。刚才那阵似乎没看见咖啡店中有
人。可现在突然有人从柜台后面冒了出来。那个人看清楚了过来的人后，
对他们紧张地笑了笑，手上拿着的东西"叮当"一声掉在了地上。那个
人绕过柜台，带着他们穿过后门，走上一条碎石小路，来到高墙前的一
扇门前。他伸手敲了一下门，便推开门让他们进去。

门内是个果园。树下摆着厚木板做的桌子，园子中间是一个圆形的
水磨石子做的舞池，舞池周围种着一些果树，旁边挂着一圈彩色灯泡。
在院子较远的一头，大概有二十个不同年龄的人正围在一张长桌旁吃着
东西。听到门响，他们放下了刀叉，不约而同地向门口望去。就连在旁
边草坪上玩耍的小孩子也静了下来。在月光下，院内的一切都清晰可见，
只有果树底下拖着婆娑的树影。

克里姆和邦德继续往里面走。坐在桌子旁的一个男子对旁边的人说
了几句话，便站起身来迎接他们。其他人又继续吃喝，孩子们也重新玩
起来。

那人淡淡地和克里姆笑着打了个招呼，接着便讲了一堆邦德听不懂
的话。克里姆专心地听着，偶尔提出几个问题。

那个吉卜赛人穿着一身壮丽的、戏里常有的马其顿服装：长袖子的

白衬衫,宽大的裤子和饰有花边的长筒马靴。他头上的黑发却乱蓬蓬的,一把浓墨般向下长的胡子几乎盖住了整个红色的嘴唇,简直像个神气十足的演员。他的眼睛里透出凶猛、残忍的目光,鼻子上长着梅毒大疮。月光下,他的尖下巴和高颧骨使面部显得格外分明。戴着金戒指的右手握着一把弯刀的刀柄,刀鞘的两端饰有银质花纹。

那个吉卜赛人的话讲完后,克里姆伸着手指着邦德的方向,说了一些介绍邦德的话,就像推销员在介绍商品一样,这些话很明显都是夸奖之词。说完,那个吉卜赛人就走到邦德面前,上上下下打量了他一番,忽然弯腰对他鞠了一躬,邦德照样回了一躬。吉卜赛人微笑着又说了几句,克里姆马上笑着翻译道:"他说,等你失业了,就到这里来帮他做事,替他好好调教他的女人。对一个外族人来说,这种话表示了很大的敬意,你应该答谢他两句。"

"告诉他,我认为在处理这种事情上,他实际上用不着任何帮助。"

克里姆把这话一说,那个吉卜赛人很有礼貌地咧嘴笑了。他又讲了几句,回到桌边,双手使劲地拍了拍,随即桌边两个女人站起身来,走到他的身旁。他向她们交代了几句,她们走到桌边,端起了一个很大的瓷盘子,向树林走去。

克里姆把邦德拉到一旁。

"我们来得真不是时候,"他说,"他们这里刚吵了架,马上要解决纠纷。因为我和他是哥们儿,他才邀请我们和他一起吃晚饭。家里出了这种事很尴尬,但他还是叫人取酒去了。他们在处理该问题时我们可以在场,但我们绝对不能进行干涉。懂了吗?"克里姆在邦德的手臂上使劲儿地拍了一下说,"不管发生什么情况,只许看着,不许发表意见,更不能插手。他们刚进行了审判,紧接着就要进行决斗了——他们有自己决斗的方式。这纠纷是因妒忌引起的。部落中有两个姑娘爱上了这个首领的儿子，气氛很紧张。她们必须拼个你死我活来决定谁能得到他的儿子。他儿子不能自己挑选，如选中了其中一位，另一个姑娘肯定会把他俩一起杀死，那就糟了。部落里的人也为此吵个不休。现在他儿子被送上山去了。这两个姑娘今天晚上要进行生死决斗。小伙子已经答应了娶获胜的一方。现在她们被分别锁在大篷车里。这种自相残杀，感情脆弱的人会受不了的，但也是很奇特的。不过，这种机会很难碰上，我想，你一定会感兴趣的。他们让我们在场，是看得起我们。我们都是局外人，千万别把自己的观点强加给他们，更不要干涉他们。不然，不仅你的小命难保，我这条命也得搭上。"

"达科，"邦德说，"你认不认识法国情报局局长？他叫马西斯，是我的朋友，他曾经说过詹姆斯是个坚强的人。我喜欢他，我会按照你的要求去做的。男人之间打架和女人之间打架完全不是一回事。我对此很感兴趣。另外，你办公室里的那次爆炸到底是怎么回事？有什么线索吗？"

"是那帮甲乙丙丁们的头目干的，他亲手把炸弹安放在我那儿的。他们坐着小船到金角湾，他顺着梯子爬了上来，把那颗炸弹安在了我的墙上。只可惜这位老兄运气不佳，没能把我炸死。不过，我很欣赏他们那次的行动计划。那个人是个亡命徒，是保加利亚的难民，叫柯莱罗夫。我非得整整他才能出这口气。上帝知道他们为什么突然要干掉我。我决不会让这种事再发生了。我决定今天晚上就采取行动。他住的地方我知道，还是瓦夫拉告诉我的呢！我已经让我的司机回去取家伙了。"

一位穿着厚厚的老式黑色上衣、相当漂亮的年轻姑娘款步走来。她的脖子上挂了一圈金币做成的首饰，每个手腕上戴着十多个细细的金手镯。她走到克里姆面前，向他深深地行了个屈膝礼；接着她对克里姆说了一句什么，克里姆也回了一句。

"她请我们上桌。"克里姆说,"但愿你会用手抓饭吃。今天晚上姑娘们都穿上了最好看的服装。要和这种姑娘结婚很划算,光她身上的金首饰就得值不少钱呢!"

克里姆和邦德走向桌子。吉卜赛首领的两边各有一个座位专门空着。克里姆向桌边的人问了好,桌边的人向他点头致意。他们在各自的位子上坐了下来。桌上每个人的面前都放着一大盆大蒜炖肉片、一大罐水和一只便宜的大玻璃杯。除此之外,桌上还有几瓶葡萄酒。克里姆举起杯子用高昂的语调说了几句,于是大家都拿起杯子一饮而尽,桌边的气氛也变得轻松了许多。邦德身旁坐着一个老太太。她嘴里念念有词地递给邦德一条面包。邦德微笑着说了声:"谢谢。"他从面包上掰了一半,把剩下的一半递给克里姆。克里姆一手拿着面包,另一只手从盆里拣起一大块肉放进嘴里。

邦德正想吃时,这时克里姆低声地说道:"詹姆斯,用右手!"

邦德的左手停在半空中。他顺势从桌上拿起一瓶葡萄酒,斟上了半杯,然后用右手拿起盆里的炖肉吃了起来。肉炖得很香,但是太烫了。邦德每次伸手去抓时,都露出一副龇牙咧嘴的模样。引得大家都朝他看来,他旁边那位老太太见此情景便不时地给他抓炖肉。

他们吃完饭后,就有人端上了一只盛着水的银盆和一块干净的麻布。盆里的水面上漂着几片玫瑰花瓣。邦德用水洗了洗手和满是油污的下巴后,向主人说了几句客套话以表感谢。克里姆为他翻译后,在座的人都很高兴。吉卜赛首领向邦德鞠了一躬,说他讨厌所有外族人,但邦德例外,能与邦德交朋友他深感荣幸。说完,他又拍了拍手,桌边的人都站了起来,把桌边的长凳安放在舞池周围。

克里姆也站了起来,绕过桌子走到邦德身边,和他一同向舞池走去,"吃得还舒服吧?一会儿,那两个姑娘就要被领来了。"

邦德点了点头，表示满意。他喜欢这样美好的夜晚，这样的场景是多么美丽，多么让人心动！银色的月光洒在院子中，大家围坐成一圈，人们身上佩戴的金银首饰和珍珠宝石在月光下闪烁发光。舞池周围一片寂静，旁边的树木像哨兵一样伫立在它的周围。水磨石的舞池就如白昼一般，人们好像沉浸在银色的海洋中。

克里姆和邦德来到吉卜赛首领坐着的长凳旁，在他的右边坐下。

一只绿眼珠的黑猫慢悠悠地穿过舞池，走到一群孩子身边，坐下来舔自己的爪子。孩子们都静静地坐在一边，好像课堂的铃声已经敲过，老师马上要进来给他们上课一样。

高墙外传来一声马嘶。两个吉卜赛人不禁向马嘶声处望去，好像他们正在研究这马的哭声一样。路上传来了一阵自行车清脆的铃声，好像有人正骑着车向山下冲去。

静谧的气氛突然被一声"嘎吱"拉门闩的声音打破。院子的门猛地被推开了，两个姑娘像两只狂怒的野猫一样冲了进来。她们一边气急败坏地吐着唾沫，一边相互扭打着穿过草地来到舞池的中央。

第十八章
宴席遇刺

　　吉卜赛首领大喊了一声，两个姑娘才不情愿地分开，停止了扭打，走到首领的面前。首领开机关枪似的飞快地讲话，好像是在对她们的行为进行训斥。

　　克里姆在邦德身后用手掩着嘴巴，小声地给他翻译："瓦夫拉告诉她们，这个部落是吉卜赛人的伟大部落，而她们俩却给这个伟大的部落带来了争吵。他又说，部落内不允许对立存在，大家应该团结一致，共同对付外来的敌人。为了恢复过去的那种安宁生活，必须消灭她们之间的敌意。她们马上就要开始决斗，如果失败者没死的话，就被永远驱逐出去。邦德，放逐其实就是让她去死。这些吉卜赛人一旦离开了自己的部落，就无法生活。吉卜赛人在我们生活的那个环境中，就如笼中之鸟一样，无法生存。"

　　邦德一边听着克里姆给他翻译，一边仔细地打量着舞池中那两头美丽、紧张、狂暴的母兽。

　　两个女人都有着吉卜赛人特有的黑皮肤，她们的头发又粗又黑，散乱地披在肩上，两个人都穿着破衣烂衫。其中一个比另一个人的骨架要大一些，身体也壮一些，但她看上去行动缓慢，目光呆滞，也许头脑不太敏捷。她的确像头母兽一样，眼里迸出红色的凶光。她正不耐烦地听着首领的训斥呢！邦德估计，这姑娘应该会赢，她比那位足足高出半个头，又身强力壮，打起来应该有利一些。

　　如果把这个高大的姑娘比作一头母狮，那么另一个则是一只黑豹。她轻巧敏捷、灵活自如、目光犀利狡黠。她根本没在听首领说什么，只是把两只拳头紧紧地握起来垂在身体两边，斜着眼睛估算着她们两个人之间的距离。她的两腿修长，结实的肌肉向外突起，看起来像男人的肌肉。她的乳房不大，不像另一位的胸脯高高耸起。邦德想，这是条厉害的小母豹，等打起来的时候，她一定会首先进攻，而且会比另外一位快得多。

　　实际上，邦德的估计全错了。瓦夫拉的话刚说完，那位被克里姆叫作佐蓝的高个子姑娘便朝对方肚子上踢了一脚，趁她倒下时，又凶狠地扑上去，朝她额头上狠狠地打了一拳，把她打得四脚朝天。

　　"啊呀！维达。"人群里有个女人大叫一声。邦德看得出，这种担心是多余的。那个叫维达的姑娘躺在地上假装大口大口地喘息。当佐蓝一脚踢向她的肋骨时，她的眼睛喷射出怒火。

　　维达猛地一下抓住佐蓝的脚踝。她的头像蛇一样冲过去死命咬住佐蓝的脚背。佐蓝痛得大叫，拼命想挣脱开。但是太晚了，维达猛地一下子站起身来，手上还提着佐蓝的脚。她使劲儿向上一提，佐蓝直挺挺地摔倒在地上。

　　这一跤摔得可不轻，简直把大地都给震动了。佐蓝躺在地上，半天都动弹不得。维达大叫了一声猛扑上去，疯狂地乱抓乱撕。

　　"天哪，这太可怕了！"邦德心想。他身旁的克里姆也惊嘘了一声。

　　高个姑娘拼命晃动手臂和膝盖，以保护自己的头和身子。她猛地一脚把维达踢开，自己摇摇晃晃地站了起来，龇牙咧嘴地往后退着，这时衬衣已经一片一片的、零零落落地挂在身上。突然，她跳向前，用手乱抓，想捉住维达。维达往旁边一闪，佐蓝正好抓住她的领子，顺势往下一扯，衬衣撕成了两截。维达迅速转身，钻到佐蓝的腋下，挥拳向上猛打。

　　这种攻击方式实在不高明。佐蓝那强壮的手臂一夹，将她牢牢地夹住了。佐蓝像大螃蟹一样越夹越紧，维达无法伸出手来，只能用脚在下面乱踢乱蹭。

　　邦德想，这下大个姑娘必胜无疑了，佐蓝这时只要把维达压倒摔在地上，就完事了。可是，佐蓝突然大声尖叫起来。邦德看见维达发疯般地咬住她的胸脯。为了抓住维达的头发，把她的头推开，佐蓝只得松开手臂。维达的双手解放了，她死命地在佐蓝身上胡乱抓打。

　　扭打了一阵之后，两个姑娘各自分开，一步一步地往后退。她们身上的衣服已经被撕裂得只剩下了几个破布条，佐蓝的乳房裸露在外，鲜血直淌。她们开始小心地绕着舞池走。一边挪动，一边把身上最后几根碎布条扯下来，抛向周围的人们。

　　看到她们两个闪闪发光、一丝不挂的身体时，邦德不禁屏住了呼吸。他感觉到身旁的克里姆也全身绷紧了。吉卜赛人围成的圈子越来越小。大家都想靠近两个角斗士，瞪大眼睛，看个清楚。

　　两个姑娘龇着牙，咧着嘴，还在像猛兽一样慢慢地兜着圈子。银色的月光照在她们起伏的胸脯、结实的腹部和光光的脊背上，泛出青色的光，白色的石头上留下她们一圈圈黑黑的脚印。

　　佐蓝又一次发起了进攻。她张开双臂，像摔跤手一样向维达扑去。维达站在那里，等待她的到来。等佐蓝靠近时，她飞起右腿，狠狠地向她踢去，佐蓝惨叫一声弓下了身子。这时，维达又抬起左脚，朝佐蓝的腹部踢去。

　　佐蓝扑通一下跌倒在地，四周的人们欢呼起来。她极力想用手保护自己的脸部。但是太迟了，维达立刻扑了上去，骑在她的身上，掰开佐蓝的手腕，用力把她按倒在地，张开嘴，咬向佐蓝的脖子。

　　"轰！"

　　突然响起一声巨大的爆炸声，全场的人都惊呆了。舞池后面腾起一片大火。一大块石头呼啸着飞过邦德的耳朵。刹那，院子里乱成一团，大家都惊慌地四下逃窜。吉卜赛首领手持弯刀穿过石头向前冲去。克里姆握着手枪也紧随其后。首领路过那两个浑身发抖的姑娘时，向她们大吼了一声，她们立即松开手，站起身来向树林深处跑去。女人和孩子们乱哄哄地也往幽暗的密林处奔跑。

　　邦德一时有些发愣，但立即跳了起来，握住手枪，跟在克里姆后面，跑向被炸开的断墙处。

　　一场混战在炸开的墙壁和舞池之间展开。邦德在穿着漂亮的吉卜赛人群中一眼认出了那个矮胖的保加利亚人。在场的保加利亚人的人数几乎是吉卜赛人的两倍。邦德见一个年轻的吉卜赛人被敌人追得捂着腹部向他这边跑来，两个持刀的黑影正在他身后紧追不放。

　　邦德往旁边一闪，让那个吉卜赛人跑过，然后瞄准那两人膝盖就是两枪。随即那两个人几乎同时倒在地上。

　　射出了两发子弹，只剩下六发了。邦德慢慢地向混战的人群靠拢，想辨清敌我。

　　突然，一把小刀嗖的一声从他耳旁飞过，当啷一声掉在舞池中。

　　这刀是冲着克里姆扔过来的。这时克里姆正从人群中跑出来，有两个人在他后面紧追不舍，一人突然举起刀来正要向克里姆砍下去。邦德举手就是一枪，那人扑通一声倒在地上；另外一个人见势，急忙转身钻进了旁边的树丛。克里姆跑到邦德身旁，单膝跪在地上，不停地摆弄着他手中的枪。

　　"你掩护我一下，"他叫道，"我第一枪就卡壳了。这帮该死的保加利亚人，真他妈的见鬼！"

　　突然，一只手从邦德背后伸了过来，一下子捂住了他的嘴，使劲儿地将他向后扳去。他倒了下去，鼻子里充满了一股强烈的石炭酸皂气和尼古丁气味。身旁那个人一脚踩在了他的脖子上，他就地一滚，滚到一边，心想，马上就有一刀要砍下来了。可是半天却没有动静。邦德挣扎着爬了起来时，看见三条矮胖的黑影全部扑向蹲着的克里姆。克里姆用那卡了壳的枪胡乱地挥舞一阵后，被他们压倒在地上。

与此同时，邦德一个箭步飞奔上前，用手中的枪柄向一个溜光的圆脑袋猛砸下去。突然，只见刀光一闪，吉卜赛首领挥舞着弯刀，砍向了另一个人的脊梁上。克里姆摇了摇头站了起来，第三个家伙见势不妙，连忙转身就往墙那边跑，邦德看见，有一个人站在被炸的缺口处，高声地喊了一句。接着，那伙保加利亚人全都从混战中撤了出来，跟着那个人，飞快跳出断墙，向外面的公路逃去。

"詹姆斯，快开枪！"克里姆大声吼道，"那个狗东西就是柯莱罗夫。"说着，他拔腿便追上前去。邦德抬手就给了那人一枪，但那人已躲到墙后了。然而，对于半自动手枪而言，在夜里射击三十码以外的目标确实有点儿远了。邦德放下他的手枪，听见墙外传来一阵摩托车的启动声。没多久，摩托车的声音越来越小，最后消失在夜幕之中。

除了受伤者偶尔的呻吟声外，院子里又恢复了安静。邦德看见克里姆和瓦夫拉从墙的缺口处跨进院子，跨过地上横七竖八的尸体向他走来。他们一路走，不时用脚踢一下尸体，或翻过来看看。刚才跑出去追赶敌人的吉卜赛人陆续地回来了。年纪大一点儿的妇女们匆匆地从树荫处走出来，开始忙着照料伤员。

邦德对此感到大惑不解。这些浑蛋使出这一招到底想干什么呢？他们到底想杀谁？地上一共躺了十一二具尸体了。这显然不是针对他来的。当他跌倒在地上准备挨那一刀时，他们却没有理他，而转身扑向了克里姆。这段时间他们已是第二次企图暗算克里姆了。这与罗曼诺娃的事有什么联系吗？这两件事是怎样绑到一起去的呢？

邦德紧张地想着，突然，一把刀向他胯部砍来，却砍在了他的手枪上；接着，这把刀刀锋一转，又朝克里姆的背部砍去，但没有砍中。那个从尸体堆中爬出来的行凶者，在地上像个芭蕾舞演员一样慢慢转了一圈，又一头栽倒在地上。邦德正想向那人扑去时，一把尖刀在月光中一晃而来，幸亏他及时躲避才躲开了飞刀。正在这时，克里姆向前一步，狠狠朝那人踢了一脚，看他已经断了气后，转过身来与邦德会合。

邦德停下追击，气愤地对着克里姆吼道："你这个笨蛋！不能小心点吗？你应该找个保镖！"邦德之所以有这么大的气，是因为他觉得，是他给克里姆招来了死亡的乌云。

达科·克里姆不好意思地笑了笑："别发火，詹姆斯，你已经救过我两次命了。虽然，我们之间还不太了解，但我们会是好朋友的。原谅我，你对我的恩情，我真是无以为报。"说着，他伸出手来。

邦德把他的手一推。"别犯傻了，达科，"他喘着粗气说，"你的枪到关键的时候就卡壳。我劝你还是去搞支好使的来。看在上帝的面上，请告诉我，这到底是怎么回事吧！今天晚上血流成河，真让人受不了。我想喝上一杯。走，咱们去喝点儿酒。"说完，他抓起了克里姆的手臂。

他们刚走到残羹剩汁的桌边，院子另一端就传来一阵令人毛骨悚然的惨叫。邦德赶紧抽出手枪。克里姆摇了摇头说："我们马上就知道这伙保加利亚人为什么要这样做了，"他笑着说道，"我的朋友正在审问抓到的俘虏，我猜他们已经发现了什么。吉卜赛共死了五个人。他们恐怕不会原谅我今天晚上到这儿来了。"

"可要是你不来,这里也会有一个女人死掉,"邦德有些不以为然,"你至少救了她的命。别冒傻气了，达科，既然吉卜赛人和你绑在一起对付保加利亚人，他们就该明白事情总是有些风险的，这就是战争！"说着，他往两个酒杯中倒满了水。

他们俩一口气把杯中的水喝完。吉卜赛首领一边向他们走来，一边用草擦着弯刀上的血迹。他在桌边坐下后，接过邦德递过来的酒杯，心情愉快地喝了一口酒。邦德想，瞧他这神情，仿佛这场战斗对他来说显得太短暂，好像他还没打过瘾似的。吉卜赛首领神秘地对克里姆咕噜了几句。

克里姆哈哈大笑起来对邦德说道："他说，他判断得非常正确，你的枪法果然不错。他想把那两个女人送给你。"

"请你告诉他，一个我都不敢要。不过，她们都是好女人。如果他愿听我的劝告，承认那两个姑娘的决斗不分胜负，这样，我也就满意了。不要让她们再打了。今天晚上这里已死了不少人了，他应该留下那两个姑娘为他的部落多生出几个好汉来。"

克里姆把邦德的话翻译了一遍。吉卜赛首领很不高兴地看着邦德，咕噜了几句。

"他说，你不该为她们说情。说你心肠太软，不像一个好战士。不过他还是愿意按你的意思去做。"

邦德微笑了一下，表示感谢。吉卜赛人转过头没理会他的谢意就同克里姆交谈起来。他说得极快，克里姆很专心地听着，偶尔还插上几句。在他们的交谈中不时提到柯莱罗夫这个名字。从口气中听来，克里姆为他没能保护好这里的人一个劲儿地道歉，吉卜赛首领显然要他别把这件事放在心上。他们说完后，克里姆转过头看着邦德说道：

"伙计，"他语调平淡，"这件事太离奇了。保加利亚人这次有可能是奉命来杀瓦夫拉和其他的吉卜赛人。原因很简单，他们知道吉卜赛人给我帮忙。虽然这次打得相当激烈，但苏联人在行刺上显得并不那么高明，他们总是喜欢一锅端。实际上，主要目标是瓦夫拉，其次是我。他们对我下手的理由很简单，但他们好像受命不准碰你。他们好像早就认识你了，这真怪了。今天晚上的事真是令人难以理解。莫非他们不想引起外交纠纷？今晚的偷袭显然是周密策划的。他们先绕到山顶，然后关掉油门，顺坡滑下。这样，我们就什么也听不见了。这地方很偏，方圆几英里之内也没有一个警察。这一点我太轻敌了。"克里姆显得一副愁眉不展、疑惑不解的样子。他在心里谋划了一阵，对邦德说："现在是半夜了。车子马上就到了，睡觉前我们还有件小事得处理掉。走吧，这些吉卜赛人还得忙一阵子呢！瓦夫拉要你以后再来玩，并说佐蓝和维达她们俩随时可以供你享用。他不愿为这件事责怪我，甚至还要让我跟他一起把那些保加利亚人杀个痛快。他让我们和他握手告别。我和他虽然是好朋友，但我们到底不是他们部落的人，他不想让我们再待下去听那些女人号啕大哭了。"

克里姆伸出他的大手，瓦夫拉紧紧地握住，凝视着克里姆的眼睛，片刻他的眼睛模糊了。他又和邦德握了手。邦德只觉得他的手又干燥又粗糙，厚厚的手心就像一只动物的大爪子。他放下邦德的手，又和克里姆飞快地说了几句话，便转身向树林走去。

人们都忙着自己的事，没有人顾得上向他们两个道别。他们从高墙的缺口处爬了出去。罗尔斯轿车已停在咖啡馆对面，车身在月光下熠熠生辉。司机身旁坐了一个年轻人。克里姆说："这是我第十个儿子，叫鲍里斯。原来我只是想有可能用得着他，现在看来，还非他不可了。"

年轻人转身打了个招呼："晚上好，先生。"邦德认出他是仓库里干活的人中的一个，和克里姆的大儿子一样，他的眼睛也是蓝色的，但显得又黑又瘦。

汽车顺着公路向山下驶去。克里姆用英语对司机说道："马戏广场旁边有一条小街。到那儿去，车开慢点儿，到时候我会告诉你什么时候停。工具和制服都带来了吗？"

"带了，克里姆先生。"

"好，现在快点儿开，时间已不早了。"

克里姆靠在座椅上，点了一支烟。邦德甚觉无聊，看着窗外的夜景。寂寞冷清的街道，零零落落的路灯，显得这个城镇格外朴素、穷酸。

隔了好长时间，克里姆才又说话了："瓦夫拉告诉我，死神的翅膀已经飞到了我们两个人的头上，他要我当心一个'雪神的儿子'，而你必须提防一个'受月神控制的人'，"他纵声笑着，"他们就喜欢胡言乱语。不过他说，这两个人中间没有一个是柯莱罗夫。这就够了。"

"为什么？"

"不亲手杀掉这个家伙，我睡不好觉。不知道今天晚上这件事跟你还有你的任务有没有关系，眼下我还没时间想清楚。种种迹象表明，他们已向我宣战了。如果这次我不杀掉柯莱罗夫，下次他肯定会杀死我。这不，我们现在就去萨马拉干掉他。"

第十九章
快 意 恩 仇

汽车穿过一条条空荡荡的街道，路过一座座幽暗阴森、塔尖直指天空的清真寺，越过一条破旧、废弃的高架渠，通过阿塔卡大道，在君士坦丁柱下向右一拐，开进了一条弯曲的小街。街面上十分肮脏，空气中散发着一股股难闻的垃圾臭味。轿车出了小街，来到一个长方形的广场上。三根圆形石柱像火箭一样高高地耸立在广场中央，直插云霄。

"慢点儿。"克里姆轻声说道。汽车在广场旁边的莱檬树下的阴影里慢慢开着。广场东边塞拉立奥宫旁的一座灯塔，闪烁着昏暗的黄色光芒。

"停下。"

汽车停在一棵莱檬树下。克里姆抓住门把说："这件事不会花很多时间。詹姆斯，你坐到司机的座位上来。如果有警察来，你就说'本贝克里姆奥塔格依姆'。记住了吗？这话的意思是我是克里姆的搭档。只要你这么说，警察就不会找你的麻烦了。"

邦德鼻子里哼了一下说："多谢好意！不过，我还是和你们一起去，你肯定很惊讶。没有我，你们一定会出事的。再说，我才不想坐在这里背那些我都听不懂的话。如果说了刚才那句话，他们可能还会以为我懂土耳其语，然后再来上一大串，我只能干瞪眼。这样一来，他们必定会怀疑我。什么也别说了，达科，我也一起去。"

"好吧，但你要觉得没意思的话，可别怨我，"克里姆的声音里有些为难，"我们是去行刺，事先就已安排好了。在我们这样的国家里，你可以让那些狗睡觉，但当它们醒过来，扑上来咬你的时候，你就用枪射它们，不用跟它们决斗的，知道吗？"

"甭管你说什么，"邦德答道，"我手枪里还有子弹，万一你没打中的话，我还可以补上一颗。"

"那就走吧，"克里姆极不情愿，"我们从这条路悄悄地靠上去。喂，你们俩走那条路。"

克里姆接过司机手中一根长手杖和一只皮箱，把这些东西扛在肩上，顺着街道，朝发着昏黄灯光的灯塔走去。街上的商店早已关门，广场上寂静如坟。他们的脚步声回荡在这静谧的街上，显得十分刺耳。街上看不见一个人，连一只猫都没有。邦德心想，如果他独自一个人朝那个眨着黄眼睛的灯塔走去的话，感觉肯定不怎么好。

刚到伊斯坦布尔的时候，邦德就感到这个城市的夜间一定非常乱。这个地方，一到夜间就会发生一些悲惨的事情。几个世纪以来，这里的凶杀案一个接一个，整个城市一直没有安静过。一到夜幕降临，这里肯定到处游荡着冤魂怨鬼。他的直觉告诉他，就像其他旅行者说的那样，自己难以从伊斯坦布尔这个鬼地方安全返回。

他们走进一条狭窄、发出臭味的小巷，从他们的右边，顺着山坡陡然向下。路面用鹅卵石铺成。他们小心翼翼地往下走。"留着点儿神，"克里姆轻声地说，"我们这些土耳其人就是爱把门口的路当成垃圾堆，真是可恶至极！"

银色的月光照在湿漉漉的鹅卵石的地面上，总算是能看清路面。邦德紧闭嘴巴，凝神静气地跟在克里姆身后，小心地迈着每一步，曲着膝，就像走下坡的雪路一样。他想起了他那旅馆里的床，还有停在莱檬树下汽车里舒适的垫子，他想知道，在完成眼前这个任务之前，他还要忍受多少种恶臭的气味。

他们走到了胡同尽头。克里姆对他露齿一笑，指着暗处一座高大
的建筑物笑道："这是纪念阿曼特国王的清真寺。那里面有不少著名的
拜占庭时代的壁院。真对不起，没时间陪你游览一下这些名胜古迹。"
说着，还没等邦德反应过来，他便向右一拐，来到了一条肮脏的、满是
灰尘的街道，街道两边是一排排的铺子。远处是马尔马拉海。明月在海
面上缀满了珍珠，远远望去，如诗如画。他们没吭声一直走了十分钟左
右，克里姆放慢脚步，带着邦德向一个阴暗处走去。

"行动很简单，"他轻声说，"柯莱罗夫就住在前面铁道边上的房子
里。"他用手含糊地往街道尽头的红绿灯丛指了指说，"这家伙的小屋就
在那块广告牌后面。小屋有个前门，但还设了一道暗门。这个暗门就开
在广告牌上。他还以为没人知道呢！一会儿我儿子从前门进去，他肯定
会从广告牌上的暗门逃出来，那时，我就开枪，你觉得怎么样？"

"很好。"

他们贴着墙壁向前挪去。走了十分钟后，他们看见了一块二十英尺
高的广告牌。广告牌竖在街道尽头的十字路口，背着月光，面上十分阴
暗。克里姆这时走得更加小心了，完全是蹑手蹑脚。广告牌前是一片被
月光照得惨白的空地，约有一百码长，从那阴暗处直到十字路口。克里
姆在最后一间屋门口的暗处停下来，叫邦德过来，并让他站在自己前面，
靠在他胸脯上向他耳语道："现在我们就来个守株待兔。"说着，邦德就
听见身后一阵轻微的响动，克里姆打开随身携带的箱子，把一根约两
英尺长的钢管递给邦德，"这是夜袭镜，德国造的。"他耳语道，"带红
外线的镜头，有了这家伙，甭管天色多暗，都可以看得清清楚楚。看着
那幅大电影广告上的那张脸，鼻子下面就是暗门。现在你大概可以看到
它了。"

邦德靠着门柱，举起夜袭镜，眯起左眼，对准对面广告牌，慢慢地调着焦距。广告牌上的黑影逐渐变灰，那张巨大的女人脸的轮廓渐渐变得清楚了。还出现了一行字：NIYAGARA MARILYN MONROEVE JOSEPH COTTEN。在这行字下面，是卡通字体：BONZO FUTBOLOU。邦德把镜头往下移，这时他可看清那女人的头发，高高的前额和两个黑黑的鼻孔。鼻子下面两尺处可以隐隐约约看到一个长方形线条的轮廓。嘴唇在这之下弯成了巨大的迷人的弧线。

突然，邦德听到身后一阵很轻的咔嗒声。他转过头去，看见克里姆手中正握着那支手杖。如他所预料的，这是一支来复枪。手杖原来安装着橡皮头的一端，现在换上了消音器。

"枪管来自新 88 温切斯特连发布枪，"克里姆得意地说，"这是安卡拉的一位朋友送给我的，可打三发 308 子弹。把夜视镜给我。我得把枪对准那个暗门。把枪架在你肩上，没关系吧？"

"没问题。"邦德说着把夜视镜递给克里姆。克里姆接过夜视镜，把它安在枪管顶部，又把枪架在邦德肩上。

"已瞄好了。"克里姆轻声说。这时，十字路口右手边的拐角处出现了两个警察，邦德心里跳了一下。

"别紧张，是我儿子和司机。"他把两个手指放进嘴里，吹了声短促而低沉的口哨。一个警察伸手在脖子后面摸了一下，然后和另一个朝一条小道走去。石板路面回荡着他们清脆的足音。

"再等上几分钟，他们会绕到广告版画的后面。"克里姆低声道。邦德觉得那沉重的枪管仿佛滑进了他右肩膀的肉里。他直直地站着，睁大眼睛，向前方的目标看去。广告牌中央那个长方形框的颜色变得更深了。

突然广告牌后面那个红绿灯盒子里传来一声巨大的咣当声，打破了这令人想入非非的静谧。一个红绿灯的架子掉了下来，红灯丛里立刻蹿出一束绿光。远处传来了火车隆隆的声音。声音越来越近了，一束昏黄的灯光沿着防护堤照向左边，不一会儿，隐约看见火车驶了过来。

火车慢慢地向希腊边境驶去，喷着浓烟，在银色的海面上留下了一条黑色的倒影。一辆运货车闪着红灯把车刹住。随着火车的驶近，隆隆的声音就更响了。"呜呜——"火车鸣着尖啸的汽笛开进了拜亚克车站，没在这儿停留就朝下一个车站驶去了。

火车隆隆的声音渐渐消失了，邦德觉得肩膀上越来越重了，他紧紧地盯着阴暗处的目标。在那个阴影的中间出现了一块更深的黑影。

抬起左手，勾在眉上，挡住月光。身后传来一阵急促的呼吸，克里姆激动地说了声："他出来了。"

广告牌那个巨大的红嘴唇上，出现了一条黑影，像一条虫子从人的嘴里爬了出来似的。

那个人从暗门中跳了下来。这时，一条驶向博斯普鲁斯海峡的轮船发出一声长鸣，撕破了深夜的寂静，就像一个在动物园内失眠的动物。邦德额头上沁出了汗珠。当那黑影穿过人行道，鬼鬼祟祟地朝他们这个方向走来时，邦德感到肩头上的枪管也在不断地往下压。

邦德估计，只要那个人一走出阴暗处，便会拼命地跑。笨蛋，还不赶快瞄准！

那个人已经弓起身子，准备一下子冲过被月光照亮的街道。他站在阴影边上。右腿向前曲，肩膀侧倾，好像运动员准备起跑的样子。

邦德的耳边"啪"地响了一声。这声音就像斧头劈进树干发出来的声音一样。只见前面那个人向前一扑，他的胳膊向前伸着，他的下巴和前额随即"咚"的一声着地。

空弹壳掉在邦德的脚下，他听见第二颗子弹又推上膛了。

那个人身体抽搐了一下，四肢在鹅卵石上胡乱地动了一阵，就僵硬地躺在那儿了。

克里姆骂了一声"真他妈不经打"，从邦德肩上取下来复枪，卸下夜视镜，将它放进皮箱里。

邦德不愿去看那躺在地上的尸体。这个人他曾经见过，但再也不会看到了。干他这一行的，免不了要目睹死尸和鲜血。对间谍生涯厌恶的情绪一时涌上心头。他一点儿也不怪克里姆，因为这个家伙曾两次想杀死克里姆。这是一场两个男人之间的生死决斗。这个家伙发起了两次进攻，而克里姆只反击了一次。相比之下，克里姆更机智、更冷静，也更幸运。邦德从未做过这样的暗杀，他不愿目睹，也不想参与。

克里姆默默地拽了一下邦德的手臂，打断了邦德的思路。他们慢慢地顺着原路走回。

克里姆好像察觉到了邦德的心思。"伙计，生活中每一个时刻都充满了死亡，"他颇有哲理地说道，"有时候，我们不得不去杀人。杀了这个浑蛋，我一点儿也不自责。哪天能杀掉我们在地道里看到的那帮苏联人，我也不会后悔。他们都不是东西！用武力都得不到的东西，仁慈就更不可能达到。但愿你们政府能理解这一点，对他们就得采取强硬的手段。甚至有时候，得像我今天晚上一样，用枪杆子来解决问题。"

"达科，今晚你干得实在太漂亮了，但不要忘了，你只不过是教训了他们的一个小喽啰，那些人还在，他们仍然会张牙舞爪。"邦德继续说道，"我很欣赏苏联的做法，他们压根不理会什么胡萝卜，只有大棒才对他们有用，他们都是受虐狂。他们喜欢鞭打，这也解释了他们为什么喜欢在斯大林的统治之下了。他就是用这个来管理他们的。我都不知道在赫鲁晓夫的胡萝卜下，他们有什么样的反应？就英国来说，大英帝国现在不管对谁都献上胡萝卜，国内如此，国外也一样。我们除了对口香糖露牙齿，其余的谁也不敢，只知道当个亚太君子。"

克里姆大笑起来，但没有作任何评价。他们穿过了肮脏的小巷，这里臭得没法交谈。休息了一下后，他们便向广场走去。

"那么说，你原谅我了？"克里姆声音里流露出一种渴望原谅的语气，邦德觉得很奇怪，因为克里姆的声音一般都是很粗鲁的。

"原谅你？原谅你什么？别犯傻了，"邦德的声音里有些动情，"你有你的工作。我很感动，你干得相当漂亮。倒是我，给你添了不少麻烦，道歉的应该是我。一切事情都是你在处理，我不过帮把手而已；而我自己的事情毫无进展，M局长肯定会不耐烦的。走快点儿，也许回去时就有消息了。"

克里姆开车送邦德回到旅馆，但那里既没有邦德的信件，也没有电话留下口信。克里姆拍了拍他的肩膀说："别担心，伙计，早上好好地吃一顿饭，我再派车来接你。不出意外的话，我们可以再搞一些冒险来打发时间。把枪擦擦，真该好好睡一觉了。"

邦德上了楼，打开房门，走进屋子。他把门关上后，又插上了插销。月光透过窗帘洒进屋里。他到梳妆台前，打开罩着粉红色灯罩的台灯，脱了衣服，走进浴室洗了个澡，在喷头下面淋了好几分钟。他心想，今天是十四号，星期六，但比昨天十三号星期五那个不吉利日子的事儿还多。他好好地刷了牙，又用漱口水彻底地把嘴巴洗了一遍，以除掉白天的臭味。之后关了浴室的灯，走进了卧室。

邦德走到窗前拉开窗帘，打开窗户，眺望着月光下的盈盈碧波。凉风吹拂在他裸露的身上，使他倍感舒畅。现在已是深夜两点了，室外一片寂静。

邦德打了个哈欠，拉上窗帘，走到梳妆台前，伸手正要关掉台灯。突然，从他身后传来几声女孩子的娇笑声。邦德大吃一惊。接着，他就听见嗲声嗲气的声音："可怜的邦德先生，你一定很累了吧？上床睡觉吧！"

第二十章
一见钟情

　　邦德迅速转身，向床上望去。但是因为刚才一直盯着明亮的月光，所以一下子难以看清暗处。他走了过去，打开床头灯，只见床上被单下躺着一个身材修长的女人，栗色的头发散落在枕头上。手指紧紧地抓着被单的一端以遮住面孔，两座雪白的乳峰在被单下面高高耸起。

　　邦德笑了起来。他倾下身去，轻轻地扯了扯披在枕头上的头发。

　　被单下发出一声尖叫。邦德在床边坐下来，两个人都没有说话。过了一会儿，被单慢慢向下拉开，一双蓝色的亮晶晶的大眼睛露了出来，看着邦德。

　　"你这样做缺少绅士风度。"姑娘轻声在被单下面说道。

　　"还是说说你自己吧！怎么过来的？"

　　"我下了两层楼就到这里来了，我也住在这里。"姑娘的英语很地道，不过，语气中带了一些挑逗的味道。

　　"好啦，我可要上床睡觉了。"

　　姑娘赶忙把被单拉到下巴处，羞得通红的脸露了出来。她羞怯地说："不，你不能这样。"

　　"这可是我的床啊。况且，你刚才不是让我上床吗？"

　　姑娘羞得粉面通红，很是可爱。见邦德目不转睛地盯着她，脸更红了。

　　"只是随便说说的，想引起你的注意。"

"那好，很高兴见到你。我叫詹姆斯·邦德。"

"我叫塔吉妮娜·罗曼诺娃，我的朋友叫我塔尼亚。"

他们又不说话了，只是相互凝视着。姑娘好奇地打量着邦德，目光里带着一丝欣慰。邦德却冷静地注视着她的眼睛。

姑娘先打破了沉默："你看上去和照片上的人一模一样，"她脸又红了，"但你得穿上衣服。你这样弄得人家怪心慌的。"

"你也弄得我心很慌，这大概就是人们常说的性欲吧！如果我上床和你睡在一起，光着身子又有什么关系？怎么？难道你穿衣服了吗？"

姑娘把被单又向下扯了扯，露出脖子上系着的一条一指宽的黑色丝带，说："晤，就这个了。"

邦德低头望着那对蕴含着万种风情的蓝眼睛。它们大大地睁着，好像在问，难道这丝带有什么不合适的吗？邦德顿时血液沸腾，难以自持。

"塔尼亚,你的衣服呢？难道你刚才就是这个样子从外面走进来的？"

"哦，不。那也太不文明了。衣服在床下面。"

"晤，如果你觉得你离开这个房间而没有……"

没等说完邦德就站了起来，走到衣架旁。取下一件深蓝色的丝绸睡衣披在身上。

"你别说了，我知道，你又要说那些不文明的话了。"

"哦，是吗？"邦德说着嘴角露出讥讽的微笑，他走到床后，拖了一把椅子坐在旁边。他笑看着她，"好，那就来点儿文明的。塔尼亚，你是世界上最漂亮的女人。"

姑娘又一阵脸红。她望着邦德，一本正经儿地说道："你说的是真的吗？我老是觉得自己的嘴巴大了一点儿。我能和你们西方的那些美人相比吗？有人说我像嘉宝，像不像？"

"比她还美一些，"邦德说，"你的脸更有光泽，更神采飞扬，嘴巴也不算大，挺合适的，至少和我挺般配。"

"神采飞扬？这话什么意思？"

邦德本来想说，你看上去不太像苏联间谍，没有那种冷漠和审慎的老谋深算。那双亮晶晶的眼睛让人知道，她的性格活泼开朗，是个热心肠的人。邦德不想这么说，于是找了一句模棱两可的话，"这就是说，你的眼睛充满了快乐。"

但塔吉妮娜信以为真了。"这可怪啦，"她说，"苏联人没有很多娱乐和乐事，没有人会说这样的事，从来就没有人用这种字眼儿来形容我。"

快乐？指两个月后吗？怎么会看上去就快乐了呢？难道她看上去很放荡吗？不错，她此时此刻心里确实轻松愉快。难道，她是个浪荡的女人？还是因为这个从未见过面的男人使她有了这样的心境？之前，只要一想到这件不得不干的事，她就痛苦得要死，但是见到他之后却打心眼儿里感到放心了。愉快的心情是否和这种始料未及的安心有关？事情比她先前想象的容易得多。这全是因为他，她想。她把这件事情当成一种乐趣。当然，这也很危险。他英俊潇洒，而且看上去十分正直。她告诉自己，到了伦敦就对他一五一十和盘托出。那时，他会原谅她吗？如果她告诉他，自己是被派来勾引他的，甚至在哪天晚上，哪个房间进行都是事先策划好的，那他还能原谅她吗？他肯定不会太计较这些的。对他来说，这件事并没有伤害他，只是一个权宜之计，不这样做，她就去不了英国。"你的眼睛充满了快乐"，是呀！为什么不呢？单独和一个男人在一起能够随心所欲，又不会为这些而受到惩处，她不由得感到心旌荡漾。

"你非常英俊。"她搜寻着词语，想说些让他高兴的话，"像个美国电影明星。"

"见鬼，你这话是对男人的最大诋毁。"邦德吼了起来。她被他的反应震惊了。

这种赞美竟让他如此动火，可真是失策了！西方人不是人人都希望自己长得像电影明星吗？"我是瞎说的，"她连忙道歉道，"你不要在意。只是为了让你高兴，我才这么说的。事实上，你很像我崇拜的一位英雄，是莱蒙托夫笔下的一位主人公。以后我会给你讲这个故事的。"

以后？邦德想，谁知道以后会是什么样子？现在还是把着眼点放到现实的问题上。

"现在听着，塔尼亚，"他努力把自己的眼睛从枕头上那张惹人心乱的脸上移开，盯着她的下巴，"我们不要开玩笑了，谈点儿正经事吧！我想问问你，这到底是怎么回事？你真的打算跟我到英国去吗？"他抬起头，望着她。真要命，她又睁大了她那双勾魂夺魄的蓝眼睛，是那样的天真无邪。

"那当然！"

"哦！"邦德为她的直率感到吃惊。他疑惑地看着她的眼睛，"你确定？"

"当真。"她不再卖弄风骚了，神情中露出非常真诚的样子。

"你不害怕吗？"

他看到她眼里闪过一丝阴影，他还真没想到。她此刻正在想自己在扮演的角色。眼前这件事她应该装得非常害怕，摆出一副惊慌失措的样子啊，刚才自己还认为这出戏很好演，看来自己有些难以对付。真奇怪！她决定向他妥协。

"嗯，我当然害怕，但现在已经不那么害怕了，因为我想你会保护我的！"

"是，我当然会保护你，"邦德心想，她在苏联肯定还有不少亲属，这件事的发生肯定会牵连到他们。但他很快就把这种想法抛在脑后。现在他该做什么呢？劝她回头？他不敢想象她叛国的下场，只好说道："别担心，我会很好地照顾你。"现在该问一下这次任务的关键问题了。他突然觉得在这种场合提那个问题的确有些尴尬。这姑娘一点儿也不像他一开始所想的那样。提这种问题会把事儿弄糟的，但不提又不行。

"你那台机器呢？"

果然，她像是被重重地击了一下，神情极其痛苦，眼里顿时噙满了晶莹的泪水。

她把被单往上一拉，遮住了嘴巴，目光顿时变得冰冷，在被单后面气愤地说：

"原来，这才是你想要的。"

"听着，"邦德说着，声音里充满了玩世不恭的味道，"那玩意儿对你我都没用，可伦敦方面想要。"他马上意识到应该注意保密，便又淡然地补充道，"这玩意儿其实也没什么了不起，我们对它已是一清二楚了。它算得上是苏联人的一大发明。我们只是想学习学习，仿造一下，就像你们国家仿造外国相机一样。"天哪，这些话真是前后矛盾！

"你撒谎。"一大颗泪珠从那蓝色的大眼睛中滚落下来。她马上用被单遮住眼睛。

邦德把手伸进被单，摸了摸她光滑的手臂。她却气愤地缩了回去。

"那该死的机器！"邦德烦躁地说，"塔尼亚，看在上帝的分儿上，你该了解，我不是那个意思。好啦，说点儿别的吧！还有很多事情等着我们去做。比如，我们要安排行程。当然，我的意思只是想说，是伦敦而不是我想要那个鬼东西，要不然，他们也不会让我到这里来，我也就看不见你了。"

这话好像还挺在理。塔吉妮娜用被单一角擦了擦眼泪，然后向下一拉，露出整个头来。她知道自己根本没把任务放在心上，而只是沉陷在……她多么希望听到他说，只要她人来了他就满足了，有没有机器都没多大关系。但这简直是做梦！他说得没错，他这是在做自己的工作，而自己来这里不也是为了完成一项任务吗？

她平心静气望着他："我会拿出来的。你别担心，也别再提这事了。现在，你听我说，我们今天晚上就得走，"她想起了命令，忙坐在枕头上道，"这是我唯一的机会了。我从六点开始值夜班，办公室里就我一个人，我一会儿就可以把机器偷出来。"

邦德眯起眼睛，脑子里飞快地想着他可能面临的各种问题。该把她藏在什么地方呢？在苏联人发现那台机器失踪后怎样把她送上飞机呢？这简直太冒险了，苏联人决不会善罢甘休的，他们会在通往机场的公路上设路障，在飞机里安放炸弹等，他们任何事都做得出来。反正一切都可能发生。

"塔尼亚，那太好了，"邦德轻描淡写地说道，"我会保护你的。我们就乘坐明早的第一班飞机走。"

"别傻了。"克拉勃在谈到如何离开时，曾经专门提醒过她。她现在就好像在背台词一样，"我们乘火车吧，今天晚上九点钟就有一班'东方快车'。你认为我就没有盘算过这件事吗？我现在一分钟也不想在伊斯坦布尔待了，天亮时我们就可以出境了。你还得抓紧时间把车票和护照准备好。我就以你妻子的身份和你一块儿走，"她看着他，眼里流露出一种幸福的神情，"我就喜欢坐火车。我在书上看到过那种火车包厢，样子就像装在轮子上的小房子，在里面一定非常舒服。白天我们一起聊聊天，看看书；晚上，你就站在我们车厢的走廊上做我的保护神。那有多浪漫呀！"

"乐意之至，"邦德说，"塔尼亚，不过那样可有点儿太疯狂了。要四天五夜才能到达伦敦。这么长时间，他们肯定会发现我们的。还是想想别的办法吧！"

"不，"姑娘断然道，"这是我出走的唯一方式。要是你把事情办得聪明的话，他们怎么可能会发现呢？"

实际上她也不明白为什么他们一定要她乘火车？他们只是说火车上是个谈情说爱的好地方，还说，她至少有四天的时间把他迷住。这样到伦敦时，邦德自然会保护她。而如果是坐飞机，一下子就到了伦敦，她直接就被投入监狱。所以，这四天是她任务成败的关键。另外，他们还告诉她，铁路沿线她都会受到保护。因此，必须不折不扣地照命令去办。天哪！上帝呀！她现在多么渴望能和他在那装在轮子上的房子里共度四个良宵啊。这本是强加下来的任务，现在倒成了她最大的愿望。

她看着邦德心事重重的样子，很想握住他的手，向他发誓不会有事的。虽然这是把她带到伦敦的一个阴谋，但对他们双方却没有什么害处，至少，这旅途绝不是计划的目的。

"可是，我还是想说这法子不行。"邦德想着 M 局长对此合作会有如何反应，"不过，也不是没有一点儿可能。护照我已经办好了，但需要南斯拉夫的签证。"邦德一脸严肃，"别想打主意让我带你上路过保加利亚的火车。否则，我会认为你有绑架我的动机。"

"对极了。"塔吉妮娜咯咯地直笑。"这正是我想要做的！"

"塔尼亚，别开玩笑了，我们得再好好计划一下。这样吧，我先去拿票，对了，还得有一个人与我们一起上路，以防万一。他可是位大好人，你会喜欢他的。别忘了，你现在的名字叫卡罗琳·萨默塞特。哎，还有，你怎么去火车站呢？"

"卡罗琳·萨默塞特，"姑娘在心里想着，"这名字很动听。那你就是萨默塞特先生了，"她笑一笑说，"真好玩。你放心，我会准时到火车站的。我去过那个地方。就这样，一切都安排妥当了吧？"

"假设你慌慌张张暴露了行踪呢？假设你给他们抓去了怎么办？"突然邦德怀疑起了她的自信，她凭什么这样有把握呢？一种不祥的预感像一支尖刺一样刺进了他的脊梁骨。

"没见你之前，我怕得要命，可是现在我一点儿都不怕了。"塔吉妮娜告诫自己，一定要装得跟真的一样。这点她可以轻易做到，因为她现在说的都是自己的真心话，"我不会像你说的那样慌张的，他们不可能抓到我。我把衣服都留在旅馆里，只带一只日常用的小包去办公室。哎，我那件皮大衣太好了，我真不忍心把它扔了。不过今天是星期天，穿好点儿去上班也很正常。晚上八点半我从办公室出来，乘出租车去车站。现在你不用那么担心了吧。"她一下拉过邦德的手，"说，说你一切满意。"

邦德在床沿上坐下，俯身去吻她那滚烫的嘴唇。他温柔地抚摸着她的乳房，凝视着那双眼睛。上帝，他想着，但愿一切都能顺利，但愿这疯狂的计划能够成功。如此纯洁可爱的姑娘难道会是骗子不成？是真，还是假？她的眼睛里除了告诉他有幸福，除了想让他爱她，还有发生在她身上的惊奇，其余什么都没有了。她那双充满了幸福和渴望的眼睛，一切都是那样纯真。塔吉妮娜勾住邦德的脖子，把他拉倒在床上，颤抖的嘴唇贴在了他压上来的身体上，狂热的激情攫住了她，两个身体颤抖地拥抱着。

邦德把腿压在她身上，嘴唇继续吻着她，他的手在她身上游离，抓住了她的乳房，他轻轻地握着，在他手指的拨弄下乳峰渐渐变得挺拔。他的手又滑到她平坦的小腹上，她的腿无力地移动着，嘴里发出了温柔的呻吟。她长长的睫毛扑闪着，就像充满灵性的小鸟的翅膀。

邦德拉起床单的一角，掀开，把它扔到地上。果然，她什么都没穿，除了绕在脖子上的黑缎带和黑色的长筒丝袜。

　　而就在这时，他们两个人都不知道，在床旁边那面镶有金边的大镜子后边，"锄奸团"派来的两个摄影师在大喘粗气地挤成一堆，贪婪的目光直愣愣地盯着床上这对云里雾里的鸳鸯，摄影机机械地转动着。

第二十一章
有 人 跟 踪

著名的东方快车横跨欧洲大陆，一列接一列，但一直以来，一星期只有三次，它往来于巴黎和伊斯坦布尔之间，行程超过一千四百英里。

在弧光灯下，东方快车的火车头开始喷出一股股白烟，在车厢和八月闷热的空气中缓缓升起，就像得了哮喘病快要死的巨龙一样，每一次沉重的呼吸都像是最后一次。东方快车是停在丑陋、建构便宜的伊斯坦布尔车站的唯一一列活跃的火车。其他线路上的火车如果没有火车头或者没安排值班人员都要在伊斯坦布尔车站等着第二天出发。东方快车马上就要发动了。在破旧不堪的伊斯坦布尔车站里，站台上人来人往，一派忙乱景象。

深蓝色车厢的边上，嵌着一排显眼的铜字"国际捷运公司欧洲专列"。在这上面，白底黑字的铁牌上写着"东方快车"四个字，它的下面排列着该列车要到达的城市：

伊斯坦布尔、萨洛尼卡、贝尔格莱德、威尼斯、米兰、洛桑、巴黎。

詹姆斯·邦德看了看表，已是八点五十一分了。这是他第十次看表了。他的眼睛又看了一下列车上的城市名字，所有的城市名字都是用自己国家的语言拼写的，除了米兰。为什么不用意大利语拼写呢？他掏出手帕擦了擦脸，心里一个劲儿地翻腾。她现在在哪里呢？会不会被抓起来了？还是临时变卦了？昨天夜里，确切地说应该是今天凌晨在床上时，是不是他对她太鲁莽，使她失望了？

已经八点五十五分。机车停火喷气，自动安全阀放出了多余的蒸汽。一百码远的地方，透过密密茬茬拥挤的人群，邦德看到，站长向司机和司炉打了个手势，转身向他这个方向走过来，并关闭了三等车厢的车门。车厢中的大多数旅客，都是趁周末来看土耳其的亲戚而现在要返回的希腊农民。车厢窗口探出不少的头，和下面送行的人依依惜别。

弧光灯已经关掉了，深蓝色的天空上群星闪耀。远处漆黑一片，在列车前方不远的地方，信号灯已由红变绿了。

车站站长走了过来检查各车厢的情况。在站台上，穿着棕色制服的列车员拍拍邦德的肩膀，催他赶快上车。两个土耳其阔佬走到车厢口，与他们的情妇吻别，随后大笑着登上了踏板。站台上已经没有其他卧铺车厢的旅客了。列车员不耐烦地瞪了这个高个子的英国人一眼，收起了踏板，走进车厢。

车站站长三步并作两步，快步走过二等车厢，向车尾的行李车走去。到时候，他将要举起手中那面脏脏的绿色信号旗，通知车头发车。

站台上已经看不见有急匆匆的身影。高高挂在检票口上方的大钟的钟面上，分针又向前跳过一格，指向九点整。

就在这时，邦德身旁车厢的一扇窗子哗啦一声打开了。他抬头一看，一位戴着黑色面纱的女人站在窗口旁。面纱后面是她那丰润的嘴唇和闪动的蓝眼睛。

"快上车！"

列车开始启动了。邦德冲上前去，抓住扶手，跳进了车厢。邦德站稳身子，从容地与站在车门口的列车员擦肩而过。

"夫人来迟了，"列车员在他身后说，"她沿着走廊，一定是从后面的车厢上来的。"

　　邦德顺着铺着地毯的过道走到中间那间包厢前。旁边白色的菱形金属牌子上刻着黑色的数字，"7"刻在"8"字之上。包厢的门半开着。他侧身走了过去，随手关上了身后的房门。塔吉妮娜已放下面纱静静地坐在包厢的一角。她上身穿着一件白色丝织上衣，下面围着一条藕色百褶裙，腰间系着一条鳄鱼皮皮带，脚上穿着黑色鳄鱼皮皮鞋。

　　"詹姆斯，你差点儿把车都误了。"

　　邦德在她的身旁坐下。"塔尼亚，如果这个地方再宽敞一些，我肯定会好好地打你的屁股。你差点儿把我的心脏病都急出来了。到底怎么回事？"

　　"我说过会没事的，"塔吉妮娜一副天真无邪的样子，"你以为会出什么事呢？我说了要来，就一定会来的。说话不算话数的是你。我敢肯定你感兴趣的根本不是我，而是那个东西。"说着，她朝旁边的箱子努了努嘴。

　　邦德顺着她指的方向往行李架边看了一眼，见上面放着两只小箱子。他一把捉住她的手，说："上帝保佑，你总算平安无事。"

　　他心里明白，自己更关心的自然是塔尼亚。塔尼亚见他面带愧疚，松了口气，满心欢喜地握着他的手，斜靠在床铺边。

　　列车慢慢绕过塞拉立奥宫殿。路旁灯塔闪烁的光芒照亮了铁轨两旁低矮的小屋。邦德抽出一只手，点上一支香烟，心想，他们马上就要路过那个巨幅广告牌的后面了，那曾是柯莱罗夫住过的房屋，就在二十四小时之前，他还住在那里。邦德眼前又浮现出了当时的每一个场景：月光下惨白的十字路口；阴影中的两个人影；从猩红的嘴唇上跳了下来的那个注定要死的人。

　　她静静地看着他的脸。他在想什么？他那冷峻的淡蓝色的眼睛后隐藏着什么呢？有时，它们是那样的充满柔情，有时，又像昨天晚上那样烈火熊熊，像钻石般发出耀眼的光芒。而现在，它们却蒙上了一层雾。他是否在为他们担心？是否在为他们的安全担心呢？她很想对他说，不会有什么可怕的事情发生，他的任务不过是把她带到英国。她想起了那天晚上情报站的常驻主任把这只手提箱交给她时的情形。主任兴奋地打开提箱对她说："下士同志，这是你去英国的通行证，还有最新式的斯相克特尔密码机。不过，在到达目的地之前，千万不要打开它，也绝不允许别人拿出你的包厢。不然，那个英国间谍就会把它拿走，而把你甩掉。如果你让这种情况发生，就是你的失职！"

窗外，一个信号亭在昏暗的夜中向他们迫近。塔吉妮娜看见邦德站起身打开了车窗，把头伸了出去。他的身子紧紧地挨着她。她挪动了一下，靠在邦德身上。昨天晚上，当他赤身裸体地站在窗口，他的胳膊拉下窗帘时，他那黑色的乱糟糟的头发下的轮廓在月色中是那么迷人。她渴望他的身体，而他也同样欲火中烧。澎湃的激情熔化了他们的眼睛和他们的身体。爱情的火花突然在他们这两个间谍之间迸发出来。他们来自敌对的阵营，都参与了互相之间的钩心斗角。职业上他们是对手，但不同的国家赋予他们的使命却使他们成了一对难舍难分的恋人。

塔吉妮娜伸出手拉了一下邦德的衣角。邦德关上窗子，转过身来，微笑地看着她，见她正无限依恋地望着自己，立刻弯下腰，把她紧抱在怀中狂吻起来。塔吉妮娜向后一侧，两个人一起倒在了铺上。

这时候，传来两声轻轻的敲门声。邦德赶紧站起身来，掏出手帕，擦去嘴边的口红印。"肯定是我的朋友克里姆，"他说，"有件事得跟他商量商量。另外，我去叫列车员来收拾一下床铺。你待在这里，千万不要出去。我会很快回来的。"他看着她沮丧的眼睛和半张的充满遗憾的嘴唇，安慰道，"我们整晚都会待在一起的，但我得先考虑你的安全问题。"说完，邦德拉开门，走了出去。

达科·克里姆那高大的身躯站在过道上。他的身子靠在铜栏杆上，嘴里叼着香烟，面带忧虑地凝视着窗外的马尔马拉海。他见邦德走出来，低声道："情况不好，车上有三条狗。"

"噢！"邦德如遭电击，背上一阵发麻的感觉。

"就是我们在小室里从潜望镜里看到的那三个新来的家伙，显然是盯上你们了。"克里姆警觉地朝两旁扫了一眼，"她是个两面派，要不怎么会是这样？"

邦德的心一下子就凉了。看来，塔尼亚只是个诱饵。不，不可能！她不可能扮演这种角色，绝不可能！密码机呢？也许根本就不在那只箱子里。"等一等。"邦德说着转身轻轻敲了一下包厢的门。他听到塔吉妮娜拔下门闩开门的声音，他走进去，顺手关上了门。她看起来相当吃惊，因为她原以为是乘务员来整理床铺呢。

"谈完了？"她爽朗地笑着问。

"坐下，塔尼亚，我有话和你讲。"

看见他脸若冰霜，塔吉妮娜脸上的笑容也不由得收了起来。她顺从地坐下，双手放在两边。

邦德的眼睛紧紧地盯着她，看她脸上是否显出了内疚和恐惧。没有，只有惊诧和冷漠。

"听着，塔吉妮娜，"邦德压低声音说，"出事了，我得看看那箱子中的机器。"

她冷冷道："那你就拿下来看好了。"她低下头来，手放在大腿上，心想，主任的话果然应验了。他们就要把机器拿走；然后把她丢到一边，甚至还要把她从车里扔出去。哦，天哪！男人竟然都是如此狠心！

邦德从行李架上把那只沉重的箱子抱了下来，放在铺位上，拉开了拉链，向箱子里看了一眼。里面的确有一个前面有三排键漆得光亮的灰色金属盒,整个样子像台打字机。他问:"这就是斯柏克特尔密码机吗?"

"是的。"她随意地瞟了一眼拉开的行李包道。

邦德拉上拉链,把箱子又放回到行李架上,然后在她身边坐下。"车上有三个苏联国家安全部的人,就是星期一到你们情报站来的那三个。他们到这里来干什么?塔吉妮娜!"邦德直直地看着她,语气亲切柔和。

她抬起头看着邦德,眼眶中含着泪水。这是孩子闯祸后被人发现时流下的眼泪?不像,她显得只是惊恐不安,但没有丝毫内疚。

她伸出一只手又马上缩回去,哀怨地说道:"现在你的目的已经达到了,密码机到手,是不是要把我扔下火车?"

"当然不会!你都在胡说些什么!"邦德不耐烦地说道,"别说这种蠢话了,但我必须弄清这三个人来这里干什么。到底是怎么回事?你知不知道他们在车上?"他想从她的神色中发现点线索,但他看到的只有心安理得。还有什么?满怀心事?她看来确实掩盖了什么,但究竟又能是什么呢?

塔吉妮娜突然好像下定了决心,用手背擦了一下眼泪,身体向前一挪,把手放在他的膝盖上,看着邦德的眼睛说道:

"詹姆斯,"她说,"我确实不知道这些人在车上。我只是听说,他们今天要去德国。但我原以为他们是乘飞机去。我能告诉你的就这些。在我去英国,逃出他们的魔爪之前,你别再问我什么了。答应你的事我全都做了。我来了,机器也带来了,请相信我吧。你别为咱们的安全担心。我肯定他们不敢动我们。绝对不会。"(真的能这么肯定吗?塔吉妮娜自己也不敢肯定。克拉勃这个女人告诉她的是否都是真的呢?但是她只能相信,相信她只有按照她的指令做才是对的。看来,为了防止她溜走,他们派这些人来监视她。只要他们不伤害他们,到伦敦后,邦德可以保护她。她发誓再也不会和"锄奸团"有什么来往了。那时候,她一定和盘托出。这些她都在脑子里想好了。如果她现在就叛逃,谁知道会发生什么事情。她很清楚这一点,到时候,他们一定会想法子把她和邦德一起抓起来,将他们置于死地。所以,她现在只能继续扮演这一角色,而且要扮演好)。塔吉妮娜瞧着邦德,想看看他有什么更好的办法。

邦德耸耸肩,站起身来,说:"塔吉妮娜,我不知道你心里在想什么,"他说,"你对我根本没有说出一切。也许你根本不知道这件事。我相信你认为我俩都很安全,但愿是这样。也许这几个人来这儿只是个巧合。我去和克里姆商量商量。别担心,我们会保护你的,但你自己也必须小心点儿。"

邦德四处打量了一下包厢,试着推了一下与隔壁包厢相通的门,锁得好好的。他想等乘务员离开后,再把这扇门用楔子加固。通往过道的门也要这样塞住。看来,今天夜里是睡不成觉了,必须时刻保持警惕。真没想到,火车上的蜜月竟是这种滋味!邦德苦笑了一声,按了一下按钮叫乘务员进来。塔吉妮娜有些忧心忡忡。"别担心,"他安慰她,"没事的。乘务员走后你就睡觉。除了我以外,别人叫门一律都别开。晚上我睡不成觉,得一直守着,但愿明天能轻松了。我去找一下克里姆,他是个智多星。"

乘务员敲了一下门,邦德开门让他进来,自己便走到过道上。克里姆还站在过道里看着窗外。火车在夜色中疾驰,耳边不时地响着火车刺耳的汽笛声和车窗玻璃的震动声。克里姆站在那儿一动不动,那双映在车窗玻璃中的眼睛却敏锐地注视着四周。

邦德把刚才的谈话告诉了克里姆,想对克里姆解释一下自己为什么如此信任这姑娘,但这绝非易事。当他谈到姑娘的神色和他的判断时,他看到映在车窗玻璃中的克里姆,面带讥讽地努了努嘴。

"詹姆斯,"他叹了一口气说,"你自己看着办吧,毕竟和她打交道是你自个儿的事。关于乘火车的危险性、这姑娘的可靠性以及用外交邮袋寄该机器的可行性，我们今天都谈了很多，我不想再和你争辩了。瞧这情形，她对你一往情深，而你也成了她的俘虏了。当然我不敢说你已经被她完全征服，但至少可以说你已经决定相信她所说的了。今天早上与局长通电话时，他表示尊重你的决定，并让你见机行事，可当时谁也不知道有苏联国家安全部的三个家伙在护送我们。如果早就知道是这样，你肯定会改变主意的，对吗？"

"是。我会改变的。"

"现在我们唯一能做的就是把这三个家伙干掉后，扔下火车。我也不想知道他们来干什么，可我绝不认为这是巧合。不管怎么说，有一件事是可以肯定的，那就是我们决不能和这三个人同乘这列车，不是吗？"

"那是当然。"

"我去负责这事吧。至少今天晚上保证干掉。现在火车还没有出境，我在这儿还有一定的影响，而且钱也不是问题，我拿得出。不过，我们还不能在火车上干掉那三个浑蛋。如果那样，火车会停下来调查，你和那个姑娘也会卷进来。我们必须想想其他办法。他们中间有两个人买的是卧铺票。那个年纪较大的叼烟斗的小胡子就住在你隔壁，6号包厢。"他说着向后扭过头示意了一下，"他手里是一张德国旅行护照，名叫梅尔基奥尔·本兹，是个推销员。那个黑皮肤的亚美尼亚人住在12号包厢，用的是法国护照，叫库尔德·戈德法布，是个建筑工程师。我看过他们的证件。他们买的都是至巴黎的直达车。我有一张督察证件，乘务员就得老老实实给我帮忙。所有的车票和护照都在他的小屋里。第三个人，就是那个背上、脖子还有脸上都生着疖子，看起来非常愚蠢丑陋，像个畜生般的家伙，我到现在还没看到他的护照。他住在头等车厢里，在我车厢的隔壁。他只交了车票。到边界之前，他可以不交护照。"克里姆说着，像个魔术师一样突然从上衣的口袋中摸出一张黄色的头等车票，然后又把它放回去，扬扬得意地对邦德笑了笑。"怎么样？"

"怎么回事？"

克里姆大笑说，"那头哑牛睡觉前上了趟厕所。当时我正在过道里，忽然想起小时候混车的情景。于是，我在厕所门口等了一会儿，然后用劲拉住厕所门把手叫喊：'我是检票员，现在查票，请把票递出来。'我又是用法语，又是用德语讲。他在里面嘟嘟囔囔，使劲拉门，我在外面提得更紧，半天他也打不开门。于是我彬彬有礼地说，'先生，别着急，把票从门下塞出来吧。'他不听我的，还在那儿用力地拉门把手。我都能听到里面粗粗的呼吸声，没办法，最后他还是把车票从门底下塞了出来。我彬彬有礼地说了一声'打扰你了，先生。'拣起车票，一头扎进了另一节车厢，"克里姆快活地挥了一下手，"那个蠢蛋现在一定还在蒙头大睡，还以为车到边境乘务员就会把票还给他呢。他真傻，这张票就要化成灰，被风吹走了。"克里姆向外面的黑暗中挥了挥手，"不管那傻瓜花多少钱，他都会被撵下车。车长会让他下车后去售票处核实一下。然后休息一会儿，再乘下一班车。"

听着克里姆大谈恶作剧，邦德不由得笑了："达科，你可真行。可另外两个怎么处理呢？"

克里姆耸了耸肩膀，一副自信满满的样子。"放心好了，我会想出办法的。对付这些苏联佬，就得作弄他们，让他们当众出丑。他们就怕出洋相，真把他们搞得不能忍受的时候，我们就给他们一些甜头。然后我们再把这些人交给苏联国家安全部的人去处理，他们肯定不会轻饶的，无疑，最终这些人要死在自己人的枪口下。"

他们正说着，乘务员已经从 7 号包厢走了出来。克里姆转向邦德，把手搭在他肩上，对他说道："詹姆斯，不用担心，我们能打败这些浑蛋。

回你的宝贝儿那里去吧！明天一早我们再碰面。不过，千万别睡得太死，但这也没什么帮助。情况太复杂了。但愿明天就能好好地睡上一觉。"

邦德看见这个大块头轻松自如地穿行在东摇西晃的车厢里。尽管车厢左右晃动，可他的身体从不碰到过道的两侧。邦德觉得自己越来越喜欢这位坚强而快活的贴心朋友了。

克里姆消失在走道的尽头。邦德转过身来，轻轻地敲了敲"7"号包厢的门。

第二十二章
智　除　暗　敌

　　列车风驰电掣般地在夜幕中穿行。邦德坐在窗边，望着窗外月色下忽明忽暗的夜景，尽力克制着自己，驱赶着睡意，保持清醒。

　　每一样东西都在密谋使他沉睡，不论是车轮的转动声，还是晚风吹过电线的呼呼声，以及汽笛拉响时的呜呜声，车厢间连接处的咔嗒声，或地板发出的叽叽呱呱声，这一切都使他昏昏欲睡。甚至门上那深紫色的小夜灯也好像在说："有我在这里替你站岗，不会有事的，闭上眼睛睡吧，睡吧。"

　　塔吉妮娜那温暖的头重重地枕在邦德的腿上，侧身躺在铺盖的一侧。在这个单人床上，很明显是专门给邦德留下了足够的地方，他可以钻进被单下，紧贴在她身边躺一会儿。他的腿紧靠着她的背，他的头埋在她那散在枕头上有如缎子般的头发里。

　　邦德闭了一会儿眼睛，又尽力地睁开了。他谨慎地抬起手，看了看表。已经四点整了。还有一小时就该开出土耳其边境了。等天亮时，他也许能有时间睡一会儿。只要把那扇与隔壁包厢相通的门用楔子固定住，再把手枪交给她，就可以让她当警卫了。

　　他低下头，凝视着她那优美的睡姿。她看上去是多么天真无邪呀！这样的姑娘怎么可能来自苏联国家安全部呢？长长的睫毛在娇美的面颊上投下了两道淡淡的影子。她的朱唇微启，栗色长发散在额头，邦德真想伸手去替她拢一拢。她颈上的静脉平静地跳动着。他心中满是柔情，真想把她紧紧地搂在怀里，轻轻地吻她。他很想把她唤醒，或许是从她的梦中，这样，他就可以吻她告诉她一切都好，然后看着她幸福地睡去。

刚才睡觉前，塔吉妮娜坚持说："你不搂着我，我就睡不着。"她说："我要知道你时时刻刻都在我身边，如果醒来发现找不到你，我会觉得很害怕的。来啊，詹姆斯，搂着我吧，亲爱的。"

于是，邦德脱下上衣，摘了领带，倚在床边的角落里，把脚抵在箱子上，手枪放在一伸手便能够得着的枕头下面。她一点都没抱怨那把枪，她脱下衣服，只留下脖子上那根黑色丝带。她上床后，假装着没有激情，不停地扭来抓去，找一个舒服的睡觉姿势。折腾了一阵后，她伸出手来抱住邦德。邦德从后面扳着她的头，给了她一阵长长的、激烈的热吻之后，他才要她睡去。她终于睡着了，而邦德又重新倚回来，由着他热血沸腾的身体变冷。她在睡梦中喃喃自语，然后一条玉臂绕在邦德的大腿上。一开始她搂得紧紧的，睡着后，搂着的手臂就渐渐地松了下来。

邦德竭力克制自己，不去想塔吉妮娜，而集中精力思考着接下来的旅程。

火车一会儿就要开出土耳其了。谁知道到了希腊后，会不会轻松一些呢？希腊和英国之间根本没有什么情谊可言。南斯拉夫呢？铁托政权会偏向哪边呢？两边都有可能。无论苏联国家安全部的这三个家伙是奉什么命令而来，他们或者已经知道他和塔吉妮娜在这趟列车上，或者很快就会发现这一情况。他们根本不可能神不知鬼不觉地在包厢里待上四天。他们的出现肯定会被那几个家伙报告给伊斯坦布尔的情报机构或发电报告诉其他的情报联络站。而且，到了早晨，塔吉妮娜的失踪和密码机的失窃肯定会被发现。到那时会出现什么样的局面呢？他们会马上采取行动的。苏联人会通过驻雅典或贝尔格莱德的使馆采取非常的外交手段吗？塔吉妮娜会被拖下车吗？如果真是这样，事情岂不是太简单了吗？也许，这仅仅是阴谋的一部分，那些居心叵测的俄国人肯定还有更大的阴谋。他是否能躲开他们呢？他是否要带着塔吉妮娜中途下车，错开路线，然后租辆汽车，开到机场，设法飞回伦敦呢？

窗外，天开始蒙蒙亮了，黎明已给树梢和岩石镶上了一道蓝边。邦德看了看表，五点整。他们马上就要到乌宗柯普吕车站了。别的包厢是否发生了什么事情呢？克里姆到底都做了什么，他成功了吗？

邦德往后靠着坐在床上，放松了一下绷紧了一夜的神经。不管怎样，他所有的问题马上就有一个简单、合乎常理的答案了。假如，他们能够迅速除掉苏联国家安全部派出的那三个人，就继续乘车，按原计划进行；如果不行，他就该带着塔吉妮娜和密码机在希腊某个地方下车，另想办法回国。但邦德还是认为，不到万不得已，还是宁愿继续坐火车。他和克里姆可都不是那么好对付的，况且在贝尔格莱德克里姆的人还会来接车。他还是大使随员。

邦德的思绪万千。一会儿支持这个打算，一会儿又反对那个意见。综合所有的理由，邦德最终说服自己把这出戏好好地演下去，看看苏联人葫芦里到底卖的什么药。假如这是一个精心策划的阴谋，他想亲自抓住那些人，揭开这神秘的面纱。M局长已让他见机行事，现在姑娘和机器都在他的手上，为什么要惊慌呢？又有什么值得惊慌的呢？逃跑是再愚蠢不过了。说不定出了狼窝，又入了虎穴呢！

汽笛长鸣了一声，列车开始减速。

这是第一个回合。不知道克里姆那边的情况如何，如果克里姆失败了，如果那三个人还待在车上的话……

一列货车从旁边一闪而过。车站的轮廓已经清晰可见。东方快车摇摇晃晃地开进了车站，转到了另一条铁路线上，车厢之间的挂钩发出咣啷咣啷的巨大声响。天色已经大亮，窗口渐渐出现了立着四根柱子的简易站台，站台上一个人也没有。一声长长的汽笛声之后，快车减慢了速度，拉下了压力刹车闸，在放掉剩余蒸汽的嘈杂声中，停在了月台边。塔吉妮娜还在沉睡，邦德轻轻地把她的头抬起，移到枕头上，站起来，悄悄地走出包厢的门。

这是一个典型的巴尔干小站——车站正面的建筑物是用废弃的石头砌成的，显得阴沉灰暗。月台很开阔，但尘土飞扬，看起来脏兮兮的。月台不高，只和地面一样平，因此下车时必须跳下去。站台上有一群小鸡在那里啄食。几个身穿棕色制服的车站工作人员懒洋洋地站在那里。三等车厢旁，一帮带着大小包裹的农民挤在车厢门口，等着检票上车。

邦德正对着车站警察所，警察所的门打开着。门边的墙上贴着各种告示，由于玻璃上沾满了污垢。邦德只瞥见了克里姆的头和肩膀。

"请出示护照！"

乘务员领着一个便衣和两个身着深绿色制服的警察走进车厢的过道。他们正在检查车票和护照。

他们在 12 号包厢门前停了下来。乘务员捧着装车票和护照的夹子，一边查对，一边用土耳其语大吼起来。那个便衣上前敲了一下门。门开后，他走了进去，两名警察也紧跟着进去了。

邦德悄悄地走了过去，站在走廊的边上，听见包厢里面有人正在用德语说着什么。其中一人的语气十分冷漠淡定，而另一个人的声音却焦灼慌乱。邦德费了很大力气听懂了他们所说的大概。原来 12 号车厢，乘客库尔德·戈德法布先生的车票和护照都不在乘务员的车票和护照夹中。难道是他自己从乘务员的房间里把它们拿走的？当然不会。或者他根本就没有把它们交给乘务员？看来只能这样推理了。真是太不幸了，得进行一番调查！他可以让德国驻伊斯坦布尔的大使馆前来出面做证。
（邦德在一旁暗笑，这个建议太好了，德国大使馆才不会给你做证呢！）
同时这也意味着戈德法布先生非法过境，他不能继续乘这趟车了，不
过可以改乘明天的车，他必须马上穿好衣服，提上行李跟着他们到警察
所去。

这位苏联国家安全部的人一下子跳到过道上，三位"客人"中，要
属这位皮肤黝黑的高加索青年最年轻。他白色的脸上此时因担心而变得
灰白，他的头发也乱蓬蓬的，身上只穿了一条睡裤。他走过过道时与邦
德擦肩而过，一脸愤怒的表情。他一直跑到 6 号包厢门口，使劲儿地敲
了敲门。一个鼻子肥大、留着小胡子的人把门打开了一条缝。戈德法布
一下子钻了进去。之后便一阵安静。这时候，便衣和乘务员接着检查了
10 号和 9 号包厢的两个法国老太太的护照后，走到邦德的门前。

那个便衣打开邦德的护照，随意地看了一眼，就递给了乘务员。"你
和克里姆先生一起的吗？"他眼睛看着别处，用法语问道。

"是的。"

"谢谢，先生。一路顺风。"那个便衣行了个礼，接着去敲 6 号包厢
的门。门刚被打开，他便走了过去。

五分钟后，门一下子被拉开了。那个便衣走出来，站在门口，声色
俱厉地呼喊那两名警察。接着，他又冲着 6 号门使劲儿地叫嚷道："戈
德法布先生，您被拘留了。在土耳其行贿就是犯罪！"戈德法布用蹩脚
的德语吼起来，但他的声音马上被一句更粗暴的俄语呵斥声压了下去。
他夺门而出，怒不可遏，跟跟跄跄地冲向 12 号包厢。一名警察站在包
厢的门口，等着他。

"先生，请把证件拿来。请站过来，我得核对照片。"便衣把绿色封
面的德国护照打开，对着窗外的光亮处，"请再往前来一点儿。"

　　一个身穿蓝色丝绸睡袍的人走出门，极不情愿地走上前去，苏联国家安全部的人给他的护照上取的名字为本兹。他面色惨白，怒火冲天，一双褐色的眼睛狠狠地瞪着邦德。

　　那个便衣合上护照，送给了乘务员："先生，您的护照没有问题。不过，对不起，得查一查您的行李。"他说着，走进包厢，一名警察紧跟其后。本兹转过身子，目光也从邦德身上转向了搜查的两个人。

　　邦德注意到，他的左臂下和腰间鼓起了很大一块。不知道里面是什么东西。他想是不是应该给那便衣提示一下呢？他最后觉得还是保持沉默比较好，免得把自己扯进去做证人。

　　检查完后，那个便衣冷冷地行了个礼，沿着车厢走道走去。本兹转身，走进去，砰的一声关上了门。

　　真可惜，邦德想着，让这个家伙给溜走了。

　　邦德转向窗外看去，看见一个头戴一顶灰色礼帽、脖子后面长着疖子的高大男人也被押进了警察所。戈德法布被警察押着，走下了火车。他的头低垂着，走过灰尘扑扑的月台消失在同一扇门后。

　　刚换上的希腊司机拉响了汽笛，这是一种新的汽笛声，是一声勇敢的巨响。火车的车厢门关上了。便衣和那个警察也走到了月台的尽头。站在车尾的值班员看了看表，举起了绿色的信号旗。随着机车头猛地一拉，车头喷出一阵烟，东方快车向它下一站出发了。这段旅程要经过艾尔卡顿，还有保加利亚境内的爵格曼。只有五十英里的路程，然后又停在肮脏的站台上等待。

　　邦德打开车窗，最后看了一眼土耳其边境。车站上，那两个苏联国家安全部的家伙像被判了死刑一样坐在空荡荡的房间里。邦德心想，三个家伙，已经被赶下去了两个，看来胜出的概率更大了。

　　他看着这肮脏的月台，小鸡还在上面啄食。列车突然一震，离开边

道，驶上了主干线。肮脏、丑陋的乡村越来越远了。远处，一轮红日正
从土耳其平原上冉冉升起，在刚刚苏醒的大地上洒下一片金色的光芒。
啊，多么美好的一天！早晨的空气湿润、凉爽。邦德把头缩回来，关好
了车窗。

他决定待在车上，看看这场戏的最后结局。

第二十三章
痛 失 战 友

邦德从比森车站的小卖部里买来热咖啡当早餐（餐车上不提供早餐，而餐车也要到中午才开始营业）。希腊人例行公事地检查完护照和车票后，列车匆匆地向着爱琴海北端的艾尼兹海峡驶去。窗外，阳光明媚，空气干燥新鲜。田野里和小站上的人们看起来温文尔雅，端庄有礼。向日葵、玉米、葡萄和烟草等植物都在灿烂的阳光下茁壮成长。正如达科所说，又是新的一天。

邦德在塔吉妮娜愉快的目光下开始洗脸、梳头和刮脸。邦德没搽发油，对此塔吉妮娜十分赞赏。"还好你没有这个坏习惯，"她说，"我曾听说，很多欧洲人都有这习惯，在苏联我们不搽发油，搽发油会弄脏枕头的。不过奇怪的是，你在西方居然不用香水，我们全苏联的男人可是离不开那玩意儿的。"

"因为我们天天洗澡。"邦德淡然说道。

她正欲辩解时，门外响起了敲门声，是克里姆，邦德拉开门让他进来。克里姆走进来后弯腰向塔吉妮娜问了声好。

"噢，多么美妙的家庭气氛！"他打趣道，在靠门边的角落里坐了下来，"像你们这样一对神仙伴侣式的间谍，真是少见。"

塔吉妮娜却对他怒目而视，冷冷地说道："我可不习惯这种西方式的玩笑。"

克里姆收起笑容道："你会习惯的，亲爱的，在英国，许多人都爱开玩笑。生活中的每一件事都可以拿来开玩笑，没有人会认为不合理的。我也在学习，不过我还只是个新手呢。这个上午我已经讲了不少了。好了，不谈这些了。邦德，那个警察给德国大使馆打电话的时候，我真希望我也在场，真想听听伊斯坦布尔的德国领事是怎么处理这件事的。那一定很有意思。那张护照伪造得太不像了。这对他们来说，原本是不难办好的。但同时不能忘了他们的出生证明，而出生证明的文件需要所在国提供。萨默赛特夫人，恐怕你那两位同志不会有太好的结局啊。"

"这事儿你怎么办成的？"邦德一边打着领带一边问。

"金钱和名气，给了乘务员五百美元，对警察吹吹牛就行了。更幸运的是，我们的这位朋友又居然打算行贿，正好逮了个正着。只可惜，让隔壁那老滑头溜了。"他气得在墙上挥了挥拳头，"不能让这个家伙逃了，不能再玩护照那个把戏了，得另想法儿来收拾这个家伙。那个长满疖子的家伙应该容易对付，他不会德语，又丢了车票，这对他来说情况可不妙。噢，我们还不错，今天已经胜了第一个回合了，有个顺利的开始。不过，这样一来，隔壁那位朋友就会更小心了，他知道自己要算计什么，不过，我觉得你们两个为了这个讨厌的东西整天坐在这里不是个事儿。现在我们能出去活动活动了，一起去吃午餐吧。但得带上贵重物品，我们得留着点儿神，看他会不会在希腊的某个车站打电话。我怀疑他会在希腊打电话做交易，可能是要到南斯拉夫再下手，但我在那儿照样也有一班人马。假如我们需要帮忙的话，他们会立即过来增援的。这次东方快车上的旅行真有意思，真刺激。不仅有惊险场面，而且有爱情故事。"他笑眯眯地站起身往外走，回头对他们说道："吃午饭我来叫你们。希腊的东西比土耳其的还糟糕，但总得吃饭啊！我的肚子也在为女王服务呢。"

邦德起身关上了门，塔吉妮娜有些气愤："你的这位朋友太不懂礼貌了！他那句话明明是亵渎你们的女王。"

邦德在她身旁坐下，耐心地说："塔尼亚，他可是个大好人，也是我们的好朋友，他很会办事。他说什么，我都不会在乎的。他那是妒忌我，谁不希望身边有你这么一位美人呀。他奚落你，不过是借机表达对美人的一片倾慕之情罢了，你应该欣然接受他这种赞美的。"

"你真的这样认为吗？"塔吉妮娜的蓝眼睛瞪得很大，"但他刚才说他的肚子也是为女王服务的。这样对你们的女王也太没礼貌了。在苏联，说这种话简直太放肆了，是要受到严厉惩罚的。"

他们还在争辩，这时，火车在亚历山大鲁波利斯车站停了下来。车站被太阳烘烤得热气蒸腾，苍蝇到处乱飞。邦德打开门，走到过道里，凭窗远眺。烈日下，烟波浩渺的海面上波光粼粼，不远处一面希腊的国旗在阳光下迎风招展。

他们的午饭是在餐车吃的。吃饭时，邦德把那只沉重的小提箱放在餐桌下面，夹在两脚中间。很快，克里姆和塔尼亚成了朋友。而苏联国家安全部派来的那个叫本兹的人故意躲开他们，没有来餐车吃饭。他们看到，他只在站台的售货车旁买了一块三明治和一瓶啤酒。克里姆开玩笑地提议叫他一起来打桥牌。邦德突然觉得十分疲倦，他的这种疲倦使得他不愿把这次充满危机的旅行变成郊游。塔吉妮娜见邦德没说话，便站起身说想回去休息了。当他们两个人走出餐车时，克里姆还在那儿大声喊着要白兰地和雪茄。

回到包厢后，塔吉妮娜坚定地说："现在该轮到你睡觉了。"她拉下窗帘，把下午的阳光，以及在烈日下晒蔫了的玉米、烟草和向日葵统统关在了窗外。车厢里一下子幽暗下来。邦德把通向隔壁的和过道的门都闩牢，又把手枪递给了她。之后就把头枕在她的腿上，不一会儿就睡着了。

　　长长的列车在希腊北部的诺皮山脉中蜿蜒穿行。经过克桑西城、兹
拉马州和塞雷城后，到达马其顿高原，然后朝南向萨洛尼卡驶去。

　　邦德醒来的时候，已快黄昏了。塔吉妮娜好像一直在等着他醒来，
见到他睁开眼睛，马上捧住他的脸，看着他的眼睛，带着急切的神情问
道："这样的日子还能有多久，亲爱的？"

　　"还长着呢。"邦德还想一直睡下去。

　　"你说到底还有多长时间？"

　　邦德盯着那双美丽、忧郁的眼睛，睡意马上消失了。他不敢肯定在
这以后的三天里火车就不会出事，到达伦敦后，情况又很难说，真是难
以预料。有一个事实必须面对，那就是塔尼亚是敌国的间谍，上面肯定
会咬住这点不放。至于他们的感情，他们才不会管呢。他的情报处以及
行政处对这个一点儿兴趣都没有。其他情报部门也会闻讯赶来逼她讲出
机器的秘密。也许一到多佛港她就会被抓起来，关在吉尔福特附近一所
戒备森严的秘密住宅里。她可以在里面舒适地生活，但绝不能外出。那
些讨厌的家伙会一个接一个和她轮番交谈。房间下面的录音机也会像纺
车一样转个不停。而那些磁带会被转录，进一步详审。他们会设下圈套，
让她的回答漏洞百出，前后矛盾。也许，他们还可能放出诱饵，让一位
苏联姑娘来劝说她。她会对塔吉妮娜的处境表示深深的同情，会帮她出
谋划策，帮她逃跑，等到获得塔吉妮娜的信任后，便劝她充当双重间谍。
这种软禁可能持续几个星期，甚至几个月。同时，他们会把他巧妙地调
往别的工作岗位。只有当他们企图利用他俩的感情，想进一步套取情报
时，他和塔尼亚才能相见。以后又会是什么样的情形呢？塔吉妮娜会更
名换姓，每年领着千镑薪水，在加拿大开始一种新的生活。而当她放出
来时，他又会在什么地方？也许已经在地球的另一端了。即使他还在伦
敦，塔吉妮娜经过审讯机构这番开导后，还会对他存有感情吗？经过这

番磨难，她还会对英国人有什么好印象呢？而自己的情感那时大概也已经灰飞烟灭了吧。

"亲爱的，"塔吉妮娜不耐烦地重新问道，"到底还有多久？"

"要多久都有可能，这要看我们自己了。肯定会有不少人来干涉破坏我们。我们可能会被分开，不可能像现在这样总是一起待在这样的小房间里。未来的日子，我们要面对现实，现实不那么轻松。我要对你说将来一定会怎么样，那是非常愚蠢的。天有不测风云，人有旦夕祸福，谁能预料到将来呢？"

她脸上已经不再有迷惑了，她微笑地看着他说："你说得对，我不再问这些傻问题了。我们至少还有整整三天的宝贵时光啊。"她把邦德的头从自己的腿上搬开，在他身边躺了下来。

一个小时后，当邦德站在包厢外面的过道里，达科·克里姆突然出现在他的身边。克里姆打量着邦德的脸，眨了眨眼说："老弟，你不应该睡这么久，错过了希腊北部的名胜古迹。现在该吃晚饭了。"

"你总是想着吃饭，"邦德说着朝6号包厢指了指，问道，"我们的朋友现在怎么样了？"

"暂时还没什么动静，乘务员替我盯着他呢。车到终点，这个乘务员就是铁路公司里最富有的人了。为了戈德法布的证件，我给了他五百美元，这以后每天又加一百美元，直到旅途结束，到时候一起结账。"克里姆笑了起来，"我还告诉他，这次他为土耳其出了不少力，将来还可以得到一枚奖章呢。他还以为我们在追查一帮走私犯。那些毒品贩子总是利用这趟车把土耳其的大烟运往巴黎。所以他一点儿都不奇怪，只是一下子得到这么多报酬，乐得合不拢嘴了。喂，从你那位俄国公主身上发现了什么新情况？不过，说真的，我一直放心不下，总觉得现在太风平浪静了。也许塔吉妮娜说得对，那两个被我们弄下车的家伙的确是

到柏林去的。那个叫本兹的笨蛋一天到晚蹲在屋里不出来，大概是被我们弄怕了。现在真是一切顺利，可是……"克里姆摇摇头，"这些苏联人都是象棋高手，事情不会那么简单的，他们在实施一项阴谋前，肯定会精心策划，详细研究敌方情况，然后伺机反扑。我有一种预感，"克里姆的脸上愁云惨淡，"觉得我们三个人像是一个巨大棋盘上的小卒子。我们之所以现在还能够自由行动，是因为我们现在还没有威胁到他们的计划。"

"但如果是阴谋，阴谋的最终目标是什么？"邦德看着窗外无边的黑暗，说着自己的看法，"他们究竟想得到什么？我们总是在这个话题上打转。当然，我们都嗅到了某种阴谋的气味，连塔吉妮娜也不知道自己已经被卷了进去。我知道，她对我们肯定隐瞒了不少关键的事情，只是自己还没有认识到它的重要性。她保证，到了伦敦后就把一切全都告诉我。一切？这话是什么意思？她再三让我相信她，说没什么可担心的。达科，我们得承认，"邦德抬起头看着克里姆那冷峻、精明的眼睛，"她是守约的。"

克里姆眼里没有感情，他也没有说什么。

邦德耸了耸肩，继续说："我承认，我爱上了她。但我不是个傻瓜，达科。我一直在留心观察，想发现点儿什么证据来证实我们的怀疑。你要知道，彼此之间的戒备一旦消除，往往可以看出许多问题来。现在我和她之间的栅栏正在慢慢消除，我知道她讲的都是实话。至少，百分之九十是实话。我知道，至于没有讲出来的，她一定觉得无关紧要。如果她在撒谎，那也是因为自己也被蒙在了鼓里。按照你的棋路分析，这种可能性也不是没有。但是那样的话又回到了先前的问题——他们的目的。"邦德的语气越来越坚定，"现在如果要弄个水落石出，唯一的办法就只有跟他们下完这盘棋。"

看着邦德脸上那副认真而倔强的神情，克里姆不禁大笑。"老弟，换成是我，我就带上机器，在萨洛尼卡下车。当然还可以带着这位佳人。实际上带不带她并不怎么重要。下了车，再乘出租车到雅典，乘飞机回伦敦。只可惜我不是'棋手'。"克里姆自嘲地说，"在我看来，这根本不是什么棋赛，而是一项严肃的任务。当然对你们来讲就不同了。你是个赌徒，M局长也是一样。他更是一个大赌徒，否则就不会这样放手让你来冒险了。他也想知道谜底是什么。就这样造成了目前这种局面。但是，我宁愿求安稳，尽量不轻举妄动，顺其自然。也许你觉得，现在不是一切很正常吗？形势不是一片大好吗？事情绝对不可能那么简单。"克里姆转过身，面对着邦德，他的语气变得坚定，"听着，老弟，"他拍了拍邦德的肩膀继续说道，"有些事情难以预料。就拿打台球作个比方吧！你明明看见自己的白球已直直地朝红球滚去，以为这下红球该滚入网中，一切按规律进行。谁知道，这时一架失事的飞机朝着台球房冲下来，或者煤气管发生了意外爆炸，或者雷电突然击中了房子。总之，整个台球桌垮了下来。白球肯定能击中红球，但红球就一定能滚进网中吗？白球能击中红球是按照台球桌上的规律来运动的。这仅仅只是诸多规律中的一个，还要考虑其他的规律。在这个列车上也一样，主宰它运行的并不只有一个，还有一些你没有考虑进去。你看着，我们这次旅行也许会碰上同样的情况。"

克里姆停下了，终于结束了他的长篇大论。他耸了耸肩膀，抱歉地说："你都知道这些事情的，我这些都是老生常谈。说了这么多，我也渴了。你去把塔吉妮娜叫来，咱们一起去吃饭吧。你可千万要留神儿。"他在他衣服中间画了个十字，"我不能在我心脏这里画十字，因为这里太重要了，但是我可以在我的肚子上画十字，因为它是属于我的一个重要的誓言。我们这两种祈祷方式看起来有点儿奇怪。那个吉卜赛头人曾让我们千万要当心，现在我又要重复这句话了。我们尽可以打台球下象棋，但我们必须眼观六路，耳听八方。"他指指自己的鼻子说，"它时时都在提醒着我。"

克里姆的肚子这时发出一声愤慨的叫声，就像一个在打电话的人咒骂那个忘了接电话的人，"你们看，"他开玩笑地说道，"我刚才说什么来着？我们必须要吃饭！"

吃完晚饭时，列车已驶进了毫无特征的萨洛尼卡枢纽站。邦德还带着那个沉重的箱子。在他们分手时，克里姆提醒他们。"过一会儿，又会有人来找麻烦。一点钟左右过国境线。希腊人倒成不了麻烦，倒是那些南斯拉夫人老爱把熟睡的人吵醒。要是他们真要找你们的麻烦，就赶紧来叫我。在这个国家我还认得几个管事儿的人。我在下一节车厢的第二个包厢，我一个人住。我想明天搬到我们的朋友戈德法布的 12 号包厢来。那时候，头等车厢就很稳定了。今天晚上就只好凑合了。"

明月高照。列车费力地爬行在瓦尔达尔山谷里，向南斯拉夫驶去。邦德不失警觉地打着瞌睡，塔吉妮娜又枕着他的腿睡着了。他一直在琢磨克里姆刚才讲的那番话，心想：等顺利到达贝尔格莱德后，是不是该让克里姆回伊斯坦布尔了？为了这次任务把他拖进来横跨欧洲冒风险实在不公平。这已经出了他的领地范围了。再者，他已经怀疑他被塔吉妮娜的爱情冲昏了头脑，看不清自己所处的环境了。克里姆认为"当局者迷，局外者清"也不无道理。离开列车通过其他途径回国的确要安全多了，但如果真是个阴谋，他承认自己是不能忍受临阵逃脱的耻辱，不能忍受好奇心的驱使。但退一步来说，如果没有什么阴谋的话，岂不是要白白浪费与塔吉妮娜待在一起的三天时间了？ M 局长也授权让他全权处理，克里姆说得很对，M 局长也很好奇这场阴谋，他也想知道这整个阴谋的最终目的究竟是什么。他这样待在车上不是可以解决这一问题吗？

邦德不愿再想了。至今为止，旅途上一帆风顺，为什么要这样大惊小怪呢？

列车到达了希腊国境线上的伊多门尼车站后停了下来。十分钟后，忽然响起一阵急促的敲门声。塔吉妮娜被惊醒了。邦德挪开她躺在自己腿上的头，站起身来，把耳朵贴在门边，问了声，"是谁？"

"先生，我是乘务员，不好了，你的朋友克里姆先生出事了！"

"等一等。"邦德大声喊道。他拿上了枪，套上外衣，打开了门。

"怎么回事？"

乘务员的脸在走廊灯光下显得很枯黄。"你随我来。"说着，他沿着过道跑向头等车厢。邦德嘱咐了塔吉妮娜一句，急忙跟了上去。

第二间包厢的门打开着。门口站了一大堆官员，呆滞地站在那儿看着包厢里面。

乘务员在为邦德拨开人群，分出一条路。邦德走上前去，挤到门边，朝门里望去。

他惊呆了！面前的惨相令人不忍直视。右边的铺位上躺着两具尸体，尸体已经僵硬了，他们紧紧搂抱在一起。看来这里发生了一场只有电影里才有的生死搏斗。

克里姆被压在下面。他双膝弯曲，可能想挣扎着站起身来。一把匕首插在他的脖子上，靠近颈动脉。他头向后仰着，眼珠无神地直盯着窗外的夜空，嘴巴扭曲着，脖子下淌着一摊血。

那个叫本兹的人半个身体压在克里姆身上。克里姆的左手卡在他的脖子上，邦德能看到他那斯大林式的胡子和半边黑色的脸。克里姆的右手挂在他的背上，手里握着刀柄，手下方的衣服上有大片已经快凝固了的血迹。

邦德可以想象出当时的情景，就像在看电影。克里姆已熟睡了，那个家伙悄悄地打开门，钻进包厢，向前跨了两大步，举起手中的刀，向克里姆的颈动脉刺去，而这个濒临死亡的人毫不迟疑地伸出手臂，用尽最后力气挣扎着拔出刀，一手卡住刺客的脖子，一手将匕首刺向他的第五肋。

这高大威武的克里姆向来吉星高照，但这次他却无声无息地走了。邦德再也听不到他的欢声笑语，再也见不着他那幽默和顽皮的面孔了。

邦德难过地转过身来，黯然离开了这个为他而死的英雄。

现在他必须独自认真考虑克里姆斯提出来的问题。

第二十四章
风 云 变 幻

　　下午三点钟，东方快车徐徐地驶入贝尔格莱德站，晚点了一个半钟头。列车要在该站停八个小时，等着从保加利亚开来的列车到达后，再挂在一起继续向前开。

　　邦德望着窗外拥挤不堪的人群，等着克里姆手下的人前来接头。塔吉妮娜裹着她的黑貂皮外套，缩在门边，望着邦德，想着邦德的好朋友被苏联人杀害后，他还会怎样来看待她。

　　刚才她已经从窗口里看到，一个长长的柳条筐被抬出了车厢，警方的摄影师端着照相机不停地按着快门，列车长正在催促人们办理手续，詹姆斯·邦德高大的身影在车厢过道中不停地来回走动，脸上一副冷峻而严肃的神情，就像屠夫的刀子。

　　邦德刚才从头等车厢一回来就看着她，声色俱厉地盘问开了。她仍是像开始那样坚持自己的故事。她知道，在这种情况下，如果把全部情况都告诉他，告诉他"锄奸团"也在其中的话，那一切都完了，她将永远失去他。

　　她浑身颤抖地坐在那儿，害怕自己陷进了圈套，害怕莫斯科的那些人对她说的都是谎言，更重要的是她更害怕失去跟前这个给她带来光明和希望的男人。

　　有人敲了一下门，邦德站起来把门打开，一个精神抖擞的男人走进包厢。他长着满头金发和一对与克里姆一样的蓝眼睛。

"斯蒂芬·特雷波前来看你们，"他说完灿烂地一笑拥抱了两个人，"你们好，你们的头儿在哪儿呢？"

"请坐！"邦德说。看来，这是克里姆的又一个儿子，邦德想到。

特雷波目光锐利地望着他们，他在他们中间小心地坐着，等待着他们的回答。沉默使他的脸色阴暗下来，明亮的眼睛异常紧张地看着邦德，眼睛里流露出恐惧和怀疑。右手不自觉地插入了上衣口袋中。

邦德把所发生的事情一五一十地告诉了他。特雷波站起来，没有问任何问题，对邦德说了声：“谢谢您，先生。请到我的包厢那儿去。我们还有不少事情要做。”说完他就走到了过道里，背对着他们，小心地穿过栏杆。当塔吉妮娜走出包厢的时候邦德已经走进了过道，他没有转过头看她一眼，心里还在恨她。邦德拖着那个沉重的包裹，夹着他的公文箱，向月台处走去，塔吉妮娜紧跟其后。

他们走下月台，来到站前的广场。天空开始飘起了毛毛细雨。破旧的出租车和狭长单调的现代建筑在蒙蒙雨雾中构成了一幅使人倍感沮丧的街景。他们来到一辆破旧的轿车前。特雷波为他们打开车后门，自己则坐在驾驶员的位置上。他们在铺满鹅卵石的路上颠簸前行，之后便行驶在平坦宽阔的林荫大道。开了一刻钟后，他们便穿过了那宽阔、空荡荡的街道。路上的行人寥若晨星，车辆也不多。

汽车停在一条鹅卵石路边。特雷波领着他们走进一幢高楼。楼道中充满了一股在巴尔干半岛时闻到的臭味——汗臭、烟草和卷心菜混在一起的味道。他们来到了二楼，特雷波打开一扇房门，这是一套有两间小室的套房，里面摆着一些无可名状的家具，窗户上挂着厚厚的红色的丝绒窗帘。窗帘已拉在一边，从窗户望去，可以看到对面的街道。食品柜上有一只托盘，里面放着几个没有打开的酒瓶、杯子和几碟水果以及饼干。看来这是一套专门招待克里姆以及他朋友的房间。

特雷波指了指桌上的饮料说："夫人和先生，请别客气。这里有间浴室，你们要洗澡的话，请自便。对不起，我要出去挂个电话。"看得出他心情沉重，竭力压抑内心的痛苦。他说完走进卧室，关上了房门。

邦德坐在窗前，看了一会儿街道对面，对面只有两间空房屋。他不时地站起来，在屋子里踱来踱去。前一个小时，塔吉妮娜假装在看杂志，后来她实在无心再看下去，于是站起来走进了浴室。邦德隐约听到里面传来了流水的声音。

大概六点钟，特雷波走出了卧室。他对邦德说，他要出去办点儿事。"厨房里有食物，我九点钟回来送你们上车。你们别客气，就把这里当成自己的家，随便一些。"没等邦德回答，他已经转身走了出去，轻轻带上了门。

他走后，邦德走进了卧室，坐在床边，拨了个电话号码，用德语挂了个长途电话。

半小时后，听筒里传来M局长冷静的声音。

邦德以一个旅行商人的身份跟M局长对话，他们用经理和员工之间的角色互相说着暗语。他对他说，他的同事病得很重，问他有没有什么新的安排。

"病得很重？"

"是的，经理先生，十分严重。"

"那家公司的人怎么样？"

"经理先生，他们有三个人和我们同路。其中有一人也患了这种病，另外两个身体稍有点儿不舒服，已经在土耳其的乌宗柯普吕车站下车了。"

"这么说，他们不干了？"

当他详细地说出这些信息时,邦德能想象得出 M 局长现在在想什么。也许他的手上正拿着烟斗,坐在那台慢慢地转动的吊扇下面,露出一副吃惊的样子。也许这时参谋长也在听电话。

"你自己的意见呢?你和你的妻子是不是要换乘其他交通工具回家?"

"经理先生,你来做主吧。我妻子的身体还好,样品也没问题,我看行情还会涨。我还是想坐火车,要不我们就白跑一趟了,也不知道行情究竟如何。"

"你看有没有必要再派一个推销员去帮忙。"

"我想用不着,先生。不过,您看着办吧。"

"这事我还要再考虑一下。看来,你是不想放弃这桩买卖?"

邦德想局长的眼睛一定在发亮。他同邦德一样,也觉得事情有些蹊跷,也急于想把它弄清楚。

"是的,经理先生。你看,我们已经做了一半,如果不做完的话就太可惜了。"

"好吧,我想法再派个推销员去帮你,"局长停了一下,"还有什么要说的吗?"

"没有了,经理先生。"

"再见。"

"再见。"

邦德放下话筒,坐在那儿盯着它发愣。他突然觉得,如果刚才听从局长的建议多好,再增派一个人以防万一。他一边想,一边从床边站了起来。不管怎样,他们就要离开这个该死的巴尔干国家了,马上就要进入意大利、瑞士和法国。——马上就能离开这些鬼鬼祟祟的小人,回到那些友好的人们中间了。

塔吉妮娜，她到底是个什么样的人？她应该对克里姆的死负责吗？能怪她吗？邦德走到隔壁房间，向窗外望去。他回忆自从那天晚上在克雷斯塔旅馆听到她的声音，她做的每件事以及每一个表情和动作。不，他知道他不能怪她。就算她是个间谍，她也不知道其中的底细。像她这种年龄的女孩子不可能如此真情地扮演这种角色。就算她在演戏，她也没有背叛她自己。他喜欢她，也相信自己的直觉。此外，克里姆的死恐怕也不是这个计划的最终目的。也就是说，这出戏远远没有演完。终有一天他会找出其中的奥妙，到时候一切就会真相大白。可怜的塔吉妮娜对自己在这出戏中扮演什么样的角色，依旧稀里糊涂。

一番思考后，他的心渐渐平静下来。他走到浴室门口，敲了一下门。

她走出门，邦德一把将她抱在怀里亲吻。她也紧贴着他。他的情欲之火再度燃烧起来，驱散了克里姆的死投下的阴影。现在他的心中只有她。

塔吉妮娜挣脱出来，仰头看着邦德，用手把他额前的一缕头发往后梳了梳。

"詹姆斯，你终于从痛苦中解脱出来了，我真高兴。"她说着，她的声音是那么活泼、高兴。之后，她转向了眼前的实际问题："亲爱的，咱们该吃点儿东西了。"

晚餐比较丰富，有斯利沃维克酒、烟熏火腿和桃子。晚餐后，特雷波把他们送进车站，在明亮的弧形灯下等了一会儿车。他淡淡地与他们告别后，转身离开了，他的背影消失在月台上，又回到属于他的生活中去了。

机车又一次拉响了欢快的汽笛。九点整列车准时发车，开始了它一整夜穿行在萨瓦河谷的旅途。邦德找到了乘务员的包厢，给了乘务员一些钱，希望能把刚上车的旅客的护照都拿来看一下。

邦德知道怎样辨别伪造的护照，因为伪造的护照上很多地方跟真的不一样。比如，字迹模糊，橡皮图章的印记太大，相片边缘上的旧齿轮痕迹。还有，涂改了的护照。比如，改动一个字母或者一个数字，涂改的印记就比正常的稍微薄一点儿，透明一点儿。邦德仔细检查了一遍，新护照不多，只有五张。三个美国人的，两个瑞士人的。那两个瑞士人的护照，其实是苏联人伪造的，他们是一对夫妻，都已经七十多岁了。但是，邦德最后还是把护照递给了他们。回到自己的包厢后，又准备开始度过一个让塔吉妮娜枕着腿睡觉的夜晚。

威柯威斯已经过去了，布罗德也过去了，列车在拂晓前抵达了肮脏、散乱的萨格勒市车站。这个车站上有很多从德军那里俘获的机车头，不过现在它们已经锈迹斑斑，被遗弃在荒草丛生的铁路的侧线上，东方快车就停在这些铁轨之间。当列车滑出车站的时候，邦德看到其中一个车头上的牌子上写着"柏林市民股份有限公司"的字样，上面布满了黑色的弹坑，可以想象，这辆车曾经成了机关枪的靶子。邦德听到一声汽笛的猛吼，看到驾驶员的胳膊向上一拉，列车驶出了萨格勒市车站。这一刻，看到这样的场景，邦德觉得，不管是热战时期的混乱，还是冷战时期的钩心斗角，都是不合理的、病态的。

列车驶入了斯洛文尼亚山区。路上能看见排排农舍和大片的苹果林。他们到卢布尔雅那时，塔吉妮娜醒来了。餐车已经开始营业。他们各自要了煎蛋、黑面包和咖啡。不过，咖啡大部分是菊苣根粉末做的咖啡伴侣。餐车里挤满了从亚得里亚海滨度假归来的英美旅客，人们兴高采烈地谈论着度假的经历。列车下午就要驶入西欧国家，第三个危险的晚上已经过去了，想到这儿邦德不禁高兴起来。

他仍利用白天时间睡觉。一觉醒来，列车已到了塞扎那车站。南斯拉夫便衣黑着脸上车进行检查。然后列车穿过南斯拉夫边界，到了意大利的波格瑞尔车站。车站上，旅客们看起来轻松愉快，一派宽松气氛。新的柴油电机发出一声欢快的汽笛声后，列车开始了意大利的行程。挥手之间，窗外的草地已经远去，他们很快就到了文尼支亚，之后又向着闪着灯火的的里雅斯特城和灰蓝色的亚得里亚海湾奔去。

进入了西欧国家，总算脱离了危险，马上就可见到胜利的曙光了。邦德想着，他把这三天发生的事统统地抛在脑后。塔吉妮娜见他脸上云开雾散，便伸手去拉他，邦德走过去坐在她身边，两个人紧紧地依偎在一起，共同欣赏窗外的风景。海滨路上的别墅绿荫掩映，海面上的船只星星点点，人们在水橇上尽情冲浪，好不惬意。

列车穿过几个岔道后，缓缓驶入了闪闪发光的的里雅斯特车站。邦德起身打开窗子，向外看去，他俩肩并肩站在一起。突然，邦德觉得心中充满了幸福。他伸手揽住她的腰，她的头紧紧依偎在他胸前。

他们注视着窗外度假的人群，阳光透过车站上高大明亮的窗户洒在地上，形成一束束金色的光束。阳光照在他们的身上，暖洋洋的，这阳光灿烂的图景将沿途经过的那些昏暗、肮脏的车站所带来的不快一扫而光，衣着华丽的人们戴着太阳镜，向进口处走来，这些晒黑了的人们，可能都是来度假的。这时他们正急匆匆地爬上月台向各自的车厢走去。看到这些，邦德觉着心情格外舒畅。

这时邦德注意到了一个男人。一束阳光照在这个男人的头上，他看起来就是这个欢乐世界的典型代表。帽子下的金发以及下巴上刚长出来的金胡子在阳光下闪闪发光，其实他与其他旅客没有什么不同。距离发车还有一段时间。那个人慢悠悠地走了过来，邦德发现这是个英国人。他戴着英国常见的深绿色帽子，身穿一件英国旅行者常穿的米色雨衣和一条灰色法兰绒长裤。他拖着脚慢慢地在月台上行走，邦德的目光跟随着他。这个人好像似曾相识。

　　他提着一只旧皮箱，腋下夹了本书和几张报纸。他看起来像个运动员，有宽阔的肩膀和黝黑的面色，他很像刚从国外比赛归来的职业网球运动员。

　　他走近了，眼睛直视着邦德。认识吗？邦德在脑海里搜索了一遍，不认识。如果邦德曾经见过他，他那灰色睫毛下冰冷的目光肯定会给邦德留下深刻的印象。那眼神极其呆滞，就像死人的一样。但是，这双眼睛却分明是在向邦德暗示着什么。

　　那个人向卧铺车厢走来,他的眼睛向上看着列车。他走过邦德身边，脚上的胶底鞋使走路的声音很轻。邦德看着他抓住扶手，轻捷地跃上阶梯，进入了一等车厢。

　　突然，邦德领悟了那目光中的含意，一下子明白了他是谁。没错，这是情报局派来的人。M局长到底还是派来了帮手。他那奇怪的眼神就是信息，邦德敢打赌这个人马上就会来接头。

第二十五章
保 镖 怪 事

为了使接头容易，邦德走出包厢，站在过道中等待着，心里默念着当天的接头暗语。英国间谍之间的接头用语，通常只是几句日常用语，每个月按日期变换内容。

车厢晃了晃，列车慢慢地驶出车站，驶进了阳光中，过道尽头的门"砰"的一声关上了。邦德还没有听到脚步声，但是，窗玻璃中突然映出了一张红润、金色的脸，那个人已经走到了他的身边。

"对不起，能借一下火柴吗？"

"我只用打火机。"邦德掏出他用旧了的打火机，递给了他。

"那更好。"

"直到用坏为止。"

邦德紧盯着对方的脸，按照程序说出最后一句暗语："请吧，朋友。"等待着对方的微笑。

可是，那厚厚的嘴唇只是微微动了一下，眼睛中射出阴森森的目光。

他脱下雨衣，露出里面穿着的褐色花呢旧上装和法兰绒长裤。上装里面有一件淡黄色的衬衫，系着一条英国皇家炮兵红蓝相间的专用领带，并打着蝴蝶结。邦德对打蝴蝶结的人向来没有好感。他觉得这种人爱慕虚荣，这也是行为举止粗俗的一种标志。但从工作出发，邦德还是决定抛开这一成见。那个人右手小指上戴了一只闪闪发光的金戒指，上衣的口袋中插了一块红色印花手帕，左手手腕上戴着一只老式的银质手表。他右手握着栏杆站着。

邦德知道有这么一个典型——战争期间，有一个公立小学的学生被抓了，可能是情报领域的人抓的，抓了以后没有人知道该怎么办，因此他就待在了占领军的部队里。最初，他是军事警察，后来作为高级军官调回国家，就被提拔进了情报局。然后被派到的里雅斯特，在那里他做得也很出色。他想一直留在那里，以免受英国严格的纪律限制。他可能有一个女朋友，也可能和一个意大利人结了婚。撤军以后，英国情报局需要一个人在意大利建一个通信站，的里雅斯特理所当然就成了这个站点，而这个人也在，他们就派他过去。他做的都是一些常规的工作，比如在意大利和南斯拉夫的警察局、情报网络等地套出一些没有什么价值的情报。一年有一千英镑的收入，因此他生活得还不错，但是也别想从他那里得到更多的情报。然而，这一次，他突然单独过来，一定是被这个紧急的任务震惊了。他可能对邦德有点儿妒忌，脸色奇怪，眼神看起来非常凶猛。但话又说回来，像他们这样长期在国外做情报工作的人应该是这样的，在那样的环境下不得不变得凶猛一些。他是一个威猛的小伙子，一起谋事可能有点儿笨，但做一个保镖还是能胜任的。M局长肯定是派了这个离他最近的人来帮忙。

当邦德看到这个人的衣服和表现后，这些东西都涌进他的脑海中。于是对他说道：

"见到你很高兴，怎么来的？"

"昨天夜里，我收到M局长的密电。当时可把我吓了一跳。"

这个人的口音很奇特，像什么地方的人呢？既夹杂着爱尔兰土音，还带点儿别的腔调。邦德一时难以判断。也许他长期在海外工作，一直讲外语而形成的这种语调吧。他说起话来总爱称兄道弟，使人很难受。

"那是肯定的，"邦德表示同情，"上面都说了些什么？"

"局长让我今天上午搭东方快车，在二等车厢里与一男一女接头。他大致介绍了你们的外貌特征，要求我护送你们到巴黎。就这些了，老兄。"

他的话里有没有破绽？邦德看了他一眼，正好撞上他跳动着血红火苗的眼睛，就好像烧得通红的熔炉打开了安全门一样。但红光迅速熄灭了，通往这个男人内心的门迅速关上了。他的目光又迟钝起来，只有极其内向的人才会有这种眼神。它们不是用来观察世界的，而是用来审视自己的内心。

邦德感觉非常奇怪，心想：这个大个子的神经不大对头，莫不是有炮弹炸伤的后遗症？要不就是患上了精神分裂症。可怜的家伙，身体倒是健壮得像头牛，但总有一天会垮下来的，应该及早治疗。回伦敦后得跟人事处的人讲一下，查查他的病历。对了，还没问他的名字呢。

"噢，很高兴能和你一起工作。可能现在没有什么事情让你做。我们刚上车时，有三个俄国人盯梢，但现在已经甩掉了。车上也许还有他们的人，他们也可能再派人来。我得把这个姑娘安全地送到伦敦。今天晚上我们最好在一起，轮流值班。这是最后一个晚上了，我不想再出什么意外。对了，我叫詹姆斯·邦德，护照上的名字是戴维·萨默塞特，这个姑娘叫凯罗琳·萨圣塞特。"

那个人从口袋里掏出一只皮夹子，里面好像有很多钱。他从中抽出一张名片递给邦德。名片中间印着"诺曼·纳什上尉"的字样，左下方印着"皇家汽车俱乐部"。

当邦德把名片放进上衣口袋时，他的手指在名片上划了一下，发现名片上的字是刻上去的。"谢谢，"邦德说，"好了，纳什上尉，进屋见一见萨默塞特太太吧。这次旅行，我们没有理由不住在一起的。"他微笑着鼓励道。

令人不安的红火又在纳什眼中一闪而过，嘴唇在金色的胡子下抖了抖："很高兴见到你，老兄。"

邦德转过身，轻轻地敲了一下门，"我是邦德，开门吧。"

门打开了。邦德让纳什先进去，自己随后跟了进去，随手带上了门。

塔吉妮娜吃惊地望着进来的陌生人。

"这位是纳什上尉，诺曼·纳什，是专门派来保护我们的。"

"您好。"塔吉妮娜犹豫地伸出手。纳什轻轻握了握手，一声不吭地盯着塔吉妮娜。塔吉妮娜很不自然地笑了笑说："请坐吧。"

"呃，多谢。"纳什硬邦邦地坐在窗子旁的凳子上，他好像记起了什么事——当一个人没话说的时候要做的事。他摸索着从上衣口袋里掏出一包香烟说："请抽烟，请抽烟。"说着，他自豪地用十分干净的大拇指的指甲打开烟盒，去掉包在外面的银纸，露出了香烟。塔吉妮娜拿了一根，纳什马上将打火机凑了过去，谄媚得就像兜售发动机的推销员，替她把烟点上。

纳什看了看邦德，邦德此刻斜靠在门边，不知怎么帮助这位窘态十足的笨蛋。纳什又转身把香烟和打火机递给邦德，那神情就像在给国家元首端了一杯水一样："你也抽一支吧，老兄？请！"

"谢谢。"邦德说道。他最烦弗吉尼亚烟草。但为了不使纳什尴尬，只得抽上一支。他真想不通，怎么情报局现在会用这种笨手笨脚的人。这种人怎么能在的里雅斯特打开外交局面，结交各方人士，更不用谈从事情报工作了。

邦德找着话说："你看上去像个打网球的？"

"不，我游泳。"

"一直待在的里雅斯特吗？"

听到这话，纳什的眼睛里又蹿起了火苗："有三个年头了。"

"喜欢这种工作吗？"

"有时就是这样。这你是清楚的，老兄。"

邦德讨厌他这样称呼自己，一直在想怎么阻止他这样做，但又不知怎么才能让他不这样。屋里顿时又冷场了。

纳什觉得该自己打破这种僵局。他伸手从口袋里摸出了一张简报，递给邦德："看看这条新闻，老兄？"火苗又在眼睛中闪过。

那张报纸纸张粗糙，印刷质量低劣，而且油墨未干。上面有一条醒目的大标题：

惊人的恐怖行动
苏联驻伊斯坦布尔领事馆被炸

邦德只能大概猜出标题的意思，下面的文章就看不懂了。他折起简报，还给了纳什。这个人知道多少内情呢？最好暂时把他当作强壮的保镖，用不着和他费口舌。"太糟了，"邦德说，"大概是煤气管爆炸吧？"此时，邦德眼前又出现那个地道尽头的地下室里那枚吊着的大炸弹，而开关设在克里姆办公桌的抽屉里。昨天下午特雷波打过电话后，克里姆的儿子们肯定一个个都怒不可遏，争着要为父报仇。是谁去按下了那个按钮呢？老大？也许他们用抽签的方式决定怎样来报仇，由谁来执行。他们肯定挤在那间办公室，看着他们其中一位按下按钮，然后听到远方传来轰隆的爆炸声。他们一定会为父亲的惨死而号啕大哭。那些老鼠怎么样了呢？也一起完蛋了吗？什么时候爆炸的？四点钟的时候那帮苏联人是不是还在开例会呢？那幢楼中当时有多少人？塔吉妮娜的那些朋友总算受到了应有的惩罚。但这件事现在还不能跟她讲。克里姆看到了吗？

他是否通过瓦尔哈拉殿堂（北欧神话主神兼死亡之神奥丁接待英灵的殿堂）的窗口欣赏到炸弹爆炸时的宏伟景观了呢？邦德仿佛听到了从天上传来他胜利的狂笑声。无论如何，总算有人替克里姆出了口气。

纳什看了看邦德，显得大失所望，说："我也这么认为。"

过道中传来了一阵铃声，"开饭了，请各位到餐车上用餐！"

邦德瞄了一眼塔吉妮娜，见她面色苍白，眼睛里好像在乞求着他快点儿带她离开这个讨厌的家伙。于是邦德说："咱们去吃午饭吧？"塔吉妮娜立刻站了起来。

"你也去吧，纳什？"

纳什上尉也站起身来，说："我已吃过了，谢谢。老兄，我想到乘务员那儿转转，总得……"说着，他做了个点钞票的动作。

"这事用不着担心，"邦德附和道，一只手取下沉重的小箱子，另一只手为纳什打开了门，说："一会儿见。"

纳什走到过道里，说："好，我希望如此，老兄。"说完，他便向左一转，沿着过道朝车尾大步走去。列车晃动得很厉害，他却双手插在裤兜里稳稳地走着，后脑勺上的金发一闪一闪的。

邦德与塔吉妮娜向餐车走去。过道中到处都是度假完回家的旅客。在三等车厢的过道里，人们坐在自己的行李上一边聊天，一边吃着橘子和夹有香肠的硬面包。当他们挤过人群时，男士们纷纷把眼光投向塔吉妮娜，而女士们却直勾勾地看着邦德，想着自己是否能得到他的爱。

在餐桌边就座后，他们点了一些吃的和一瓶基安蒂红葡萄酒。这时美味的小吃推来了，塔吉妮娜这才打起了精神。

"那个人真可笑，"邦德看着正挑着美味小吃的塔吉妮娜说道，"不过，不管怎样，我还是很高兴他的到来，至少我现在可以好好地睡觉了。回去后，我一定得找时间睡上一个星期。"

"我不喜欢他。"塔吉妮娜冷冷地说，"他一点儿修养都没有，我不相信他的眼睛。"

邦德笑着说："在你看来，大概每个男人都很野蛮吧。"

"胡说，你就不是这样的。你以前认识他吗？"

"不认识。但他是我们公司来的人。"

"他叫什么来着？"

"纳什，诺曼·纳什。"

"N、A、S、H，是不是？"她拼了出来。

"是的。"

塔吉妮娜一脸疑惑："你知道这个词在俄语里是什么意思？它的意思是'我们的'。在苏联，只要是自己人，就叫'纳什'。凡是'他们的'，也就是敌人，都叫'斯韦'。这个人的名字叫'纳什'，总觉得是他们一伙的。"

邦德又笑了："真有你的，塔尼亚。只要你不喜欢谁，准能想出一大堆怪怪的理由来讨厌他。在英国，'纳什'这个名字再普通不过啦。他不会怎样的。他身强力壮，正好当我们的保镖。"

塔吉妮娜扮了个鬼脸，继续吃午饭。

意大利干面上来了，还有葡萄酒，还有美味的炸鸡块："噢，太丰盛了！"塔吉妮娜说道，"从苏联出来后，我的肚子就总是饱饱的，"她的眼睛睁得很大，"你不能让我太胖了，詹姆斯，我吃多了，你要打我！"

"那是当然，我会打你的！"

塔吉妮娜拧着他的鼻子，他感觉到她的脚踝在亲吻他，大眼睛严厉地瞪着他，装着端庄的样子，"快结账，我觉得困了！"

火车驶进了麦斯雀，这里是运河的源头。装满了蔬菜的狭长的小船慢慢地沿着平静的水面向镇里划去。

"马上就到威尼斯了，想不想看看水城风光？"邦德建议道。

"那还要到下一站呢！我可以改天去威尼斯玩。现在，我只想要你爱我，詹姆斯，来吧，亲爱的。"塔吉妮娜倚在他身上喃喃道："来吧，给我想要的，我们没有多长时间了！"

窗外传来阵阵海涛声，室内的窗帘随风轻拂。地板上散乱地堆着两堆衣服，两个喘着粗气的身体倒在长椅上，慢慢游移的手臂，随着列车的晃荡，包厢内爱浪翻滚，直到威尼斯。

列车穿过了帕多瓦和维琴察，来到了维罗纳站。这里晚霞满天，壮美得难以置信。过道上响起的铃声把他们吵醒了。邦德穿好衣服，走上过道，倚在栏杆上。他眺望着伦巴第平原上渐渐消失的霞光，心里想着塔吉妮娜以及今后的路该怎么走。

黑暗中，纳什的脸悄悄地凑到他身旁，碰了碰他的胳膊。"老兄，我发现车上有条尾巴。"他轻声说道。

邦德听了一点儿也不感到惊讶。他早就想过，如果要出事的话，可能就在今天晚上。他便随意地问："是什么人？"

"现在还没有搞清他的真实姓名，但这个人以前来过的里雅斯特一两次。好像是阿尔巴尼亚派来的，估计是那儿的情报站的站长。他持的是美国护照，化名'威尔伯·弗兰克斯'，银行家。他住在隔壁的 9 号包厢。老兄，我敢肯定就是他。"

邦德看了看他的那张大脸，一束红光又在眼睛中一闪即逝。

"既然你认出了他，当然是件好事。今天晚上可能会出事儿。从现在起，你别再走开了。我们得保护好那位姑娘。"

"我也是这么想的，老兄。"

他们一起吃了晚餐，这真是一顿沉闷的晚餐，他们谁也没有讲话。坐在塔尼亚旁边的纳什盯着自己的盘子，他一手拿着餐刀，笨拙得就像握着一支钢笔,不时地擦着他另一只手中的叉子。晚餐吃到一半的时候,突然,他伸出手,去拿装盐的瓶子,一下子碰翻了塔尼亚面前的一杯葡萄酒。他不停地道歉,赶紧让餐车的服务员再拿一只杯子来,接着他把那只杯子斟满了酒。

服务员把咖啡端上来。塔吉妮娜不知怎么也碰翻了面前的杯子。她脸色发白,气喘吁吁。

"塔吉妮娜!"邦德的身子才起来一半,想去扶一下她,纳什则已经跳了起来抱住了她的胳膊。

"太太看来有点儿不舒服。"说着,他抱起塔吉妮娜,"让我把她送回包厢,你照看好东西。账单在这里。你先喝咖啡,我来照顾她。"

"我没什么,"塔吉妮娜想挣脱纳什的手,但脑子却不听使唤,嘴唇无力地抽动着,"詹姆斯,别担心,我躺一下就会好的……"她的话还没说完,头就垂在了纳什的肩上。纳什迅速地拦腰抱起她,向包厢走去。

邦德急躁不安地打着响指让服务员前来结账。可怜的塔吉妮娜,她太辛苦,太担惊受怕了。自己怎么就没想到她也一直处于紧张状态呢?他为自己没能很好地照顾她,为自己的自私而感到愧疚,幸亏有纳什在帮忙。尽管他的样子粗俗,但干些体力活还是把好手。

邦德付了账后,拎起沉重的小箱子,匆匆忙忙地挤出餐车。

他在"7"号门上轻轻地敲了一下。纳什打开门,走了出来。他把食指放在嘴唇上做着"嘘声"的手势,接着反身关上了房门。"估计她有点儿头晕,"他说,"现在好了,老兄,我想这姑娘大概是太紧张了。"

邦德点了点头,走进包厢。塔吉妮娜的一只毫无血色的手耷拉在她的黑貂皮大衣下。邦德走上前去,站在下铺上,把那只冰凉的手放进她的大衣里。她好像毫无知觉。

还是让她先睡上一觉。邦德想着,走出了包厢。

纳什盯着邦德，目光空洞。"喂，咱们也该歇会儿了。我正好带了本书，"他晃了晃手中的书，"是《战争与和平》，我已经读了有一年的时间了。你先睡吧，老兄，你看起来实在太累了，眼皮都在打架。我先看书，支持不住的时候再叫醒你。"说着，他又朝 9 号车厢努了努嘴说道，"那家伙还没有动静，但他肯定不会那么傻的。"他停顿了一下，"顺便问一下，带家伙了吗，老兄？"

"带了，你没带？"

纳什一副抱歉的样子："没带。家里倒有把'鲁格尔'，只是我嫌它太大了，带起来不方便。"

"好吧，"邦德极不情愿地说，"那你先用我的，走，咱们进屋吧。"

他们走进包厢。邦德关上房门，拔出了枪，交到纳什手中。"一共八发子弹，已上了保险。"他低声说道。

纳什接过枪，老练地在手上掂了一下，拉开子弹匣，检查了一下，又把它装上。

邦德最讨厌看到别人摆弄他的枪。没有了枪，他感到失去了主要战斗力和防卫能力。他生硬地说："威力是差了点儿，但装好了子弹，照样能把人打死。"

纳什点了点头，收起枪，在下铺靠窗口的地方坐下来。"我就坐在这里，"他低声说："这个位置不错！"他挪动了一下身子，把书放在了大腿上。

邦德脱下外衣，解开领带，把它们放在了旁边的铺位上。接着又把装有密码机的箱子和他的那只特制的公文包也放在了铺位上。他头靠在枕头上，脚搭在那只箱子上，拿起一本《散步者》杂志。不过还没看几页，他就觉得他的注意力集中不起来，他实在太困了，于是他把杂志扔在铺头，合上了眼睛。他能就这样睡吗？他们不要再采取一套预防措施吗？

楔子！邦德从上衣口袋里摸出几个楔子，下了铺，把那两扇门牢牢地闩住，然后才回到铺上，关掉了床头灯。

紫色的夜灯发出柔和的光

"谢谢，老兄。"纳什上尉轻轻地说道。

列车吼叫一声，驶进了隧道。

第二十六章
生 死 一 线

邦德感到，他的脚踝被什么东西轻轻地推了一下。他像个动物般惊醒过来，但是没有动。

什么都没有改变，列车仍在继续行驶——车轮咬着铁轨，震得枕木吱吱作响的声音已经响了将近一千多里了，壁橱里的叮当声依旧，脸盆里的牙刷还在它们的位子上。

到底是什么东西把自己搞醒了呢？包厢的壁灯仍旧开着，发着深紫色的光，整个房间里也是一片紫色。上铺的塔吉妮娜睡得正熟，纳什上尉仍然靠着窗口，腿上放着那本书。月光透过窗帘的缝隙，倾泻在打开的书上。

他正紧紧地盯着邦德，邦德看见纳什的那只红眼睛正在盯着自己，黑乎乎的嘴唇略略张开，露出了闪闪发亮的牙齿。好像一头猛兽正龇着牙盯着眼前的猎物。

"老兄，抱歉，打搅你睡觉了。我想跟你谈一谈！"

他的语气怎么有了新的变化？邦德把脚轻轻地放到了地板上，挺直腰板坐了起来。危险，就像第三个人，悄悄地站在房间里，他意识到情况不妙！

"那好啊。"邦德说得轻描淡写，他感到脊梁骨上一阵冰凉。是怎么回事？邦德想，纳什这家伙的声音为什么官腔十足？邦德想但愿他只是疯病复发了。房间里也许只是他的疯病散发出来的气氛，并不会形成什么危险。邦德感到他的直觉是对的。现在就考虑在下一站时怎么把他打发走的问题。他们到什么地方了？火车什么时候过边境？

邦德抬起手来看看表。在紫色的灯光下，夜光表的字码看不清楚。他把表面调整了一下角度，想凑着窗外射进来的月光看个清楚。

纳什那里传来了一声清脆的"咔嚓"声。邦德顿时感到手腕被狠狠一击，手表四溅的碎玻璃片打到了他的脸上，手臂被震得向后甩去，直甩到门上。他怀疑自己的手腕已经被打断了，便垂下手，松了松手指，才知道并没伤着骨头，手指还可以动。

那本书仍打开着放在纳什的腿上，书脊一端的小孔里冒出一缕青烟，房间内顿时弥漫着一股淡淡的火药味。

邦德忽然感到口干舌燥，好像吞了明矾一样。

的确是个陷阱，今天终于要收网了。纳什上尉是莫斯科派来的杀手，根本不是局长派来的。看来他刚才所说的九号包厢里持美国护照的苏联国家安全部的间谍只是个幌子，而邦德已经把枪拱手交给了他，又把两扇包厢门关牢，这就让他感觉更安全了，行动起来更方便了。

邦德浑身发抖，不是因为恐惧，而是因为愤怒。他恨自己太傻了，自己早就看出了他的古怪，为什么还那么信任他？

纳什开始说话了。现在他的语调再也不是温言软语、讨好奉承，而是一字一句、阴森严厉。

"老兄，这样真爽快，省得婆婆妈妈的，是不是？不过，这只是稍微给你点儿厉害尝尝。我可是看'书'的好手。这书里共有十发子弹，都是0.25毫米的达姆弹，用电池作动力。你得承认，苏联人在设计这方面算得上世界领先。老兄，你们的书就不怎么样嘛，除了供阅读之外，毫无用处。"

"看在上帝的分儿上，别再叫我'老兄'行不行？"在这生死关头，火烧眉毛之际，邦德提出了这种要求，简直像是房间失火时，只是急急忙忙地把一把破扫帚抢出来。

"老兄，对不起，叫惯了。怎么样我也是个血腥的绅士，就像要穿这身衣服一样。这套衣服是定做的。他们说，我非得穿上它才能以假乱真。嘿，不是吗？还真是混过来了，老兄！说正经的吧，你也许很想知道这到底是怎么回事吧？本人乐意奉告。听着，半个小时后，你就要去见亲爱的上帝了。能向世人昭示聪明绝顶的邦德先生是怎样一头蠢驴，那才叫大快人心啊。老兄，你可不像大家想象的那么高明，你只不过是个大草包。我今天来这里唯一要做的，就是要把你这个草包打开，让人们看看里面到底是什么东西。"纳什说这话时语气十分平淡，声音渐渐低下去，好像此时说这类事情不合适一样。

"那好，"邦德说，"我倒很想死个明白。还有半小时可活了。"他一边讲，一边迅速转动脑瓜子，看看现在还有什么办法反击。

"别垂死挣扎了，老兄。"从他不屑一顾的语气中可以看出，他完全没把邦德放在眼里。在他看来，邦德不过是只瓮中之鳖，"你可以再问半个小时，这一点不要怀疑。这种事我还从来没失过手，否则，我怎么可能吃这碗饭？"

"你到底是干什么的？"

"'锄奸团'的头号杀手。"他颇为得意地扬起声调说道，之后声音又平淡下去，"我相信，你该了解'锄奸团'的，老兄。"

"锄奸团"，这就是全部的答案，更糟糕的是，这家伙还是他们的头号杀手！那双呆滞的眼睛里又突突地闪耀起火苗。他是一个彻底的精神变态狂，狂郁症患者，嗜血成性的刽子手。"锄奸团"可真是知人善任啊！邦德突然想起瓦夫拉曾提醒过要注意"受月神控制的人"，忙问："头号杀手先生，我想问一下，月亮对你有什么影响？"

黑黑的嘴唇又动了动："你到底聪不聪明啊？邦德先生，你大概以为我是个傻瓜？哈哈，别担心，真是的话，我也就不会在这里给你当保镖了。"

邦德听到他声音中充满了愤怒，心想，一定是戳到了他的痛处。但知道这毫无用处。他也不知道能否成功逃脱这个男人的控制。现在应该面对现实，争取时间。也许塔吉妮娜会……

"塔吉妮娜怎么会卷进来呢？"

"她只不过是个诱饵罢了，"他又不耐烦起来，"你别担心，她不会打搅我们的谈话。在我碰翻她的酒杯时，我在她的酒杯里放了一点儿水合氨酸。让她美美地睡上一觉后，好和你一同上路。"

"哦，是吗？"邦德慢慢抬起疼痛的手臂，放在大腿上。他动了动手指，好让血液流通，"那好，你说吧。"

"老兄，当心点儿，别想要滑头，你已经死定了。一旦你有什么不轨的动作，我就立刻一枪打穿你的心脏，而不是其他地方。这就是你最后的结果。假如你想死得快点儿的话，会是一颗子弹穿心而过。千万别忘了我是什么人。我从来都是弹无虚发，你的手表就是很好的证明。"

"好枪法！"邦德赞道，心里忽然一动，"你还有什么可担心的？我的枪已经给你了，不记得了？往下说吧。"

"好吧，老兄！不过我提醒你，在我们谈话的时候，不要挠耳朵抓鼻子。不然，我就开枪打掉它们。明白了没有？'锄奸团'选中了你，很可能是上方的命令。他们想在情报界拔掉一两颗钉子，想狠狠地杀一下你们的威风，懂了吗？"

"那为什么偏偏选中了我呢？"

"你不要问我，这个我不知道。老兄，不过，他们都说你在英国情

报局中小有名气。你这一死必能引起你的组织大乱。这次行动前后足足
准备了三个多月。这个计划太完美了。后来'锄奸团'犯了一两个错误。
那次火车上的谋杀就是其中一件，对苏联驻伊斯坦布尔领事馆爆炸案还
有印象吧？他们把任务派给了一个错误的人。如果是我，我就不会检查
那个美国佬。好了，回到正题，老兄，你要知道，我们'锄奸团'里面
有位杰出的谋略家，叫克里斯蒂，他是一名著名的象棋大师。他说过，
行动计划要量身裁衣。你在伦敦已经堕入了自负的狂热中，这次行动要
利用你的狂妄和猎奇心理，这样就会万无一失。他说得一点儿也不错。
对吗，老兄？"

　　他们真是料事如神哪！邦德想到，自己当初那种好奇心和自负是多
么的可笑。自负？是啊，他承认，他以为凭借自己的精明和塔吉妮娜
的帮助一定会安全抵达伦敦的。自己对密码机的贪心、好奇引发了整
个事端，这不但使自己陷入了圈套，还搭上了好朋友克里姆。他慢慢
地说："你们真是机关算尽啊。"

　　"计划制订后，我们就马上行动了。我们的行动司司长非常出色。
她杀人如麻，策划的暗杀计划的数量也堪称世界第一。虽然她只是个女
人，叫罗莎·克拉勃，一个十足的下流种，但在搞阴谋诡计、暗杀方面，
她的确称得上是个佼佼者。"

　　"罗莎·克拉勃"，"锄奸团"的高层人物里居然还有这样一个女人！
邦德此时但愿自己能死里逃生，逮住这个恶婆娘！他的右手不由自主地
攥紧了拳头。

　　平淡的声音继续在角落里响起："是她挑中了塔吉妮娜，为这个任
务还特意训练了她两个月。喂，顺便问问，她床上的功夫咋样？肯定不
错吧？"

　　不！邦德绝对不会相信这些。也许头一个晚上她是被迫执行任务，

但后来不可能是这样了。她肯定不可能是在演戏。邦德抓住这个机会耸了耸肩，这个夸张的耸肩使得那个人也神经质地动了一下。

"事实上，我对那种事丝毫不感兴趣，但是，他们已经给你们拍了许多难得的艳照。"纳什拍了拍上衣口袋说，"这里有整整一卷的16毫米胶片。一会儿我就会把它们放在她的手提包里。这种照片要是上了报纸，那才够劲儿呢！"纳什狂笑起来，"你知道，那些记者绝对会选一些最刺激的镜头。这样一来，不怕没人感兴趣！"

在旅馆里调换房间、蜜月套房、床旁边的大镜子，安排得多么巧妙啊！邦德手心里冒出了冷汗，不自觉地在裤子边擦了擦。

"别动，老兄，我差点儿就让你见上帝了。叫你别动，没听明白吗？你给我老实点儿。"

邦德把手又放回大腿上。还有多长时间他能做这些小动作？还有多久他就去见上帝了？"接着往下讲吧，"他说，"她知道拍照这回事儿吗？她知道锄奸团参与了这次行动吗？"

纳什不屑地撇了撇嘴："哼，她哪儿知道那么多。罗莎根本不敢信任她，她太感情用事了。不过，我也不太了解这些，我不在她那个部门工作，今天是第一次见到她。刚说的这些我还是无意中听说的。当然，这姑娘知道她是在为'锄奸团'工作。上面给她的任务就是要她到伦敦搞些情报。"

她真是蠢得可以！邦德想，她为什么一直不说是"锄奸团"在操纵这一切？她一定是被吓坏了，连"锄奸团"这个词也不敢说吧。也可能是因为我或别的什么让她难以启齿吧。她总是说，到了伦敦就什么都清楚了，还一再要我相信她，让我别担心。她自己恐怕都不知道到底是怎么回事，还去安慰别人！噢，可怜的宝贝儿，她跟自己一样都是大傻瓜。哪怕稍稍有一点儿暗示也好！起码克里姆不会就这样送命，自己也能多一点儿周旋的余地！

"你们那个土耳其人终于解决掉了。这件事颇费了些力，那个家伙真难对付。昨天下午炸领事馆的可能就是他手下的那帮人。"

"那可太糟了。"

"老兄，这事可吓不倒我。我要干掉你可以说不费吹灰之力，"纳什飞快地瞥了一眼手表，"大概再过二十分钟，火车就要进入辛普朗隧道了。按计划我将在那里动手，真具有戏剧色彩！火车穿行隧道时，巨大的回声会压倒一切声音。那时，我对准你的心脏，只要轻轻一按，你就没命了。然后，再用你的枪朝她脖子上开一枪，把她扔出窗外。然后，用你自己的枪再给你一枪。当然，枪把要握在你的手里，你的衬衫上也有火药味，看到第一颗子弹的时候，人们就会认为你是自杀的。至于你的身体中还有一颗子弹的事要过些时候才会被发现。这件事既惊险又神秘。人们会重新搜查辛普朗隧道，然后就会发现一具金发美女的尸体，在她的手提包里找到胶卷。之后，又在你的口袋里找到了一封她写给你的长长的信，是带点儿威胁性的缠绵情书。信写得妙极了。这也是'锄奸团'的杰作。信上说，你如果不和她结婚，她就要把胶卷交出去，因为你早对她承诺过，只要把那台密码机偷出来，就和她结婚……"纳什停了一下，又补充道，"老兄，还有一件重要的事，在你死之前不妨也告诉你。密码机里还装着炸弹。等你们的密码专家研究它时，会把他们统统报销的。这个诱饵不错吧？哈哈！"纳什又笑道，"另外，信上还说，她不仅把密码机交给了你，还把整个身体都献给了你。信上详详细细地描述了你是怎样玩弄她的。这一部分火辣极了。记者们不愁没有材料写：东方快车、辛普朗隧道里的情杀、色情的照片、密码机、风流的英国间谍、豪华火车包厢、萨默塞特夫妇等。老兄，这样的新闻绝对可以震惊世界。你们那个情报机关铁定要陷入混乱。情报局的头牌、英国间谍界的英雄、赫赫有名的詹姆斯·邦德竟与苏联的女间谍勾搭成奸，自取灭亡！你的情报局长会怎么想？英国老百姓会怎么认为？唐宁街会又该怎么想这件事呢？美国人又会怎么看你们？安全措施如此差劲，他们还愿意给你们提供核弹资料吗？”纳什得意忘形，继续口喷唾沫说道，“老兄，这件事将会成为20世纪最热门的新闻！最富戏剧色彩的故事！”

对，邦德想，他说得一点儿也不假。法国的报纸肯定会对此大肆渲染，捕风捉影，添油加醋。只要他们手里拿到了照片或者其他什么东西，各种离奇的故事都能编造出来。世界上没有一家新闻机构会放弃这类“有声有色”的消息。还有那台密码机！英国或法国情报局的人是否能想到那里面藏有炸弹？一旦爆炸，多少西方一流的密码专家将死于非命。上帝啊，他必须逃出这个牢笼！但现在能想出什么办法呢？

纳什手上的那本“战争与和平”已经直直地对着他。只等火车进入隧道，巨大的回声一响起，回声盖过枪声后，子弹就会立刻射死邦德。邦德低着头，瞪着紫色的阴影，测算上铺在他这个角落投下阴影的深度，回忆着刚才放公文包的确切地方，琢磨着纳什开枪后会出现什么情况。

邦德说道：“在的里雅思特，我让你加入这个队伍这件事上，你也冒了很大的风险，你是怎么知道我们这个月的接头暗语的？”

纳什又耐心地说道：“老兄，别再想那幅画面了，你似乎正在开窍吧。‘锄奸团’的工作极为出色，堪称举世无双。你们每年每月每天的暗语我们都了如指掌。如果你们长点儿心眼的话，就会注意每年一月时，你们都会有一个小角色失踪。可能会在东京，也可能在廷巴克图，那可都是‘锄奸团’干的。把他们抓起来，就是为了得到当年的暗语。当然，我们还能得到其他想要的情报。老兄，这种事对我们来说简直小菜一碟。”

邦德用指甲狠狠地掐了一下掌心。

“老兄，实话告诉你吧，我根本不是在的里雅斯特上的车，而是和

你一起上的车，一直就在前面的那个车厢里。我提前下了车，并且故意
装出从月台边走过来，刚上车的样子，和你偶然相遇。你明白吗？老兄，
我们的人早就在贝尔格莱德恭候多时了，知道你会给你的头儿，大使馆
或什么人打电话。我们已经窃听南斯拉夫的电话好几个星期了。可惜的
是，我们听不懂那个土耳其小子跟伊斯坦布尔通话用的暗号，否则，我
们肯定能制止那场大爆炸的发生，至少也可以救一些人。当然，我们的
主要目标是你，老兄。我们当然要好好解决你。你在土耳其刚下飞机，
已经成了笼中之鸟，瓮中之鳖了，那时候只有一个问题，就是塞住瓶口，
免得你逃跑。"纳什又看了看手表，他那阴森森的白牙闪着紫光，他狞
笑地盯着邦德。"快了，老兄，还有十五分钟可以喘气。"

邦德早就和"锄奸团"过过招，但却未料到它竟如此厉害。纳什讲
的所有的一切都是重要情报，他一定要回去告诉局长，他不能就这样死
去！邦德心里已经有了一个主意。他深知成功的可能性几乎为零，死到
临头，只能一搏了，现在他要静下心来，考虑这一计划的细节。

于是他说："看来，'锄奸团'确实做到了天衣无缝。但是，还是有
一个小漏洞，这个就是……"他故意把话说了一半就停住了。

"是什么，老兄？"纳什想着他的回答，警觉起来。

火车渐渐放慢了速度，在意大利边境的多姆多沙拉站停下来。会不
会再进行海关检查？但邦德立即想到，直到法国边界、瓦仑波才会有海
关检查的程序。即使到了那里，卧铺车厢也不用检查，那些快车都直接
到瑞士。只有在波黎格或洛桑下车的旅客才办理海关手续。

"继续讲啊，老兄！"纳什的好奇心被勾了起来。

"得让我抽支烟吧。"

"好吧，你抽吧！但可别想有什么动作，否则你要提前死了。"

邦德右手滑进臀部的口袋里，掏出那个大号的炮铜烟盒。打开，从

中抽出一根烟，从裤袋里摸出打火机，点着了烟。之后，他把打火机放回了口袋，却把烟盒放在大腿上的那本书上。他随意地用左手按着烟盒和书本，好像怕它们滑下去一样。他喷出一口烟雾后，想，现在已经进行了第一步，纳什丝毫没有觉察到他想干什么。好，得把他一步步地引到这个颠覆性的游戏中来！至少要吸引他的注意，使他不能按期开枪。

"你看，"邦德吐出了两个烟圈，用此来吸引纳什的注意力。同时，他左手将烟盒夹在了书中，"你看，你刚才说的看起来合情合理,但你呢？你有没有考虑自己怎么办呢？火车开过隧道后，你怎么脱身？乘务员知道我们是在一起的，他们马上会通知警察。"

"咳，原来你是说这个，"他又有些不耐烦了，"你这人真蠢。苏联人会连这一点儿都不考虑吗？我会在第戎下车，然后乘车去巴黎。到了巴黎，茫茫人海他们到哪儿去找我？而'他杀'的线索，这个时候还不会被发现，就算他们找到了第二颗子弹，他们也找不到第二把枪。他们根本抓不到我。说实话吧，明天中午我还要去瑞兹旅馆的204房间，向罗莎汇报这一任务的完成情况。她说过，事成之后会给我颁发勋章。然后我就变成了她的司机，驱车去柏林了。早就想到这一点了，老兄！"他说着，变得激动起来，"也许我的功勋章早已在她的提包里呢！"

列车又启动了。邦德顿时紧张起来。再过几分钟就要与他决一胜负了。如果自己死了，真是太冤枉了！盲目和轻率不仅使他自己陷入绝境，还要搭上塔吉妮娜的命。天啊！他如果早点儿听克里姆的劝告是可以避免眼前这一切的。现在已经没有机会了！自己的自负、好奇和好色却使他沿着"锄奸团"早已设计好的路线走了下去。现在将成为"锄奸团"的刀下鬼，他曾经发过誓，不管什么时候遇上"锄奸团"，他都一定要给他们一点儿厉害尝尝，可现在功名未成身先灭。他们到时候就会得意扬扬："同志，对付像邦德这样的傻瓜简直小菜一碟！你看他这么容易就咬诱饵了，我告诉你们，他是个蠢蛋，所有的英国人都是蠢蛋！"塔吉妮娜呀，你这个诱饵啊，你这个可爱的诱饵啊！邦德想起了他们的第一个夜晚，想起了她的黑丝带和长筒袜。而这一过程"锄奸团"都一直在看着，看着他迈着自负狂妄的步伐走进他们精心布好的圈套里面。现在，他们的阴谋即将要得逞。这真是他一生的奇耻，也给派他来伊斯坦布尔的 M 局长丢了丑，也给以他为豪的英国情报局丢了大丑。上帝！血的教训呀！但愿……但愿这最后孤注一掷的计划能够成功！

前面，车头方向传来的轰隆回声越来越响了。

只有几秒钟了！只有几步了！

书脊一端的椭圆形枪口张得更大了。几秒钟之内，月光就要被挡在隧道之外，蓝色的火舌随时都会从那里射出来。

"去做你的美梦吧，你这狗娘养的。"

隆隆声已变成了哐当的咆哮。

书脊上一道蓝光，子弹向邦德的心脏飞来。他们之间的距离仅两码。

邦德扑通一下倒了下去，直挺挺地俯卧在地板上。在悲哀的紫光下，四肢摊开，一动不动。

第二十七章
决 战 东 方

所有的一切都取决于纳什的精确性。他曾夸下海口，说一定要击中邦德的心脏。而邦德最后的赌注也全都投在这点上。果然，子弹不偏不倚地打在了邦德心脏的部位。

邦德一动不动地躺在地上，就像一个死人。在开枪之前，他就回忆曾经看到过的尸体——他们死后的身体是怎样躺着的。现在，他完全是按那些姿势躺倒的，像个破旧的洋娃娃，他的胳膊和腿都张开着。

邦德正探究自己的感觉，当子弹呼啸着穿过他胸前的书的时候，是不是打中了他的肋骨。但子弹并没有穿过邦德的心脏。它只穿过了金属的烟盒，卡在书中。邦德感觉到胸膛上的皮肤有些灼热。这种感觉就好像有什么东西在他肋骨内燃烧。当他的头砸在地板上的时候，他觉得一阵钻心的疼痛，他看见自己鼻尖旁纳什鞋尖的影子在晃动。这使他相信自己并没被打死。

邦德静静地躺在地板上，像考古学家研究古人类化石一样，在默默地研究着自己计划好了的受伤姿势。他膝盖半弯着，可以随时跳起身来，右手好像正抓着被击穿的心脏，而他可以立刻松开抓着的书本，拿到几英寸之内的公文包，可伸手掏出里面的双刃飞刀。他还为此曾经嘲笑 Q，而现在事实证明，自己是多么需要它们。左手以投降的姿势平伸在地，这可以帮助自己腾身而起。

他听到纳什在他上面打了个长长的哈欠，棕色的鞋尖挪动了。邦德看到他的鞋皮拉紧了，站起来了。这个家伙右手拿着邦德的枪，马上就要跨过邦德的尸体，踩在下铺上，用他的手枪，对准那缎子般的头发上面的脖子开枪。手枪已经推上膛了，纳什的手指已经扣在了扳机上。火车的轰鸣会将这沉闷的枪声淹没。

马上就要发生了，邦德头脑飞快地回忆着自己学过的解剖学知识。在人体的下身什么地方是致命的部位呢？哪个地方是主动脉呢？他想起了，股动脉！沿着大腿内侧，紧靠髋骨，或者那个叫什么来着，总之股动脉就是人体下肢的主动脉，还有一处在腹股沟的中心那里。假如邦德错过了这两个地方，他就真的死定了。邦德很清楚，现在不可能赤手空拳去击败面前这个杀人狂，要反击就得一刀刺中要害。

褐色鞋尖从他的鼻尖前移动了，转向了床铺。他想干什么？除了火车朝着辛普露方向急驰而去的铁轨声，漱口杯叮叮作响声，地板也轻轻震动的声音，就没有其他声响了。如果搏斗起来，就会殃及两边几百码外的包厢内的无辜，他们或许正在酣睡。或许醒着躺在床铺上，想着他们的生活和爱情，正制订一个小小的计划，想着谁会在里昂车站来接他们。还有那些站在过道里的人们，谁也没有想到死神正从那个黑黑的枪口向他们奔来。

一只脚向上提起，棕色的皮鞋离开了地面，想从邦德的身上跨过去。太好了，大腿内侧正好暴露在他头的上方。

邦德的肌肉盘紧了，就像一条蛇。他紧张而小心地伸出右手，摸到公文包的边缘，按下上面的按钮，慢慢地抽刀子，而胳膊仍旧一动不动。

棕色的鞋跟离开了地面，重心压到了鞋尖上，前腿快要落下，后腿将要抬起。

邦德稍稍移了一下身体，抓住时机，牢牢握住刀柄，以免到时候插中了骨头拔不出来，然后……

突然间，他从地板上翻身跃起，用尽全身力气向纳什的大腿内侧扎去。

钢爪般的手指仍紧握着，邦德的胳膊，肩膀随后压了上来，由于用力过猛，刀刃已经全部插入他的腿部。只留了刀把在外面。邦德感到他的指关节压在了纳什的法兰绒裤子上了，但他仍然不松手，继续狠狠地插下去。

纳什发出了一声恐怖的惨叫，手枪哐当一声落在地上。纳什反射性地扭转身子，用尽全身力气向邦德压了下来，这时，邦德的刀子已深深地绞在他的腿上，拔不出来了。

邦德早料到了这点，便飞快地向窗口避去。但是，就当他侧闪之时，纳什的那只大手正好将他一把抓住，狠命地把他摔在下铺上。没待他反应过来，那狰狞的面孔又到了他的面前。纳什眼睛冒出红色的凶光，凶残的牙齿龇着，两只大手，由于痛苦，向他慢慢扑来。

邦德斜靠在铺上，两脚盲目地踢着，但他的脚马上就被纳什的大手抓住了。纳什使劲地拽着他的脚，用力把他往铺下拖。

邦德竭力抓住床铺上的东西，但无济于事。纳什的另一只手已经抓住了他的大腿，指甲深深地掐了进去。

邦德的身体被扭着拖下了床铺。立刻，纳什张开大嘴扑向邦德。邦德死命地用另一只脚猛砸在纳什的头上，但纳什一点儿都没反应，他只好继续踢打。

在挣扎中，突然，邦德的手指碰到了一样硬硬的东西。啊，是纳什的书！这东西怎么用？枪口在书脊的哪一头？这是在对着他自己还是在对着纳什？他已无法考虑这些了。他举起书本，对准那满是汗水的大头，握住了书脊的底部，按下了按钮。

"叭！"邦德感觉到了一股向后的力量，"叭！叭！叭！叭！"此刻邦德感觉到他手指下面的书已经发热。抓在他大腿上的手松开了。汗光闪闪的脸朝后倒去。喉咙里发出一声低吼，鼻子上鲜血直流。随着咣啷一声，纳什的头重重地砸在地板上，身体也随之倾倒。

邦德瘫倒在地上，直喘粗气。他盯着包厢门上的那盏紫色照明灯，灯在忽暗忽明地闪烁着。邦德意识到，车厢下面的发电机肯定出了毛病。他眨了眨眼睛，想仔细看一下闪烁的灯泡。一颗汗珠流进眼中，刺得他钻心地疼。他只好一直躺着，不再管它。

列车的轰隆声开始起了变化，听起来更加低沉而空洞。随着最后一阵怒吼的回声，东方快车驶出了洞口，驶进了月光中。然后，放慢了车速。

邦德疲倦地直起身子，掀起窗帘一角，向外望去。窗外灯火通明，仓库和铁轨被照得清清楚楚。太好了，多么明亮的灯光！他估计，瑞士到了。

列车又滑行了一段，停了下来。

车厢里死一般的沉静。突然，地板上传来了一阵轻微的声音。邦德诅咒自己为什么刚才不去确认一下纳什有没有断气。他赶紧弯下腰，听了一下，拿起书对准纳什，以防万一。过了一会儿，见没什么动静，便探出手摸了一下那人的颈动脉。纳什确实已死，脉搏已不再跳动了。

邦德坐在铺上，不耐烦地等待着火车启动。面前还有许多事情要做。至少在叫醒塔吉妮娜之前，先把房间整理整理。

车厢晃动了一下，长长的东方快车又徐徐开动了。用不了多久，列车就像障碍滑雪一样飞快地通过阿尔卑斯山脚，进入瓦莱州。车轮欢快地向前滚动着，就好像很高兴顺利通过了这长长的隧道一样。

邦德鼓起勇气，站起身来，跨过地上的尸体，打开顶灯。

车厢里血水横流。多么恐怖！就像屠宰场。邦德想，人体内该有多少血？想起来了，大约十品脱！这么说，地板上可能积了十品脱的血液。千万别让血流进过道。邦德撤掉下铺的床单，开始了清理工作。

一切都收拾完了。他擦去了墙壁和地板上的血污，用床单裹起了尸体，清理了带血的衣服，等待着在第戎站下车。

邦德喝完一杯水，站起来，温柔地推了推皮大衣下面塔吉妮娜的肩膀。

没有一点儿反应。难道纳什刚才是在撒谎？她被毒死了吗？

邦德立刻把手伸向她的脖子，感觉了一下，嗯，还是热乎乎的。于是他用力捏了捏她的耳垂。她迟缓地动了一下，咕哝了一声，但仍然没醒。邦德又狠狠地捏了一下，她才咕哝出一句："别这样嘛！"

邦德笑了。他使劲儿地摇她，一直摇晃着她的身体，直到塔吉妮娜慢慢转过身来，两只低垂着眼皮的蓝色眼睛看了一下他又立刻闭上了。"什么事？"看来把她吵醒使她很不高兴，声音里带着浓浓的睡意和不满。

邦德对她软硬兼施，又是推她，又是吓唬她。最后她终于一骨碌坐了起来，呆头呆脑地望着邦德。邦德把她的腿拉到铺边，让她的腿悬空。然后把她抱下来，放在下铺上。

塔吉妮娜一脸睡容，显得十分丑陋。她的嘴唇松垮，睡得肿胀的眼睛，头发乱糟糟的。邦德只好拿来梳子和湿毛巾，帮她梳洗。

洛桑已经过了，再过一个钟头，列车就要到法国边界的瓦罗贝斯车站了。邦德走出包厢，来到过道上，生怕有人走进来。海关和护照检查员和他擦肩而过，径直向乘务员的房间走去。他心急火燎地等了五分钟，直到看见他们走向下一节车厢去检查，心里的一块石头才落了地。

邦德走进了包厢，塔吉妮娜又睡着了。邦德看了一下纳什的表，表现在已经戴到他的手上。已经四点半了。列车一小时后就可到达第戎站，邦德开始准备下车。

　　塔吉妮娜终于又睁开了眼睛，但她仍然快快不乐，打不起精神。她说道："詹姆斯，住手！"然后又闭上了眼睛。邦德擦去脸上的汗水，把行李一个接一个提过了过道，堆在出口处。然后他走到乘务员那里，对他说太太身体不舒服，他们不得不在第戎下车。

　　邦德往乘务员手里塞了一笔钱说："不麻烦你了，我已经把行李都搬出来了。我的朋友，就是那个金发碧眼的青年，他是个医生。为了照护我太太，一夜都没合眼，我已经让他在我的床铺上睡下了，现在才刚刚睡着。请你到巴黎前十分钟再去叫醒他。"

　　"谢谢，先生。"乘务员压根儿没想到自己这么走运，一路上碰到这么多心肠又好，又慷慨大方的旅客。他想这次的行程遇上的差不多都是百万富翁吧。这样想着，他忙着从护照和车票夹中取出护照和车票递给了邦德。火车开始减速了，慢慢滑入了第戎车站。

　　邦德回到包厢，把塔吉妮娜搀扶出来，关上了房门。包厢里只剩下一具白布裹着的尸体。

　　最后，走下了车厢的阶梯，踏上了坚实、美丽、静止不动的月台，邦德心情顿时觉得很爽。搬运工走上前来，提起了他们的行李。

　　太阳正从东方冉冉升起，这个时候醒来的旅客还不多，月台上只有几个三等车厢的旅客从窗口探出头来。他们受了整整一晚上"硬座"的折磨，看见一位英俊的男人扶着一位年轻漂亮的女子慢慢地从满是污垢的车厢向褐色的站门口走去，嘴里说了一句："突围了！"

第二十八章
勇 战 妖 婆

　　一辆出租车驶进巴黎的卡朋大街，停在了里兹旅馆门口。

　　邦德看了看纳什的表，十一点四十五分，还有一刻钟。他必须严格守时。他知道苏联间谍接头，如果早到或迟到几分钟，接头就会自动取消。他付了汽车费，穿过左边的门，向里兹酒吧走去。

　　他要了一杯马提尼酒。半杯刚下肚，他便感到一阵轻松畅快。突然，一直让他心魂不安的四天的火车旅程，特别是昨天晚上的打斗，随着这半杯酒消失了，这一切都像是被撕掉的日历。现在，他又可以为所欲为了。所有该做的事他都做了，塔尼亚此刻正在大使馆里的床上呼呼大睡呢！"斯相克特尔"密码机已经交给了法国情报局的除爆专家。公事已经办完，他又可以开始自己的私人冒险了。他一定要为自己出口恶气。他来这里之前，已跟老朋友勒内·马瑟斯打过招呼了，这小子现在已经是法国情报局的局长。里兹旅馆的门房也得到通知，不得向邦德提任何问题，并为他准备一把钥匙。

　　马瑟斯非常愿意与邦德再次合作。"詹姆斯，你尽管放心干好了，"他说，"你的要求虽然很奇怪，但我会全部照办的。等你把事儿办完后再告诉我详细情况。十二点一刻时，两个洗衣工会把洗衣筐抬到204房间，我自己化装成司机一起去。然后，我们把你要的东西装进筐子，送到奥利机场。下午两点钟，英国皇家空军的'堪培拉号'飞机到达时，我们会把筐子交给他们的。这样，就可以把你要的‘脏衣服’运到英国去了。"

F 情报站的站长通过保密电话和 M 局长通了话。他把邦德写的报告要点给他念了一遍，并请求英国方面派"堪培拉号"飞机来，但他也不知道有什么用途。他告诉 M 局长，邦德到大使馆去过一次，把姑娘和密码机托交给了他们，吃了一顿丰盛的早餐就走了，还告诉大使馆说要等午饭后才能回来。

邦德又看了看表，把杯里的酒喝完，付了钱，走出酒吧后便去找门房要钥匙。

门房疑惑地看了看他，但还是把钥匙递给了他。

邦德乘着电梯来到二楼。电梯的门在他身后关上了，邦德一边沿着走廊悄无声息地走着，一边看着门房号码。

204 号房间门口，邦德右手放进上衣里，按在别在腰带上的手枪上。冰凉的消音器贴在腹部。

他举起左手来敲了敲门。

"请进。"

一个颤抖嘶哑的声音，是一个老女人的声音。

邦德转了一下把手，没有上锁。他把钥匙放进口袋，猛地一下推开房门，闪身进去，又立即把房门关上。

室内陈设很是豪华，极其雅致，全是帝王式的家具。墙壁是白色的，窗帘和椅套用白底红花的丝绸做成。地上铺着酒红色的地毯，和室内的搭配非常协调。

阳光下，一个矮小的老太婆正坐在书桌旁的靠背椅上打毛线。她满头白发，松垮垮的脸上涂了一层厚厚的脂粉。

钢针叮叮当当发出碰撞的响声，浅蓝色的方镜片后面的眼睛上上下下打量着邦德，眼神里充满了友好和好奇。

"先生，有什么事儿吗？"她声音低沉。满头银发下涂满脂粉的脸上，没有任何不正常的表情，只有一种有教养的惊奇。

邦德的手绷紧了，死死握着腰上的手枪。他很快地看了看整个房间后，又看了看那个坐在摇椅里的老女人。

难道他弄错了？是不是走错了房间？要不要道歉出去呢？这个女人会是"锄奸团"的人吗？看上去，她像个有钱的寡妇，闲时喜欢独自在屋里打毛线消磨时间。这类的女人一般在楼下的餐厅都订有固定的座位，并由她喜欢的招待服侍。她们午饭后一般要休息一下，随后坐上高级轿车到贝勒街的茶室，去会别的富有的老寡妇。她穿着老式长裙，袖口和领口饰有花边，干瘪的胸前用一条细细的金项链子连着一副眼镜。整洁的小脚上穿着一双紧扣着精美纽扣的靴子。她不应该是拉克勃！一定是弄错房间号码了。邦德浑身直冒冷汗。但事到如今，他只能把这出戏继续演下去。

"我叫邦德，詹姆斯·邦德。"

"噢，先生，我是梅特斯堪伯爵夫人。有何贵干？"她讲着蹩脚的法语，听口音像是个瑞士籍的德国人。她说着话，手里的毛线活却仍然不停。

"纳什上尉出了意外，他今天不能来了。所以，我亲自登门拜访。"

淡蓝色镜片后面的眼睛怎么会不自然地眨了眨？

"我的熟人中没有叫纳什上尉的，我不认识他，我也不认识您。先生，请坐，找我到底有什么事？"老女人朝着写字台旁的椅子扬了扬下巴，示意邦德坐下。

她身上没露出半点儿破绽，她的样子也很亲切安详。邦德走了过去，在椅子上坐了下来。现在，他们之间的距离约为六英尺。书桌上什么都没有，只放着一架老式的电话机，听筒挂在一个钩子上。在她触手可及的地方，有一个镶着象牙纽扣的拉绳。电话机黑色的号码盘正张着嘴对着邦德。

邦德大胆地盯着她的脸，仔细地观察着。这是一张相当丑陋的脸，就像一张癞蛤蟆皮。上面抹着厚厚的脂粉，白色的头发梳得很紧，就像一条乡村面包房里做出来的长面包。眼睛是浅褐色的，浅得都接近了黄色。苍白的嘴唇总是湿漉漉的，好像终年都有流不完的口水，嘴唇肥厚得像橡皮，下面还挂着根被尼古丁熏得发黄的小胡须。尼古丁？她的烟在哪儿呢？屋里没有烟灰缸，也没有烟味。

邦德不觉把手又按在了枪把上。他注视着那女人，她正在用浅色的羊毛线编织一个手袋，不过她手中的那根钢针好像不大对劲，针尖焦黄，像是在火中烧过一样。打毛线的钢针会是这样的吗？

"怎么啦，先生？"她话中有话，难道从邦德的神情上看出了苗头？

邦德勉强地笑了笑。他肌肉绷得紧紧的，准备随时对付老妖婆的突然袭击。"别在这里演戏了。你就是罗莎·克拉勃，'锄奸团'行动司的头子，杀人狂。你想杀死我和罗曼诺娃，可是没成功。终于见面了，真是荣幸之至！"

老女人的眼神还是不露半点儿声色，用沙哑的声音耐心而又友好地说："先生，你大概神经出毛病了。我得按铃叫服务员来，把你请出去。"说着，她伸出左手去按铃。

邦德自己都不明白是什么救了他的命。也许是他突然发现那按钮没有电线连进墙里或地毯里，也许他突然想起破门而入后屋里说"请进"是用英语讲的。当她按下按钮时，邦德一跃而出，摔倒在地上。

当邦德滚到地上的时候，身边掉满了印花布的碎片，他坐的椅背被炸得粉碎，碎片噼里啪啦地落在他的周围。而那把椅子也撞在地面上，摔了个粉碎。

邦德飞快转身，忙从腰间拔出手枪，他眼角瞥见桌上的号码盘上在冒黑烟。那个老女人正手执钢针向他扑来。

她举起钢针就向他的大腿戳来。邦德飞起一脚，把她踢倒在一边。她没把他炸死，就想用毒针刺他的腿！邦德顿时明白过来，针尖怎么会是那种颜色了。那上面肯定有毒药，估计是德国制造的一种神经毒素。只要一碰上，他就完蛋了。她舞着钢针，对他猛刺，甚至连衣服都不放过。

邦德还未站稳脚跟，她又起身向他扑来。他用力地拔手枪，但因消音器卡在腰带上，怎么也拔不出来。突然，又是寒光一闪，邦德向旁边一躲，一根钢针从他耳边飞过，钉在身后的墙上。他还没回过神来，这可怕的妖婆又冲到他的前面，头上的假发已经乱七八糟。嘴唇上流满了唾液，正不断地往下掉，还滴到了邦德的头顶上。

邦德不敢用头或手抵挡她的钢针，急忙纵身跳过桌子。

克拉勃大声喊着，气喘如牛，从桌子对面又捅了过来。钢针就好似一把轻巧而细长的利剑。邦德一边向后退，一边掏枪。突然，他的脚后跟碰到了一把椅子上。他急忙伸手操起椅子，朝克拉勃打了过去。但克拉勃这时候正在假电话机旁边，她便迅速端起来，把号码盘对准邦德，想再次按下按钮。邦德大步冲了过去，将椅子狠狠地砸向电话机，只见一梭子弹飞出，射进了天花板。天花板上的石灰啪啦啪啦掉在邦德的头上。

邦德顺势将椅子狠狠地推过去，椅子腿恰好卡在了老女人的腰部和肩膀。邦德继续猛推，想把她推倒。上帝，她真够强壮！他没想到她的力气会有那么大，根本推不倒她。邦德只能把她推得往后退，她站在那儿，发疯一样地乱吐唾沫，手里举着钢针，对着邦德乱舞，就像蝎子那条长长的尾针。

邦德用力扶住椅子，稍稍退后一步，对准她那拿着钢针的手腕，抬起脚，一个高踢腿就狠狠地踢了过去。钢针飞向天空，落在了邦德身后的地板上。

邦德越压越紧，死死地把那老女人用椅子的四条腿钉在墙上，她只有头、手和脚还能动弹。现在她除非是头猛兽，否则难以挣脱这个笼子。

克拉勃用俄语不断地破口大骂，不停地向邦德吐唾沫。邦德低下头，把脸在袖子上蹭了蹭，抬头盯着那张已经变形的面孔。

"够了，罗莎，"他说，"法国情报局的人马上就来了。再过一个小时，你就飞到伦敦去了。不过，不会有谁看见你离开了这里，也没有人看见你到达英国。以后能见到你的人当然也不会很多。到时候，你只会变成秘密档案中的一个号码了。审讯之后，你就会被送到疯人院去的。"

罗莎那张丑脸距离邦德还没有一尺远，正变得如死灰一般，仿佛血液已经被抽干了。但邦德知道，她绝不是因害怕变成这样的。那对老鼠般的眼珠子仍然死死地盯着他，她还没有认输。

那张奇丑无比的湿漉漉的嘴巴居然咧开，笑出声来。

"如果我去疯人院，那您又去哪儿呢，邦德先生？"

"噢，这个你不用担心，我会过我的日子。"

"我看，这话说得太早了点儿吧！"

邦德没注意她这话里头的阴谋，这时，他听到门打开的声音，身后传来了大笑声。

"怎么啦？"邦德很熟悉这快活的声音，"第七十种擒拿姿势！太漂亮了！这种逮人的方法居然被一个英国人发明了，詹姆斯，这真是对我同胞的一种侮辱啊！"

"我看没有推广的价值，"邦德回头说道，"太费劲儿了。好啦，现在由你接管了。我来介绍一下，这位是鼎鼎大名的罗莎·克拉勃，'锄奸团'中专管暗杀的头子。你会喜欢她的！"

马瑟斯走了过来，两名洗衣工跟在他的身后。三个人站在那儿，谦恭地看着那张可怕的脸。

"罗莎，"马瑟斯道，"你可太不幸了。天哪！她这样站着有多难受呀！喂，过来，你们两位把筐子抬过来，让她躺在里面好好休息一下。"

两个洗衣工立刻到门口边把筐子抬进来。克拉勃仍然死瞪着邦德。她稍微挪动了一下身子。但邦德和马瑟斯都没注意到，他们都在注意着她的脸。她一只脚踩在另一只脚的脚背上，鞋尖上马上露出半英寸长的一片刀刃。如钢针尖一样，也带着焦黄色。

两名洗衣工把筐子放在马瑟斯身边。

"把她抬进去，"马瑟斯向罗莎欠了欠身，说道，"非常荣幸为您服务。"

"再见了，罗莎。"邦德说。

那对灰色的老鼠般的眼睛里突然射出一道凶光。

"永别了，邦德先生。"

说话间，带着刀片的皮鞋向邦德猛踢过来。

邦德顿时觉得右边的小腿一阵钻心的剧痛。是那种被踢中的疼痛。他连忙缩脚，后退了几步。两名洗衣工立刻冲过去抓牢克拉勃的手臂。

马瑟斯笑了起来："可怜的詹姆斯，你应该知道，她不会轻易罢休的。'战斗到底'是他们'锄奸团'的最后一句话。"

鞋尖上肮脏的刀刃已缩了回去。她像一个无辜的老太婆，被人当成一堆脏衣服扔进了筐里。

马瑟斯看着筐盖牢牢地拧死了，然后转身对邦德说："朋友，你忙活了一整天了，现在一切都完成了，"他说道，"但是，你看上去很累，该回去好好休息一下。今晚我请你吃饭，尝一尝巴黎最好的菜。当然，还要带上最美丽的姑娘。"

麻痹正向邦德全身蔓延开来，他觉得很冷，他抬起手动了一下右边眉毛上的头发。手指却一点儿感觉都没有，手指现在看起来如同黄瓜那么粗了，他的手也越来越重了。

呼吸越来越困难，他在心里暗暗地叹息。他死命地抓住下腭，半张着眼睛，就像人们醉酒的时候掩饰醉态一样。

透过眼睫毛，他看见筐子被抬了出去。于是他使劲儿地睁开眼睛，盯着马瑟斯的影子。

"马瑟斯，我不需要什么姑娘了。"他喃喃地说。

他快喘不过气了，又用手去摸他冰冷的脸。迷迷糊糊地感觉到马瑟斯在看着他。

邦德两腿发软。

他说，或者是他想说："我已经得到了我最可爱的……"

邦德慢慢转动着膝盖，一头栽倒在酒红色的地板上，嘴里还嘟囔着塔吉妮娜的名字。

图书在版编目（CIP）数据

俄罗斯之爱 / （英）弗莱明著；孙青玥译. — 北京：北京联合出版
公司，2016.5（2019.3重印）
（007典藏精选集）
ISBN 978-7-5502-7273-6

Ⅰ. ①俄… Ⅱ. ①弗… ②孙… Ⅲ. ①长篇小说－英国－现代
Ⅳ.① I561.45

中国版本图书馆CIP数据核字(2016)第052853号

俄罗斯之爱

作　　者：伊恩·弗莱明
出版统筹：新华先锋
责任编辑：徐秀琴
特约编辑：刘　柳
封面设计：吴黛君
版式设计：朱明月

北京联合出版公司出版
（北京市西城区德外大街83号楼9层　100088）
三河市嘉科万达彩色印刷有限公司印刷　新华书店经销
字数140千字　620毫米×889毫米　1/16　15印张
2019年3月第2版　2019年3月第2次印刷
ISBN 978-7-5502-7273-6
定价：59.00元